W0405764

April Dawson

ROYAL Temptation

Über die Autorin:

April Dawson ist ein »heiße« Entdeckung aus dem Kreise der Autoren von LYX-Storyboard. Sie lebt mit ihrer Familie in Kematen, Österreich. Sie hat bereits 10 Jahre Schreiberfahrung und verfasst am liebsten romantische Bücher verpackt mit einer Spur Action, ein wenig Drama, einem Schuss Humor und viel Gefühl. Weitere Informationen unter: http://april-dawson.jimdo.com/

April Dawson bei LYX:

Die Boss-Reihe:
Pick the Boss – Liebe ist Chefsache
Love the Boss – Ein Chef fürs Leben
Feel the Boss – (K)ein Chef für eine Nacht
Kiss the Boss – Eine Chefin zum Verlieben

Die Royals-Reihe:
Royal Wedding
Royal Temptation

Weitere Romane von April Dawson sind bei LYX in Vorbereitung.

APRIL DAWSON

ROYAL Temptation

Roman

.digital LYX

Vollständige ePub-to-Print-Ausgabe des in der Bastei Lübbe AG erschienenen eBooks »Royal Temptation« von April Dawson

LYX.digital in der Bastei Lübbe AG

Textredaktion: Stephanie Röder
Umschlaggestaltung: © Birgit Gitschier, Augsburg unter Verwendung von Motiven von Shutterstock (©UvGroup/ ©SelenaMay)
Satz: 3w+p GmbH, Rimpar
Druck: Books on Demand GmbH, Norderstedt

ISBN: 978-3-7363-0817-6

www.lyx-verlag.de
www.luebbe.de
www.lesejury.de

FSC
www.fsc.org
MIX
Papier aus verantwortungsvollen Quellen
Paper from responsible sources
FSC® C105338

Für meine Schwester.
Weil ich stolz auf dich bin.

Playlist

Niall Horan – Too much to ask

Iquillery – Heart of Steel

Tori Kelly – Paperhearts

You + Me (Pink & Dallas Green) – You and me

Dua Lipa – New Rules

Zara Larsson – She's not me Pt. 1 & 2

Shawn Mendes – Aftertaste

Sara Bareilles & Ingrid Michaelson – Winter Song

London Grammar – Darling are you gonna leave me

Ariana Grande – One last time

Sia – Elastic Heart

James Arthur – Impossible

Carrie Underwood – Relapse

Carlie Puth – Attention

Ed Sheeran – English Rose

LP – Lost on you

Leslie Clio – Be with you

Taylor Swift feat. Gary Lightbody – The Last Time

Sia – Bird set free

Adam Lambert – What do you want from me

Cats on Trees – Love you like a Love Song

Michael Bublé – Everything

Kapitel 1

Kylie

Fassungslos sitze ich auf dem zugeklappten Toilettendeckel und starre auf das Ding in meiner Hand, das mein ganzes Leben zum Einsturz bringen wird. Meine Hände zittern, als ein eiskalter Schauer über meinen Körper hinwegfegt. Die Panik, die ich kurz verdrängen konnte, wandert wieder durch meine Venen und lässt meine Muskeln zu Eis gefrieren. Nur mit Mühe schaffe ich es, aufzustehen und nicht sofort kraftlos zu Boden zu sinken. Verzweifelt klammere ich mich an den Rand des Waschbeckens; dabei rutscht mir der Schwangerschaftstest aus den Fingern und fällt ins leere Becken, genau so, dass ich den Beweis für mein Desaster vor Augen habe. Die zwei rosafarbenen Striche scheinen mich verhöhnen zu wollen.

Ich bin schwanger. Es kostet mich unendliche Kraft, diese Worte nur zu denken, geschweige denn sie auszusprechen. Ein kleiner Teil von mir möchte es nicht wahrhaben, wobei der andere Teil, der rational denkende, genau weiß, in welcher Scheiße ich stecke. Im Fernsehen habe ich die Leute immer belächelt, die ungewollt schwanger wurden, und nun bin ich in genau derselben Situation. Meinem Worst-Case-Szenario. Langsam wende ich den Blick von dem Plastik ab und sehe auf mein Spiegelbild. Ich bin blass geworden, was vielleicht am Schlafmangel liegen könnte, den ich seit einigen Wochen habe, und der Tatsache, dass ich jeden Tag auf meine Regelblutung gewartet habe. Unter den Augen dunkle Schatten, die ich noch nie an mir gesehen habe, außer wenn ich nächtelang durchgefeiert habe. Von Morgenübelkeit noch keine Spur – und ich hoffe, dass das auch so bleibt.

»Was soll ich bloß tun?«, frage ich mich selbst in der Hoffnung, dass vielleicht mein Spiegelbild die rettende Antwort hat, doch es folgt nur Stille. Ich habe Angst, möchte die Zeit zurückdrehen und alles ungeschehen machen. Will mein altes Leben zurück, wo ich mich nur um mich und meine beste Freundin sorgen musste, anstatt um ein kleines Wesen, das in mir heranwächst. Meine Eltern werden ausflippen, mich enterben und nie wieder ein Wort mit mir wechseln. Jenna wird enttäuscht sein, ebenso wie unsere Freundinnen Carrie und Kaya. Und Niall? Nun, was Niall dazu sagen wird, weiß ich nicht. Ich kenne ihn kaum und kann ihn noch nicht einschätzen, aber ich kann mir nicht vorstellen, dass er vor Freude herumhüpft, weil er Vater wird.

Seit wir wieder in New York sind, sehen Niall und ich uns eher selten, wofür ich sehr dankbar bin. In Galen war es die reinste Folter, ihm ständig über den Weg zu laufen, ohne ihn berühren oder küssen zu können. Schon bei unserer ersten Begegnung habe ich gewusst, dass dieser Mann mein Untergang sein wird. Die Wärme in seinen Augen, die mich sofort in seinen Bann gezogen hat. Von seinem attraktiven Aussehen ganz zu schweigen. Aber es war sein Lächeln, das mir Herzklopfen beschwert hat. Die Gedanken schweifen schnell von unserem Kennenlernen zu unserer gemeinsamen Nacht ab. In der er jeden Winkel meines Körpers erkundet und sich Zeit gelassen hat, mir das zu geben, wonach ich wochenlang gelechzt habe. Es war die beste Nacht meines Lebens. Vielleicht auch, weil ich mehr für ihn empfunden habe, als ich es je wollte.

Aber das alles tut jetzt nichts mehr zur Sache. Es war eine einmalige Sache. Ich habe mir selbst geschworen, nie eine Beziehung mit einem Mann anzufangen, der irgendwie mit dem Adel zu tun hat. Jahrelang bin ich vor dieser scheinheiligen Glitzerwelt geflohen, habe durch Rebellion und Abwesenheit geglänzt, um herauszufinden, wer ich sein möchte. Und doch kann ich nicht verleugnen, wer ich bin. Kylie Blair-Woodward. Älteste Tochter von Lord Kenneth und Lady Elaine, Schwester von Charlotte und Faye. Eine Außenseiterin, die lieber aufs College gegangen ist, als Partys zu schmeißen und von Daddys Geld abhängig zu sein. Bis jetzt war ich mit meinem Dasein zufrieden, habe mir in New York ein Leben aufgebaut, einen tollen Job ergattert und das Leben genossen, wo ich nur konnte. Bin den ganzen Tag im Pyjama rumgelaufen, einfach weil ich das zu Hause nie durfte. Habe Fast Food gegessen, bis mir schlecht wurde, weil meine Mum das missbilligen würde. Ich war glücklich. Bis jetzt.

Ich habe keine Ahnung von Babys, weder wie man sie füttert noch wie man sie richtig hält. Früher habe ich immer gelächelt und gemeint, dass das Kind süß aussehe, auch wenn dessen Kopf in Wirklichkeit wie ein unförmiger Kürbis ausgesehen hatte. Der Gedanke, Windeln zu wechseln und Erbrochenes zu riechen, lässt mich würgen. Fast sehe ich das Kind vor mir, höre das Geschrei und fühle die schlaflosen Nächte, als wäre es längst real. Ich presse die Hand vor den Mund, sehe panisch auf mein Spiegelbild, laufe ins angrenzende WC und übergebe mich.

»Ist alles in Ordnung bei dir?« Jenna klopft an die Tür, bevor sie diese zaghaft öffnet. Ich möchte gerne antworten, doch sobald ich ein Wort sagen will, breche ich erneut. Meine beste Freundin streicht mir über den Rücken, murmelt tröstende Worte und ist für mich da. Nachdem es endlich vorbei ist, betätige ich die Spülung, richte mich auf und stelle mich ihrem sorgenvollen Blick.

»Ich denke, ich habe mir etwas eingefangen«, sage ich mit kratziger Stimme, versuche, die Lüge glaubhaft klingen zu lassen, auch wenn ich es hasse, ihr nicht die Wahrheit zu sagen. Aber Jenna heiratet morgen, und wir haben heute eine Pyjamaparty geplant, mit Carrie und Kaya.

»Wir können die Sache auch abblasen, wenn du dich ausruhen möchtest.«

»Ach was! Ich werde eine Tablette nehmen und viel Tee trinken, dann wird es gehen.«

»Bist du dir sicher?« Sie tritt vor mich und legt ihre zarten Hände auf meine Schultern, gibt mir dadurch mehr Halt, als sie ahnt, denn ich drohe auseinanderzubrechen. Langsam schlucke ich den Kloß in meinem Hals herunter und lege meine beste englische Erziehung an den Tag, in welcher uns von Kindesbeinen an antrainiert wurde, die Fassung zu wahren, eine Maske zu tragen, auch wenn wir am liebsten schreien möchten.

»Natürlich bin ich mir sicher. Es ist deine letzte Nacht als Singlefrau, also müssen wir das feiern. Der Wagen holt uns in einer halben Stunde ab, also husch, husch.« Ich mache eine wegscheuchende Geste. »Pack deine Sachen zusammen. Kaya und Carrie kommen gleich.«

Jenna schenkt mir ein strahlendes Lächeln, das ihre grünen Augen glitzern lässt. Es ist schon fast nervig, wie glücklich sie doch ist, und ein klein bisschen Neid aufgrund ihres privaten Glücks empfinde ich ebenfalls, aber das würde ich jemanden gegenüber nie zugeben. »Eigentlich sind Philip und ich schon über drei Monate verheiratet, also wäre ein weiterer Junggesellinnenabschied nicht nötig. Bist du im Bad fertig?«

Ich will nicken, doch dann fällt mir der Schwangerschaftstest ein, der noch im Waschbecken liegt. »Ich muss nur schnell das Chaos beseitigen, dann kannst du rein.«

Jenna nickt, glaubt mir. Doch egal, was ich auch mache, ich könnte diesen Schlamassel, den ich mir eingebrockt habe, niemals wieder hinbiegen.

Den Test verstecke ich in meiner Unterwäscheschublade, als Jenna ins Bad geht, um zu duschen. Vergrabe ihn tief zwischen den Tangas und Slips, um ihn so vielleicht auch aus meinen Gedanken zu verdammen, denn ich kann jetzt nicht daran denken. Nicht, wenn ich für meine beste Freundin da sein will. Ich sollte noch mal im Hotel anrufen und nachhaken, ob der Konditor die Cupcakes geliefert hat und das kalte Buffet schon bereitsteht. Den Raum habe ich selbst dekoriert, die Spiele bereitgestellt, die Pyjamas bestellt und den Balkon verschönert. Alles könnte perfekt sein, wenn ich nicht noch immer tief in mir das Babygeschrei hören könnte, welches immer lauter wird.

Die Klingel ertönt, was mich unendlich froh macht, denn ich brauche Ablenkung, und zwar schnell. »Hey ihr!« Ich begrüße Jennas Schwester Kaya und unsere Freundin Carrie und lasse sie hinein. Ihre Reisetaschen sind nicht allzu groß, da die Brautjungfernkleider und Schuhe schon im Hotel untergebracht sind, wo der Junggesellinnenabschied stattfindet, ebenso wie die Hochzeit. Als Carrie ihren Trenchcoat auszieht, kann ich nicht aufhören auf ihren Babybauch zu starren. Ich habe sie schon länger nicht mehr gesehen, aber bei dem Umfang ist sie sicher im sechsten oder siebten Monat. Sie und ihr Mann haben sich sehnlichst ein Baby gewünscht, haben lange versucht schwanger zu werden, anders als bei mir, wo nur ein gerissenes Kondom ausgereicht hat.

Meine Freundin bemerkt meinen Blick und legt stolz die Hand auf ihren Bauch. »Ich weiß, er wird immer größer, aber ich liebe es. Jedes Kilo, das ich zunehme. Ich habe mich noch nie schöner gefühlt.« Ich nicke nur und schlucke schwer, muss mich beherrschen, um nicht in Tränen auszubrechen, doch genau in diesem Moment kommt Jenna aus dem Bad und gesellt sich zu uns.

»Ihr seht ja toll aus.«

»Danke, du aber auch Prinzessin«, schmunzelt Kaya und zwinkert ihr zu. Es ist für uns alle noch immer neu, dass Jenna nun eine Prinzessin ist. Eine richtige und nicht nur im bildlichen Sinne. Genau gesagt, ist sie Ihre Hoheit Prinzessin Jenna Kensington von Galen. Krass.

»Wo sind denn die Jungs?«, fragt Carrie interessiert und setzt sich auf meine Stoffcouch im Wohnzimmer. Wir würden von meiner Wohnung aus gemeinsam ins Hotel fahren.

»Die sind ebenfalls in unserem Hotel untergebracht, allerdings in einer anderen Etage. Kylie hat ja verboten, dass wir uns später alle treffen«, meint Jenna und blickt mich streng an.

»Es ist nun mal Tradition, dass der Bräutigam die Braut vor der Trauung nicht sehen darf. Geschweige denn den Junggesellinnenabschied gemeinsam zu feiern«, sage ich empört. Etwas Ordnung muss doch sein.

»Ach Quatsch. Die sind doch schon längst verheiratet …«, meint Kaya.

Doch ich schneide ihr das Wort ab. »Es ist so schon schwer genug, dass wir uns alle treffen. Kaya jettet durch die Welt, Carrie arbeitet oder ist mit ihrem Mann unterwegs. Du«, ich zeige mit dem Finger liebevoll, fast schwermütig auf meine beste Freundin Jenna, »du hast nun andere Verpflichtungen, zusätzlich zum Job. Dann wirst du in Flitterwochen sein und dich durch die Karibik vögeln.« Alle kichern, doch ich fahre fort. »Lasst uns diese letzte Ladies Night genießen, wer weiß, wann wir das nächste Mal die Gelegenheit dazu haben werden.«

Alle nicken zustimmend, und ich nehme jede Einzelne in den Arm. Ich bin normalerweise nicht so rührselig, und vielleicht liegt es schon an diesen verdammten Schwangerschaftshormonen, aber ich will diesen Abend mit meinen Freundinnen genießen, bevor ich mir morgen überlege, was ich tun soll. Mein Handy summt, und ich erwarte, dass es der Fahrer ist, doch ein Blick aufs Display lässt mich erstarren. Es ist Niall.

Niall: Hey wie geht's dir? Lange nichts mehr von dir gehört.

Ich starre fassungslos auf mein Smartphone, kann nicht glauben, dass er sich genau in dem Moment meldet, in dem ich erfahren habe, dass ich von ihm schwanger bin. Das Universum scheint mich zu hassen. Ich habe selbst in den vergangenen Wochen immerzu seine Nummer auf dem Display angestarrt, habe mich an unsere Nacht erinnert und wollte ihn anrufen, habe aber immer gekniffen. Schließlich vibriert das Handy erneut, und nun ist es wirklich der Fahrer. Da ich Carries Blicke auf mir spüre, schüttle ich die Gedanken an Niall aus dem Kopf und wende mich den Mädels zu. »So, Ladys. Es geht los.«

Auch wenn wir nicht wirklich eine wilde Party geplant haben, ist es irgendwie außer Kontrolle geraten. Schon vor dem Essen hat Kaya einen Flachmann ausgepackt und alle außer Carrie und mir haben ausgiebig getrunken. Und anstatt uns auf Netflix romantische Filme reinzuziehen, wie ich es geplant hatte, tanzen wir zu Britney Spears auf den Betten und singen um die Wette. Sogar Carrie versucht auf und ab zu hüpfen, was bei ihrem Bauchumfang ziemlich schwierig ist, aber lustig aussieht. Wir sind in der Präsidentensuite des Hilton-Hotels in Manhattan. Es ist doppelt so groß wie meine gesamte Wohnung und bietet den Luxus, den ich sonst von unserem Familienanwesen in Kent kenne. Der Wohnbereich ist eine Mischung aus zeitloser Eleganz und heimeliger Gemütlichkeit. Die weitläufige Bar, erstreckt sich über zwei Meter zum Wohnzimmer hin, wo eine gemütliche Sitzgruppe gegenüber dem Balkon platziert wurde. Von dort aus hat man einen herrlichen Blick auf die Südseite der Stadt. Die Nacht ist schon längst hereingebrochen, und die Lichter New Yorks funkeln mit unseren Augen um die Wette.

Jenna hat sich bei den Spielen wacker geschlagen. Ich habe ein Interview mit Philip geführt, und sie hat fast alle Fragen richtig beantwortet. Die zwei sind füreinander geschaffen, das spürt man schon, wenn man die beiden beobachtet. Ihr rotes Haar ist zu einem Dutt zusammengebunden, dazu trägt sie den schwarzen Jumpsuit, auf dem Mrs Prince Kensington steht. Unsere fast identischen Pyjamas habe die Aufschrift *Bodyguards der Prinzessin* auf dem Rücken stehen. Wir haben Fotos gemacht, gegessen und gefeiert – wie schon lange nicht mehr. Da ich die letzte in der Runde bin, die als Single glänzt, haben sich unsere Freizeitaktivitäten verändert.

»Das ist die beste Party ever!«, brüllt mir Jenna vom Bett zu, will gerade zu mir hüpfen, rutscht aber aus und knallt mit dem Po auf den Boden. Wir sollten erschrocken sein, ihr unsere Hilfe anbieten, aber wir können uns kaum halten vor lauter Lachen. Selbst Jenna lacht Tränen und erhebt sich mehr schlecht als recht.

»Ich denke, es ist mal Zeit für eine Pause«, meine ich kichernd, hole den Stapel Decken, den ich vorbereitet habe, und gebe meinen Freundinnen jeweils eine.

»Was hast du vor?«, fragt mich Kaya entsetzt, starrt aber weiterhin auf die weiche Decke in ihrem Arm.

»Wir gehen nach draußen. Es ist ein sternenklarer Himmel«, antworte ich schulterzuckend und versuche mir nichts anmerken zu lassen.

»Aber es ist doch sicher saukalt.« Typisch Filmstars mit ihren Starallüren. Ich stemme die Hände an die Hüften, verkneife mir einen Kommentar und stelle mich hinter sie, wo ich eine Hand auf ihre Schulter lege und sie zum Balkon dirigiere. Jenna und Carrie folgen uns schmunzelnd hinaus. Es ist wirklich kalt geworden. Der Herbst zeigt sein Gesicht, doch dann fällt mein Blick auf die Kuschelecke, die ich für uns organisiert habe. Eine riesige Outdoormatratze, die von beleuchteten Heizstrahlern umstellt ist, dazu Kaffee in Thermoskannen und Kekse.

»Wow. Kylie«, Jenna schluckt und zieht mich von ihrer Schwester weg, die längst verstummt ist und mein Werk bewundert. Meine beste Freundin drückt mich fest an sich, und ich spüre ihre Dankbarkeit am Druck ihrer Umarmung. Hochzeiten oder alles, was damit zu tun hat, lassen mich immer butterweich werden, obwohl ich selbst nicht vorhabe, jemals zu heiraten. Vielleicht auch deshalb, weil mir meine Mutter immer einen Ehemann aufzwingen will. »Danke schön. Es ist magisch.«

Die anderen stimmen ihr zu – und wie magnetisch angezogen, gehen wir alle zur Matratze und legen uns eng aneinandergekuschelt hin. Jennas Kopf ruht auf meinem Bauch, Carrie und Kaya liegen nebeneinander und blicken ebenfalls in den sternenklaren Himmel. Eine Weile sagt keiner etwas, eine schöne Abwechslung zum wilden Partytreiben in der Suite.

»Ich habe Angst«, flüstert Carrie schließlich in die Stille hinein und hat somit unsere volle Aufmerksamkeit. Alle Köpfe neigen sich in ihre Richtung, als sie weiterspricht. »Lance und ich wünschen uns schon so lange ein Kind, aber jetzt, wo es bald so weit ist, weiß ich nicht, ob ich eine gute Mutter abgeben werde. Ich habe zwar acht Nichten und Neffen, aber es war immer etwas anderes, wenn man sich die Kinder nur ausborgen konnte. Das hier«, sie legt ihre Hände zärtlich auf ihren Bauch, »das bleibt für immer. Was, wenn ich es einmal auf dem Dach des Autos vergesse oder in einer Umkleidekabine?«

»Das wird nicht passieren«, meint Kaya. Im schwachen Licht der Heizstrahler sehe ich aber, dass sie sich ein Kichern verkneift.

»Ich denke auch nicht, dass du jemals dein Kind irgendwo liegen lassen würdest«, sagt Jenna aufmunternd.

»Unsere Mom hat immer gesagt, dass sie nicht gewusst hat, was wahre Liebe ist, bevor Jenna und ich geboren wurden. Das sind die Worte einer Mutter, die einiges mit uns mitgemacht hat.«

»Au ja, und wie«, schmunzelt Jenna. »Du brauchst keine Angst haben, Carrie. Jede Mutter liebt ihr Kind, versucht alles, um es glücklich zu machen. Das wirst du auch, und sieh es mal so: Du bist ja nicht allein. Du hast Lance, deine und seine Eltern.«

»Und du hast uns«, flüstere ich mit belegter Stimme. Das ganze Gespräch nimmt mich mehr mit, als ich zeigen darf. »Wir sind mit den Jahren eine Familie geworden und, egal was auch passiert, dein Kind wird die coolsten Tanten auf Erden haben.«

»Genau«, kommt es von Jenna und Kaya gleichzeitig.

»Danke«, schnieft Carrie und kuschelt sich, falls es überhaupt noch möglich ist, noch enger an uns drei. Fast, als würden wir alle den gleichen Gedanken haben, legen wir die Hände auf ihren Babybauch und lächeln uns an. Ich sehe in die Gesichter von diesen außergewöhnlichen, wunderschönen Frauen und weiß, egal ob ich das Baby nun behalten werde oder nicht, dass ich mich auf meine Freundinnen verlassen kann und dass sie mich niemals verurteilen würden.

Kapitel 2

Niall

Sie schubst mich aufs Bett, beugt sich in Unterwäsche über mich und küsst mich, wie ich noch nie geküsst worden bin. Wild, drängend, fordernd – und doch mit einer zerbrechlichen Zärtlichkeit, wie ich es noch nie gespürt habe. So lange sind wir schon umeinander herumscharwenzelt, haben uns gegenseitig mit den Augen ausgezogen und es doch nie gewagt weiterzugehen. Sie wegen ihrer Prinzipien und ich, weil ich ihr nicht wehtun wollte, bis ich nicht wusste, was genau das ist, was ich für sie empfinde. Aber jetzt, in diesem Moment, in dem sie an meinem Hals knabbert, mir ins Ohrläppchen beißt und mich so heißmacht, dass ich glaube zu platzen, ist keine Zeit mehr für Gedanken an die Zukunft.

Jetzt zählt das Hier und Jetzt. Und gerade denke ich, dass mein Schwanz meine Hose sprengt, so steif, wie er geworden ist, und wie könnte er nicht! Kylies Körper ist die Sünde schlechthin. Sportlich, mit Kurven an den richtigen Stellen, feste Brüste, die perfekt in meine Hände passen, und diese Augen. Dieses bernsteinfarbene Feuerwerk, das leuchtet wie noch nie. Kylie löst sich von mir, richtet sich auf, zieht sich langsam aus, legt einen sinnlichen Striptease hin, der mich schwer schlucken lässt. Ich entkleide mich ebenfalls, ohne die Augen von ihrem Körper zu nehmen, bis nichts mehr zwischen uns steht. Kein Stoff und auch keine Hemmungen.

»Ich wusste gar nicht, dass zu tätowiert bist«, haucht sie, fährt mit ihren langen Nägeln über meine bemalte Hand und Brust.

»Du hast nie gefragt.« Sie schmunzelt und legt sich wieder auf mich. Ihre Brüste fühlen sich wunderbar auf meiner heißen Haut an. Wieder verschlingen wir einander, küssen, necken und berühren uns, bis wir beide nicht mehr warten können. Ich fische ein Kondom aus dem Nachtkästchen und streife es mir über. Kylie beobachtet jede meiner Bewegungen, windet sich und spielt mit sich selbst. Der Laut, der ihre Lippen verlässt, als ich in sie eindringe, könnte nicht heißer sein. Eine Mischung aus Stöhnen, Keuchen und Schnurren. Ein Laut, den nur Kylie Blair-Woodward zustande bringt. In dieser Nacht schlafen wir dreimal miteinander, kosten jeden Moment aus, denn schlussendlich haben wir uns darauf geeinigt. Nur eine Nacht soll das zwischen und andauern.

Das Zuknallen der Tür holt mich aus meinen Erinnerungen an die heißeste Nacht meines Lebens. Nichts und niemand könnte Kylie Blair-Woodward das Wasser reichen. Nicht mal der Dreier auf dem Coachella Festival in Kalifornien letztes Jahr. Gott sei Dank sitze ich auf dem Fahrersitz, sodass meine Freunde meinen mordsmäßigen Ständer nicht sehen können.

»Niall, wieso sitzt du denn vorn?«, fragt Joe erstaunt.

»Weil ich bis zum Hotel noch im Dienst bin.« Mein Blick fällt auf einen grinsenden Philip, der sich gerade mit Jennas Schwager unterhält. Dieser Vollidiot ist mein Job, mein Boss und mein Bruder. Ich würde alles für diesen Saftsack tun, selbst arbeiten, wenn wir unterwegs zu seinem Junggesellenabschied sind. Den zweiten, wohlgemerkt. Den ersten hatten wir schon vor Monaten mit seiner Frau Jenna verbracht.

»Nun denn, du Bodyguard. Bring uns mal sicher ins Hotel, bevor noch jemand unser Prinzchen hier entführt«, meint Joe lachend, und alle stimmen mit ein. Die Stimmung ist ausgelassen, dabei hat der Abend noch gar nicht begonnen. Doch bevor ich den Wagen starte, greife ich in meine Hosentasche und ziehe mein Smartphone heraus. Lange überlege ich, was ich Kylie schreiben soll, immerhin hat sie sich seit Philip Jenna vor zwei Monaten zurückgewonnen hat, nicht mehr gemeldet. Schließlich entscheide mich aber für etwas Unverfängliches.

Niall: Hey wie geht's dir? Lange nichts mehr von dir gehört.

Das klingt besser als: *Hey ich kann seit unserer Nacht an nichts anderes mehr denken, als dich wieder in den Armen zu halten, war aber zu feige, mir wieder eine Abfuhr einzuhandeln.*

Normalerweise wäre diese Nachricht etwas, was jede Frau gerne lesen würde, aber nicht Kylie. Sie ist nicht wie andere Frauen, das hat sie mir schnell klargemacht. Bei unserer ersten Begegnung hat sie mich direkt abblitzen lassen, obwohl ihre Körpersprache sehr wohl Interesse gezeigt hat. Es war nicht das erste Mal, dass ich einen Korb bekommen habe; ich bin ja nicht Don Juan, aber diese Lordtochter hat etwas an sich, was mich ganz verrückt macht. Sie ist mir aus dem Weg gegangen, hat versucht, mich nicht zu beachten oder ein Gespräch anzufangen, obwohl sie es wollte. Das wusste ich. Kylie hat es eher genossen, mit mir zu spielen, hat vor meinen Augen geflirtet und mich bewusst heißgemacht. In aller Öffentlichkeit, trotzdem ist sie mir nie nähergekommen. Mir kam es vor, als hätte sie sich selbst ein Verbot verhängt, etwas mit mir anzufangen.

Jeder Versuch, sie um ein Date zu bitten, ist kläglich gescheitert. Selbst von einer Filmnacht mit Jenna und Philip wollte sie nichts wissen. Aber ich bin kein Mann, der leicht aufgibt. Vor allem nicht bei dieser Powerfrau, selbst wenn wir aus verschiedenen Welten kommen. Nach dem Jägerball konnten wir uns beide nicht mehr zurückhalten und haben miteinander geschlafen. Ich habe mir selbst einreden wollen, dass ich sie nur fürs Bett will, dass eine Nacht genug wäre und ich weiterziehen könnte, doch es ist ganz anders gekommen. Am Morgen danach, habe ich es kaum erwarten können, sie wieder in den

Arm zu nehmen, aber da war sie schon längst verschwunden; hätte mein Bett nicht so herrlich nach ihr geduftet, hätte ich die Nacht für einen heißen Traum gehalten.

Am nächsten Tag hat sie mich wieder gemieden, als wäre nichts passiert. Doch für mich hat diese Nacht so ziemlich alles verändert. Ich wollte es nicht wahrhaben, bin durch die Klubs gezogen, wollte dass mir andere Frauen Kylie aus dem Kopf blasen, doch ich konnte es einfach nicht. Denn keine dieser Ladys war die eine Lordtochter, die mich hat abblitzen lassen. Morgen, bei der Hochzeit meines besten Freundes, sehe ich sie endlich wieder, und ich habe nicht vor, sie noch mal einfach ziehen zu lassen.

»Keine Stripperin!«, knurrt Philip warnend und sieht direkt zu mir, als ich zur Tür unserer Suite eile, als es laut geklopft hat. Ich zeige ihm nur den Mittelfinger und gehe weiter. Er soll ja nicht wissen, dass ich gar keine erotische Tänzerin geplant habe, und vor Angst zittern. Jenna hat ausdrücklich gesagt: »Keine Frauen!«, sonst, na ja, ich möchte gar nicht wissen, welche Strafe ihn dann erwartet. Überrascht hebe ich die Brauen, als Kylie und eine schwangere Brünette vor mir stehen. Hinter ihr kichern Jenna und Kaya, scheinen schon beschwipst zu sein.

«Ähm. Habt ihr euch nicht im Stockwerk vertan?«, frage ich amüsiert.

Kylie sieht mich an, länger, als es höflich gewesen wäre, und ihr Blick verändert sich. Nicht im positiven Sinne, als sie antwortet: »Ich kann nichts dafür. Unsere Braut hat gedroht uns in Einhornkostümen zum Altar zu schleppen, also mussten wir sie herbringen.«

Ich schmunzle in meine Faust hinein. Das klingt nach Jenna. »Na los. Kommt rein.« Ich trete einen Schritt zur Seite und öffne die Tür weiter, sodass die vier Ladys hineinspazieren können. Sie tragen niedliche Pyjamajumpsuits mit einem frechen

Spruch drauf. Kylie geht an mir vorbei, doch ihr Duft, der mich an Kiwis erinnert, bleibt in der Luft hängen und zieht mich magisch an. Kurz schließe ich die Augen und balle die Hände zu Fäusten. Wir alle kennen doch dieses Gefühl, wenn man etwas unbedingt will, es in Reichweite ist, aber man es einfach nicht haben kann. Genauso fühle ich mich gerade.

Philip beginnt wie im Stadion zu brüllen, als er seine Braut sieht und verlangt, dass sie sich vor ihm im Kreis drehen soll, bevor er sie zu sich zieht und küsst. Die Schwangere geht zu Lance, dem Sohn der Bürgermeisterin, und Kaya zu Stephan, ihrem Ehemann. Kylie und ich sind die einzigen Singles hier, doch nach ihrer abweisenden Haltung zu schließen, glaube ich kaum, dass sie mit mir reden möchte.

»Die Party wird ja immer interessanter«, meint Joe und prostet den Ladys mit seinem Bier zu. Er ist mit seinen fünfzig Jahren der Älteste in der Runde und für Philip und mich wie ein Ersatzvater. Ihm gehört das Joe's, unser Lieblingspub in Galen, wo wir schon jahrelang ein und aus gehen. Ich drehe die Musik noch ein wenig lauter, und alle nicken zum Beat von Daft Punk mit. Jenna und Philip tanzen in der Mitte der Suite eng umschlungen und sehen verdammt glücklich aus. Ebenso wie die anderen Paare; nur Kylie steht etwas abseits und sieht auf das Glas Champagner, das ihr Stephan in die Hand gedrückt hat, als wüsste sie nicht, was sie damit anfangen soll.

»Geh zu ihr«, meint Joe locker, stellt sich neben mich und folgt meinem Blick zu der wunderschönen blonden Frau, die sogar im Pyjama elegant aussieht.

»Nein. Sie hat mir deutlich zu verstehen gegeben, dass sie nicht mit mir reden will.« Nicht mal auf meine Nachricht hat sie geantwortet.

»Sei kein Schlappschwanz. Das ist nur eine deiner Ausreden, wenn du dich vor etwas drückst. Diese Lady hier ist doch die, die dich hat abblitzen lassen, oder?«

»Ja, aber wie kannst du dich noch an sie erinnern?« Ich glaube es einfach nicht, das ist doch Monate her, und da war die Bude rappelvoll.

»Ich erkenne alle Gesichter, die meine Bar betreten haben, wieder. Wie, glaubst du, schaffe ich es sonst, meine Bar von Paparazzi frei zu halten, damit Philip bei mir ausspannen kann.« Ich nicke, verschränke die Arme vor der Brust und lasse den Blick zu Philip schweifen, der gerade seine Braut abschlabbert. Ich hoffe, ihm wird irgendwann bewusst werden, was wir alles auf uns nehmen, um ihn zu beschützen.

»Ich werde diesen Drecksack vermissen«, flüstere ich leise, sodass nur Joe es hört.

»Er wird doch nur zwei Wochen fort sein, um sich auszuvögeln, bis der Ernst des Lebens die beiden wieder auf die Erde zurückholt«, grunzt Joe amüsiert, den Blick in die Ferne gerichtet.

»Nein, das meinte ich nicht. Ich werde unsere Saufgelage vermissen, dass wir Mitbewohner sind, einfach unser altes Leben.«

Joe legt freundschaftlich den Arm um meine Schultern. »Das ist der Lauf der Zeit, mein Junge. Wir alle entwickeln uns weiter. Du wirst eines Tages auch jemanden finden, mit dem du gemeinsam doof sein kannst, und ihr könnt euch um die Wette nerven.«

»Das bezweifle ich.« Die einzige Frau, an der ich ernsthaft Interesse gezeigt habe, sieht nicht einmal in meine Richtung. Ich weiß, wir haben uns auf eine Nacht geeinigt, aber wir könnten doch wenigstens versuchen Freunde zu werden. Den plötzlichen Schlag auf den Hinterkopf habe ich nicht kommen sehen, geschweige denn habe ich mich auf den pochenden Schmerz vorbereiten können. »Was zum …?«, frage ich fassungslos. »Wieso hast du mir eine verpasst?«

»Weil du ein Vollidiot bist.« Dann erklingt ein Kichern, das von Kylie kommt. Ich sehe zu ihr und merke, dass sie mich auslacht. Es ist schon länger her, dass ich sie lächeln gesehen habe oder ein Lachen vernommen hab. Sie stellt ihr Glas auf einer Kommode ab und kommt auf uns zu. »Hast du mir etwa nur eine geknallt, damit Kylie herkommt?«, flüstere ich zu Joe, doch er zwinkert mir nur zu und meint, dass er auf die Toilette muss.

»Hey du. Was hast du wieder angestellt, dass Joe dir eine knallen muss?«, fragt sie schmunzelnd und überrascht mich wieder einmal. Als sie mich vorhin an der Tür gesehen hat, hat sie eher so ausgesehen, als würde sie mir an die Gurgel springen wollen, aber jetzt steht sie vor mir, sieht rattenscharf aus und lächelt mich an.

»Na ja, du kennst mich doch.« Ich kratze mich am Hinterkopf, der noch immer etwas schmerzt. »Ich stelle immer wieder etwas an.«

»Das habe ich auch gehört.« Ihr Lächeln verblasst etwas. Sie löst den Blick von mir, sieht kurz zu Boden und atmet tief durch. Sie streicht kurz über ihren Bauch und sieht dann zu Jenna und Philip. Sieht den beiden mit derselben Schwermut zu wie ich noch vor einigen Augenblicken. »Ich werde sie vermissen«, wiederholt sie meine Worte von vorhin, die ich zu Joe gesagt habe. »Natürlich werden wir uns in der Arbeit sehen, aber was ist, wenn sie irgendwann beschließt zu kündigen, um mit Philip im Schloss zu wohnen?«

»Du weißt, dass das nie passieren wird. Jenna liebt ihren Job, die Kunst. Sie könnte nicht ohne sie leben. Oder ohne ihre beste Freundin.«

Kylie atmet ein und aus. »Wir verändern uns, Niall, und ich habe Angst vor Veränderungen. Große Angst.« Irgendwie ist dieses Gespräch schnell umgeschwenkt von locker zu ernst, doch es macht mir nichts aus. Es passiert sehr selten, dass Kylie freiwillig etwas von sich preisgibt, also nehme ich, was ich bekommen kann.

»Das brauchst du nicht, denn Veränderungen sind keinesfalls schlecht, zumindest nicht alle. Wärst du nicht aufs College gegangen, hättest du nie deinen Traumjob gefunden und Jenna nicht kennengelernt. Du siehst, es ist nicht alles schlimm. Du könntest dir ein neues Hobby suchen. Neben Mode und Smoothies könntest du über dein Leben bloggen, ein Youtubestar werden oder mit deinen Schwestern um die Welt jetten.«

»Großer Gott! Bitte nicht. Ich meine, die ersten zwei Sachen würden meine Mutter zur Weißglut treiben, was ich auf jeden Fall in Betracht ziehen würde, aber mit meinen Schwestern halte ich es kaum in unserem Anwesen aus, nicht auszudenken in einem kleinen Flugzeug.«

»Ach, so schlimm können sie doch nicht sein.«

»Du hast keine Ahnung, Niall. Du wirst sie ja morgen auf der Hochzeit erleben, und sag nicht, ich hätte dich nicht gewarnt. So wie die beiden drauf sind, würden sie dich zum Frühstück vernaschen wollen. Beide.«

»Ach, ich habe kein Interesse an Frauengeschichten. Nicht mehr.«

Ihre Augen blicken in meine, und sie weiß genau, wie ich diese Worte gemeint habe. Sie weiß, dass ich sie will, in jeder möglichen Hinsicht. Immerhin habe ich ihr das oft genug gesagt, trotzdem sieht sie mich ungläubig an, als zweifle sie an der Wahrheit.

»Geh mit mir aus, Kylie«, raune ich, neige meinen Kopf, um ihr ins Ohr zu flüstern. »Nur ein Abend, um dir zu zeigen, wer ich wirklich bin.« Ihre Atmung beschleunigt sich, also weiche ich etwas zurück, um wieder in ihre sanften braunen Augen zu sehen, doch die Wärme ist daraus verschwunden.

»Wir hatten dieses Gespräch schon mehr als einmal, Niall. Du kennst meine Antwort. Wir sind einfach zu verschieden.«

»Woher kannst du das wissen, wenn du uns nicht mal eine Chance gibst, uns richtig kennenzulernen.«

»Ich kenne Männer wie dich, und ich kann einfach nicht. Entschuldige.« Sie versucht mir ein trauriges Lächeln zu schenken, was ihr aber misslingt, dafür erscheint wieder dieser ausdruckslose Blick, den ich sonst nur kenne, wenn sie von der Königsfamilie umgeben war, denn der über ihr Innenleben gibt nichts preis. Dann geht sie einfach, ohne mich noch eines Blickes zu würdigen.

Kapitel 3

Kylie

Zuerst gehe ich ein paar kleine Schritte, versuche seinen stechenden Blick zu ignorieren, der sich in meinen Rücken brennt. Je mehr ich mich von ihm entferne, desto schneller werde ich, gehe an meinen Freunden vorbei, die ausgelassen tanzen und nicht ahnen können, dass ich dabei bin zusammenzubrechen. Als ich die Toilette erreiche, bin ich außer Atem, da ich schon gelaufen bin, um so schnell wie möglich allein zu sein. Hastig und mit zittrigen Fingern sperre ich die Tür hinter mir zu und lehne mich kraftlos dagegen.

Wie kann er solche Sachen sagen, in einer Zeit, in der ich psychisch instabil bin? Dieses Desaster mit der Schwangerschaft lässt mich einfach nicht los. Ich habe es versucht, mit aller Kraft, doch immer wieder schweifen meine Gedanken zu dem Baby und zu Niall. Zuerst habe ich gedacht, ich könnte einfach ein Gespräch mit ihm anfangen und versuchen mit ihm auszukommen. Das war der Grund, aus dem ich zu ihm gegangen bin, aber ihm wieder gegenüberzustehen, hat mich einfach umgehauen. Sein Geruch, der durchtrainierte Körper und sein Lächeln, dass mir den Kopf verdreht. Dann seine dunkelbraunen, fast schwarzen Augen, die mich so intensiv gemustert haben, als würde ich wieder nackt vor ihm stehen. Alles in mir hat danach geschrien, seine Frage mit Ja zu beantworten, doch gerade jetzt bin ich nicht in der Lage, mich auf etwas anderes zu konzentrieren als auf das Wesen in mir.

»Kylie?«, höre ich eine gedampfte Stimme, die ich nicht gleich zuordnen kann. Verdammt! Nicht mal eine Minute hat man seine Ruhe! Die Wut trifft mich unvermittelt, da ich ahne, dass es wieder Niall ist, also entriegle ich die Tür und reiße sie mit solch einer Wucht auf, dass sie gegen die Wand knallt.

»Huch«, keucht Carrie erschrocken und weicht einen Schritt zurück.

»Oh mein Gott!«, hauche ich überrascht. »Entschuldige bitte. Ich habe dich für jemand anderen gehalten.«

Einen Augenblick später hat sich der Schrecken gelegt, und sie lächelt mich wieder an, doch diesmal verständnisvoll. »Keine Angst, ich bin nicht Niall, also fahr deine Krallen wieder ein«, kichert sie und fährt reflexartig über ihren Babybauch.

»Niall? Wie kommst du darauf, dass …?«

»Ach Süße. Es ist schon zu spät, die Unschuldige zu spielen. Man sieht es euch an, weißt du? Du beobachtest ihn, wenn er gerade wegsieht, und er macht es bei dir. Es ist wie in einem Teeniestreifen.«

»Was sieht man?«, frage ich panisch und sehe auf ihren Babybauch; mein nicht rational denkendes Hirn, hat nicht mal ihre Frage richtig verstanden.

Ihre Miene wird in Sekundenschnelle ernst, sie tritt ein und schließt die Tür hinter sich. Ihr Blick ist noch immer auf die Tür gerichtet, als sie mich fragt: »In welcher Woche bist du?«

»Was?«, frage ich vor Angst zitternd. Wie kann sie das wissen? Was hat mich verraten? Das kann doch nicht wahr sein!

»Hey, Kylie. Beruhige dich, Liebes.« Mit einem Schritt ist sie bei mir und legt ihre Arme – so gut es mit ihrem Bauchumfang geht – um mich. »Alles wird gut«, flüstert sie mir ins Ohr, streicht über meinen Rücken, um mich zu beruhigen.

Meine angespannte Haltung, die ich den ganzen Abend über verspürt habe, lockert sich, und ich lasse los. Seit ich den Test in der Hand gehalten habe, erlaube ich mir das erste Mal zu weinen. Um mein altes Leben, um das neue, das mir Angst macht, und wegen der Hilflosigkeit, die ich zum ersten Mal in meinem Leben spüre. Carrie hält mich fest, als hätte sie Angst, dass ich auseinanderfalle, was auch fast passiert wäre, wenn sie nicht nach mir gesehen hätte. Nach einer Weile habe ich wieder das Gefühl, durchatmen zu können, ohne dass eine tonnenschwere Last auf meinen Schultern liegt.

Zaghaft löse ich mich aus der Umarmung und sehe etwas beschämt zu Carrie, die mir ein warmes Lächeln schenkt. »Geht's wieder?«

Ich nicke nur. Meine Stimme ist zu kratzig, als dass ich sprechen könnte. »Seit wann weißt du es?«

»Ich habe es vor ein paar Stunden erfahren«, flüstere ich und lege meine beiden Hände auf meinen Bauch, der noch flach ist.

»Und da gehst du mit uns feiern? Wieso hast du nichts gesagt?«

»Jenna heiratet morgen. Ich wollte ihre Hochzeit nicht mit meinem Desaster überschatten.«

»Darf ich fragen …? Ich meine nur, wenn du es mir verraten willst …«

»Es ist von Niall.« Sie verstummt augenblicklich und wartet, bis ich mich wieder gesammelt habe.

»Deshalb habt ihr gestritten? Weil er es nicht will?«

»Nein. Er weiß es noch nicht. Ich wollte erst mal selbst entscheiden, was ich tun möchte, ob …«, kurz zögere ich und sehe wieder auf ihren Schwangerschaftsbauch, »ob ich es behalten will.« Mir ist bewusst, was eine Abtreibung bedeutet, aber so verzweifelt, wie ich gerade bin, hat sie noch nie verlockender geklungen. Ein Eingriff und alles wäre wieder wie vorher.

»Ich verstehe, dass du panisch bist und dir die Situation Angst macht, aber du solltest dir alles genau durch den Kopf gehen lassen, bevor du voreilige Schlüsse ziehst. Ich werde keinem etwas verraten, bis du so weit bist. In Ordnung?«

»Ist gut. Danke. Für alles hier.«

Ihr Lächeln ist ansteckend. »Ach was! Ich bin froh, dass du mir so weit vertraust, um mir dein Geheimnis zu verraten. Sonst bist du eher der Typ, der nicht viel über Privates spricht.«

»Das ist sicher nicht mit Absicht. Ich bin es einfach gewohnt, mir nicht in die Karten schauen zu lassen, das ist schon fast ein angeborenes Talent.«

»Okay, aber ich will dir nur sagen, ob nun beste Freundinnen oder nur gute Bekannte: Wir sind immer für dich da, wenn du uns brauchst.«

»Danke, das weiß ich zu schätzen.« Und das tue ich wirklich. Mehr, als sie ahnt.

Irgendwie ist die Party in unserer Mädelssuite gelandet, besser gesagt auf unserem Balkon. Wir haben alle Decken aus den Zimmern der Jungs genommen und es uns draußen gemütlich gemacht. Die Pärchen liegen alle nebeneinander, kuscheln sich zusammen. Da der Platz begrenzt ist, liegen Niall und ich uns gegenüber, sehr bemüht, Abstand voneinander zu halten. So liegen wir eine Weile still auf dem Rücken und beobachten den sternenklaren Himmel. Es fühlt sich an wie die Ruhe vor dem Sturm. Für jeden von uns. Für Jenna und Philip mit der richtigen Hochzeitsfeier, für Carrie und Lance die baldige Geburt ihres Sohnes, und für Kaya und Stephan ist das Leben selbst ein Abenteuer.

Und für mich? Hätte man mich noch vor ein paar Wochen gefragt, wo ich mich in fünf Jahren sehe, hätte ich geantwortet: »Auf den Bahamas, mit einem Cocktail in der einen und einem knackigen Männerpo in der anderen Hand.« Bestenfalls hätte ich endlich meine Eltern dazu überredet, mich mit Hochzeiten und Lordsöhnen in Ruhe zu lassen und dafür meine Schwestern zu quälen. Doch nun sieht meine Zukunft anders aus. Ich drehe langsam den Kopf zur Seite und sehe auf das Profil von Niall. Er liegt nicht mal eine Armeslänge von mir entfernt, die linke Hand hinter dem Kopf verschränkt, die andere auf dem Bauch ausgestreckt. Mit nachdenklicher Miene sieht er hinauf zum Sternenhimmel. Die Decke verdeckt den unteren Teil seines Körpers. Er hat die Hemdärmel hochgekrempelt, und ich erspähe die Tattoos auf seinem Unterarm. Ich erkenne, dass es sich um ein Muster handelt, eine Dornenranke, die sich um Jahreszahlen schlängelt.

In unserer einzigen und unvergesslichen Nacht habe ich erst von seinen Tattoos erfahren. Dadurch, dass er stets einen Anzug getragen hatte, konnte ich auch die Tinte auf seiner Haut nicht sehen.

«Das ist mein Lebensweg«, raunt er leise und erschreckt mich damit so, dass ich zusammenzucke. Die anderen unterhalten sich ebenfalls leise. Ich löse den Blick von seinem Körper und sehe in seine braunen Augen, die im schwachen Licht glänzen.

»Dornen?«, frage ich nach.

»Meine Kindheit war nicht wirklich einfach.«

»Meine auch nicht.«

»Ach ja?« Er hebt die Braue, und sein Blick wird neugierig. Ich kenne diesen Blick – voller Vorurteile. Ich verwette mein Jahresgehalt, dass er das Gleiche denkt wie alle anderen. *Wie könnte eine Lordtochter eine schwere Kindheit gehabt haben?* Aber ich bleibe ihm die Antwort schuldig. Ich habe keine Lust, über mein Leben in London zu sprechen.

»Wieso heiratet ihr eigentlich hier in New York und nicht in Galen?«, fragt Stephan, das künftige Brautpaar und lenkt zum Glück auch Niall ab.

»Jenna und ich haben uns hier kennengelernt, und man kann sagen, es war Liebe auf den ersten Blick, ohne es zu wissen. New York ist unser Zuhause. In Galen sind viele Galas und Bälle geplant, wo wir das Prinzenehepaar spielen und in Kameras lächeln müssen, doch hier in den Staaten sind wir einfach Jenna und Philip und nicht Prinz und Prinzessin.« Philip sieht meine beste Freundin so liebevoll an, so unsagbar glücklich, dass ich den Blick abwenden muss, da mir der Moment zu intim erscheint. Ich kenne Philip mein ganzes Leben lang, wir sind in den gleichen Kreisen aufgewachsen und haben doch keine richtige Freundschaft aufgebaut, erst durch Jenna sind wir wieder in Kontakt. Wenn ich den Playboy von früher mit dem Mann von heute vergleiche, sehe ich zwei völlig verschiedene Menschen.

Jenna hat Philip gerettet, vor der Trauer um seine verstorbene Verlobte, vor dem Alkohol und sich selbst. Die beiden haben sich über eine Heiratsagentur kennengelernt und kurze Zeit später geheiratet. Jenna hat erst später erfahren, dass er aus einer königlichen Familie stammt, wodurch die Beziehung beinahe zerstört worden wäre, wegen der ganzen Lügen. Ihre Liebesgeschichte ist wie ein Märchen aus dem 21. Jahrhundert.

»Das klingt schön. Und seid ihr nervös wegen morgen?«, fragt nun Carrie und kuschelt sich noch enger an Lance, der ihren Scheitel küsst.

»Ich schon etwas«, meint Jenna. »Immerhin werden wir uns an diese erinnern, und da sollte alles ohne Katastrophen über die Bühne gehen.«

»An diese erinnern?«, fragt nun Lance verwirrt.

»Wir haben ja schon vor Monaten in Las Vegas geheiratet, aber wir waren so betrunken, dass wir uns an die eigentliche Trauung nicht erinnern können.«

»Aber dafür an den Morgen danach«, schmunzelt Philip, und ich will gar nicht wissen, was er damit meint.

»Der morgige Tag wird für uns alle anstrengend. Wir sollten etwas schlafen«, sagt Niall schließlich.

»Hier?«, fragt Kaya überrascht.

»Wieso nicht? Es ist der perfekte Schlafplatz für mich.« Seine Augen suchen meine, und ich spüre, dass er diese Worte auf mich bezogen hat. Doch ich reagiere nicht darauf, sondern drehe mich auf die Seite und schlafe augenblicklich ein.

Ein leises Schnarchen weckt mich auf. Ich blinzle, und als ich meine schweren Lider öffne, sehe ich auf einen Männerhals, der verführerisch duftet. Nach einem herben Aftershave und einem angenehmen Duschgel. Es könnte so schön sein, wenn ich diesen Geruch nicht wiedererkennen würde. Ich reiße die Augen auf und stelle fest, dass Niall und ich eng umschlungen geschlafen haben. Ob nun er die Situation ausgenutzt hat oder wir uns einfach im Schlaf nacheinander gesehnt haben, weiß ich nicht. Will ich auch gar nicht wissen. Denn in diesem Moment geht die Sonne langsam auf, färbt den dunkelblauen Himmel orange, und es sieht aus, als würde sich der neue Tag in den Himmel brennen.

Ja, jetzt und hier genieße ich den Augenblick. Spüre seine Wärme, lausche seinem Atem und fühle mich nicht mehr so verloren wie sonst in letzter Zeit. Nur einen kleinen Augenblick, bevor die Realität diesen Himmel wieder schwarz färbt.

»Wunderschön, nicht?«, flüstert er in mein Haar.

»Ja«, antworte ich, mache keine Anstalten, mich von ihm zu lösen.

»Unser Leben ist so hektisch geworden, dass wir diese kleinen Dinge nicht mehr wahrnehmen.«

»Diese kleinen Wunder.«

»Weshalb hast du gestern geweint?«, fragt er so leise, als hätte er Angst, diese Frage zu stellen.

»Ich habe nicht geheult, sondern bin erkältet.«

»Den ganzen Abend hast du nicht einmal geniest oder gezeigt, dass es dir gesundheitlich schlecht geht.«

»So aufmerksam, hm?«, frage ich etwas trotzig. Es gefällt mir nicht, dass nur er zu sehen scheint, wie es in meinem Inneren aussieht.

»Ich will dir nicht zu nahe treten, wenn du nicht darüber reden willst. Aber wenn ich der Grund war, aus dem du Tränen vergießt, möchte ich es wissen. Ich hoffe, du weißt, dass ich dir niemals wehtun würde.« Jetzt wäre ein perfekter Moment, um ihm zu sagen, dass ich schwanger bin, aber ich kann nicht. Kein Wort verlässt meine Lippen aus Angst vor seiner Reaktion. Dafür löse ich mich etwas von ihm, um in seine Augen zu sehen. Ich muss ihn einfach ansehen.

»Niall … Es fällt mir schwer, das zu sagen, aber …«

»Was in Gottes Namen ist denn hier los? Wollt ihr euch den Tod holen?« Die Schärfe der Frauenstimme lässt mich augenblicklich erstarren. Niall und ich sehen eng umschlungen auf und begegnen dem entsetzten Blick meiner Mutter, als sie uns in dieser intimen Position entdeckt.

Kapitel 4

Niall

Das letzte Mal, als mich eine Person mit solch einem vernichtenden Blick angesehen hat, war, als ich bei der Royal Air Force gelandet bin und meine Ausbildung begonnen habe. Unser Ausbilder hat mich gehasst und uns bewusst das Leben zur Hölle gemacht, bis wir alle bestanden haben und endlich verschwinden konnten. Genauso sieht mich diese blonde, elegant gekleidete Frau an, die in der Balkontür steht. Es ist vielleicht sechs Uhr früh, und sie sieht aus wie aus dem Ei gepellt. Kylie löst sich in Sekundenschnelle von mir und rappelt sich auf.

»Was hast du denn da an?«, herrscht sie Kylie an, und erst jetzt sehe ich die Ähnlichkeit, die gerade Nase, die bernsteinfarbenen Augen und die kühle Haltung. Das ist ihre Mutter. Kylie sieht unbeeindruckt an sich hinab und zuckt mit den Schultern.

»Einen Pyjama«, sagt sie gelassen und begegnet ihr mit einem trotzigen Blick. Beide haben das Kinn gereckt und sehen sich herausfordernd an. Wenn ich nicht wüsste, dass sie Mutter und Tochter sind, hätte ich sie für Erzrivalen gehalten.

»Guten Morgen, Elaine«, gähnt Jenna und richtet sich auf, ebenso wie die anderen, die nur langsam in die Gänge kommen.

»Jenna, meine Liebe.« Das Lächeln, mit dem sie die Prinzessin begrüßt, wirkt nicht echt. Sie deutet eine Verbeugung an und küsst sie auf die linke und rechte Wange. »Ich wollte wissen, wie weit ihr seid. Ob euer Make-up schon aufgetragen wurde – und siehe da: Ihr schlaft ja alle noch. Die Trauung ist in nicht mal drei Stunden.«

»Jetzt sind wir ja wach, also keine Panik, Mutter.« Das letzte Wort knurrt sie fast.

»Na schön, dann lasse ich euch mal in Ruhe, damit ihr euch frisch machen könnt. Bis später.« Sie wendet sich zum Gehen, aber vorher mustert sie mich noch einmal mit einem überheblichen Blick, einem, den ich bei Kylie noch nie gesehen habe. Nein, Kylie ist nicht so taktlos. Ihre Augen bleiben bei meinen Tattoos am Unterarm haften.

»Suchen Sie etwas Bestimmtes?«, frage ich direkt. Ich bin zwar geschult und gut erzogen, wenn Leute von Adel nach Galen kommen, aber so herablassend lasse ich mich nicht begaffen, selbst von einer Lady nicht.

»Um ehrlich zu sein …« Sie schnalzt mit der Zunge und holt Luft, um mir zu antworten, und ich bin mir nicht sicher, ob mir gefällt, was sie zu sagen hat.

«Geh!«, zischt Kylie und stellt sich neben mich, als wäre sie der Bodyguard, der mich beschützen müsste. Also hat mich mein Gefühl nicht getäuscht, sie wollte mich in den Boden rammen, weil ich ihre Tochter im Arm gehalten habe.

»Wie du wünschst. Ich muss sowieso Mitchell Winchester begrüßen. Er müsste mittlerweile angekommen sein.«

»Was?«, fragt Kylie entsetzt und versteift sich neben mir.

»Ja, er war ganz begeistert, als ich ihn eingeladen habe.«

»Du kannst doch nicht irgendwelche Fremden zu Jennas Hochzeit einladen!«

»Natürlich habe ich Jenna gefragt, ob ich noch jemanden mitbringen darf. Die Wedding-Planerin hat sich um die Sitzordnung gekümmert.«

Kylie atmet laut aus, schließt die Augen, und als sie sie öffnet, könnte ich schwören, dass sie eine Nuance dunkler geworden sind. Sie kocht innerlich, ihre zarten Hände sind zu Fäusten geballt, und ihr Gesicht ist wutverzerrt. »Hau ab«, flüstert sie, damit die anderen, die sich noch unterhalten, nichts mitbekommen. Endlich tut diese Frau, was man ihr sagt, und geht erhobenen Hauptes wieder. Kylie zittert noch immer vor Verärgerung; auch wenn es böse ausgehen könnte, stelle ich mich vor sie und greife nach ihren Fäusten, lockere sie etwas und verschränke meine Finger mit ihren. Ihre Hände fühlen sich kalt an.

»Das war also deine Mutter«, sage ich, um irgendetwas zu sagen, um sie von dem abzulenken, was auch immer das gerade war.

»Ja, wie sie leibt und lebt.«

»Sie ist ja … bezaubernd«, sage ich schmunzelnd, weil mir kein anderes Wort auf die Schnelle einfallen will und weil der Teufel in Gucci ihr sicher nicht gefallen würde.

«Ja, wie eine Horde Killerhunde«, meint Kylie und kann sich selbst ein Lächeln nicht verkneifen.

»Geht's wieder?«, frage ich und streiche über ihr Haar, verharre an ihrer Wange. Mir ist scheißegal, dass uns alle beobachten, denn wenn sie nicht blind sind, können sie ja sehen, dass ich ganz verrückt nach dieser Frau bin.

»Ja, danke. Ich weiß selbst nicht, wieso sie es zu genießen scheint, mich auf die Palme zu bringen.«

»Wer ist Mitchell?« Sie erschaudert bei der Erwähnung seines Namens, aber ich muss es wissen, muss erfahren, ob er ihr jemals wehgetan hat.

»Ach, nur ein Vollidiot aus London. Ein Sandkastenfreund.« Ich will gerade etwas sagen, sie in den Arm nehmen, um sie zu beruhigen, aber da erscheint auch schon die Wedding-Planerin von Jenna und Phil und scheucht uns wie Hühner in die jeweiligen Räume, in denen wir erwartet werden. Kylie folgt ihr, ohne sich umzudrehen. Eigentlich sollte es mich nicht mehr kümmern, eigentlich sollte ich mich nach einer anderen umsehen, wenn Kylie so offensichtlich nichts von mir will, aber ich kann nicht. Ich will nicht.

»Sie kommt doch noch, oder?«, flüstert Phil schon etwas nervös, als Jenna auch nach fünfzehnminütiger Verspätung nicht erscheint. »Keine Panik, Mann. Sie pudert sich sicher noch das Näschen und trinkt eine Flasche Scotch. Immerhin hat sie dich jetzt ihr ganzes Leben lang am Hals.«

»Du Arsch«, meint mein bester Freund lachend und erntet so ein Räuspern vom Pastor, der hinter uns steht.

»Entschuldigt«, murmelt Philip etwas verlegen und sieht wieder zu der zweiflügeligen Saaltür, die sich einfach nicht öffnen will. »Danke, Mann«, meint er dann und legt seine Hand an meine linke Schulter.

»Wofür?«

»Dafür, dass du jeden Tag dein Leben riskierst, um mich und meine Familie zu schützen, weil du mein bester Freund bist und weil du einfach ein Vollidiot bist. Such dir was aus.« Phil schmunzelt, und die Nervosität scheint etwas abzuflauen, also spreche ich weiter, um ihn abzulenken.

»Hat Kylie je über mich gesprochen? Ich meine, hat Jenna je etwas erwähnt?«

Sein Blick wird weicher, was mir irgendwie auf die Eier geht. Ich will jetzt nicht wie ein verliebter Trottel dastehen, sondern einfach nur wissen, ob ich jemals eine Chance bei ihr haben werde. »Ja, das hat sie. Allerdings bist du nicht gut weggekommen, Mann. Vielleicht solltest du sie vergessen.«

»Ich wünschte, ich könnte es. Aber ich kann nicht«, murmle ich und verstumme, als sich die Türen öffnen und Kylie als Erste den

Saal betritt. Sie trägt ein apricotfarbenes bodenlanges Kleid mit Herzausschnitt, der ihre perfekten Brüste in die Höhe presst, sodass mir fast das Wasser im Mund zusammenläuft. Ihr schulterlanges welliges Haar ist locker hochgesteckt, und sie sieht wie ein Engel aus. Sanft, schön und echt. Philips Worte hallen noch in meinem Kopf wider. *Ich sollte sie vergessen.* Immerhin hat sie mir klar und deutlich zu verstehen gegeben, dass sie kein Interesse an mir hat. Aber dann ist da heute Morgen, an dem wir Arm in Arm aufgewacht sind und sie sich an mich gekuschelt hat, als wäre es genau der Ort, an dem sie sein wollte.

»Mund zu«, flüstert Philip, und ich klappe ihn zu, mir war gar nicht bewusst gewesen, dass ich Kylie angegafft habe. Ich war so in Gedanken versunken, dass ich nicht gleich ihre geröteten Augen gesehen habe. Sie hat geweint. Wieder. Vielleicht aus Rührung, aber vielleicht auch wegen etwas anderem. Kylie lächelt Philip aufmunternd an, zwinkert ihm zu, ehe sie zu mir sieht. Es ist wieder die kalte Maske, die sie mir schon in Galen ständig gezeigt hat. Der Ausdruck, den ich niemals deuten könnte, doch ich sehe sie einfach an, lächle, aber sie erwidert es nicht. Ich mahle mit dem Kiefer und sehe zu Boden. Was ist bloß los mit mir? Sie steht einfach nicht auf mich, wieso sollte ich mich noch weiter quälen, wenn es doch umsonst ist? Von Anfang an hat sie sich mir gegenüber arrogant und kühl verhalten; auch wenn sie damit vielleicht ihre verletzliche Seite verstecken wollte, sehe ich einfach nicht, aus welchem Grund ich noch kämpfen sollte.

Als wären die vergangenen Monate in Galen nicht weiter wichtig, fälle ich meine Entscheidung. Ich gebe auf. Etwas, was ich noch nie getan habe, egal in welcher Lebenslage, doch auch ich habe noch etwas Stolz in mir. Nach Kylie kommen Carrie und Kaya, stellen sich auf die rechte Seite des Altars und sehen gespannt zur Tür. Dann betritt Jenna mit ihrem Stiefvater Harry den Raum, und ich sehe automatisch zu Philip. Seine Lippen öffnen sich einen Spaltbreit, und er hört augenblicklich auf zu atmen, als er sie sieht. Früher dachte ich, dass ich an seiner Seite stehen würde, wenn er Elizabeth heiratet, die Frau, die auch ich geliebt habe, aber das Schicksal ist manchmal skrupellos und hat uns beiden Lizzy weggenommen. Philip wäre beinahe daran zugrunde gegangen, während ich im Stillen getrauert habe. Allein. Aber das ist nun alles Vergangenheit, denn Jenna hat das geschafft, was ich nicht konnte. Hat ihn wieder ins Leben zurückgeholt.

»Mund zu«, wiederhole ich seine Worte, und ein Lächeln schleicht sich auf seine Lippen, den Blick noch immer auf seine Frau gerichtet. Harry hebt Jennas Schleier, gibt ihr einen Kuss auf die Wange und übergibt sie in Philips Obhut. Die Augen der beiden sind glasig geworden, und auch ihre Atmung hat sich beschleunigt. Und obwohl sie längst verheiratet sind, scheint dieser Augenblick sie zu überwältigen. Sie sehen glücklich aus, als wären sie angekommen, und in diesem Moment lege ich den Schwur ab, dass ich immer für die beiden da sein und sie mit meinem Leben beschützen werde.

Die Trauung geht zu meinem Glück schnell über die Bühne, und es ist nicht so schnulzig, wie ich befürchtet habe. Jenna und Philip haben auf selbst geschriebene Ehegelübde verzichtet, weil sie schon selbst wissen, was sie einander bedeuten – und das reicht ihnen. Auf dem Empfang ist alles dabei, von Kitsch über Glitzer zu komischen Cocktails, um die ich einen weiten Bogen mache. Ich lechze nach einem Bier, da zu viele Leute auf engem Raum unterwegs sind. Generell mag ich keine Menschenansammlungen, das macht es schwerer, jemanden zu beschützen. An der Bar bestelle ich mir ein Bier und spüle es direkt runter. Die Nacht war kurz. Ich weiß gar nicht, um welche Uhrzeit wir auf diesem gemütlichen Balkon eingeschlafen sind.

»Hey«, begrüßt mich eine sinnliche Stimme, die ich noch nie gehört habe. Ich wende mich ihr zu und stehe einer hübschen, aber völlig unbekannten Frau gegenüber. Sie trägt ein hautenges rotes Kleid, das ihre weiblichen Kurven betont. Der fließende Stoff am Ausschnitt fällt tief zwischen ihren Titten herab, und um ihre Hüften trägt sie einen schmalen Gürtel. Das lockige Haar fällt ihr fließend bis zu den Hüften, und ihre grünen Augen heften sich hungrig an meinen Körper. Sie weiß, was sie will, und hat keine Scheu, es zu zeigen.

»Kennen wir uns?«, frage ich etwas zu forsch, denn ich möchte einfach meine Ruhe haben, perfekter Körper hin oder her.

»Nein, aber das würde ich gern ändern«, schnurrt sie und setzt sich auf den Barhocker neben mir.

»Hör zu«, ich stelle meine leere Flasche ab und wende mich ihr zu, »du scheinst sehr …« Ich suche nach den richtigen Worten. »… nett zu sein, aber ich habe kein Interesse, okay?«

«Nett?«, sie schnaubt belustigt auf. »Baby, ich könnte dir die Nacht deines Lebens bescheren und dich so wahnsinnig machen, dass du darum bettelst, dich in mir zu versenken. Ich bin vieles, aber sicher nicht nett.«

Die ist aber sehr von sich überzeugt! Sie steht auf und stellt sich direkt vor mich, presst fast ihre Brüste an meinen Oberkörper. Für andere mag es wie eine intime Pose aussehen, doch wenn ich vorhin schon kein Interesse an dieser Frau hatte, stößt sie mich nun komplett ab. Ich greife an ihre Schulter, um sie von mir wegzuschieben. Ihre Überheblichkeit ist ja nicht auszuhalten. »Wie ich schon sagte, Kleine. Ich will dich nicht, also …«

»Faye!« Plötzlich steht Kylie neben uns, sieht wie gebannt auf meine Hände, die auf der nackten Schulter dieser unmöglichen Frau ruhen.

»Ja, Schwesterchen?«, sagt sie zuckersüß und erwischt mich eiskalt. Sie ist Faye Blair-Woodward? Selbst ich, der nicht so oft in London unterwegs ist, habe schon von ihr gehört. Sie soll es faustdick hinter den Ohren haben, was ich nun am eigenen Leib erfahren durfte.

»Mum sucht dich überall.«

»Sag ihr, ich bin beschäftigt«, zischt sie gereizt und macht eine wegscheuchende Geste, als wäre Kylie eine Fliege, die sie loswerden möchte. Ich weiß nicht, wieso, aber mich macht das wütend. Faye wendet sich mir wieder zu, noch immer ist da ein Feuer in ihren Augen.

»Du und ich sind hier fertig«, sage ich mit solcher Kälte in der Stimme, dass sogar Kylies Brauen in die Höhe wandern. Ich nehme die Hände von ihr, als hätte ich mich an ihr verbrannt und gehe. Ich bekomme noch mit, wie Kylie mir nachsieht, als ich um die Ecke biege, ihr Blick wirkt traurig, fast verloren.

Nach dem leckeren Abendessen sind die Nervosität und Anspannung von jedem abgefallen. Die Hochzeit war ein Erfolg und ist ohne Katastrophen über die Bühne gegangen. Ich sitze neben Philip, Kylie sitzt neben Jenna, und auch wenn ich sie nicht sehen kann, spüre ich ihre Blicke auf mir, doch ich ignoriere sie. Das ganze Hin und Her hat endlich ein Ende. Sie will mich nicht, das soll mir recht sein. Die Wedding-Planerin, die mir schon den ganzen Tag auf die Eier geht mit ihrem Hang zum Perfektionismus, nickt mir zu und gibt den Startschuss für die Reden der Trauzeugen. Ich greife in mein Jackett, das über der Stuhllehne hängt, und ziehe meine Rede heraus, kremple die Ärmel meines weißen Hemds hoch und stehe auf.

»Meine Damen und Herren. Wie hier die meisten sicher schon wissen, musste ich mein ganzes Leben lang diesen Kerl ertragen. Ihn aus der Bredouille holen, wenn er mal wieder über die Stränge geschlagen hat, bevor ihn die Königin Mutter in die Finger bekam.« Gelächter ertönt auch seitens Phils Mom. »Ich erinnere mich an einige Nächte und Abenteuer, auf die ich nicht näher eingehen will. Außer …«

»Genug, Mann. Der Griff an meiner Schulter tut jetzt schon weh.« Wir alle sehen auf Jennas Finger, die auf Philips Schulter ruhen, und lachen. Ich weiß, dass Jenna kein eifersüchtiger Mensch ist und das Ganze mit Humor nimmt.

»Na schön. Na schön.« Ich lasse den Spaß beiseite und blicke das Ehepaar eindringlich an. »Es war sicherlich nicht einfach, auf ihn aufzupassen, denn dieser Typ hatte meist nur Unsinn im Kopf. Im Laufe unseres gemeinsamen Lebens habe ich beschlossen, dass ich alles tun würde, um ihn zu beschützen, wenn er schon selbst nicht auf sich aufpassen kann.« Wieder schmunzeln alle Anwesenden; sogar Kylie, die den ganzen Tag über traurig ausgesehen hat. »Ich habe diese Entscheidung nie bereut, denn ich kann meinem Bruder im Geiste zur Seite stehen. Selbst dann nicht, als er sich in den vergangenen Jahren gehen hat lassen. Dann kamst du.« Ich blicke in Jennas feuchte Augen, ihre Hand ruht nun auf ihrer Brust. »Du hast ihn wieder ins Leben zurückgeholt, hast ihm den Arschtritt verpasst, den ich nicht zustande gebracht habe. Du hast ihn geliebt, als er sich von allen abkapseln wollte, und dafür, werde ich dir immer dankbar sein. Philip war immer mein Bruder, und ich teile ihn gerne. Mit meiner neuen Schwester.«

Das Schluchzen von Jenna lässt einige aufseufzen, als sie aufsteht, um Philips Stuhl herumgeht und mich fest an sich drückt. »Danke, Niall. Das bedeutet die Welt für mich«, flüstert sie mit belegter Stimme in mein Ohr.

»Ich werde immer für euch da sein. Ihr seid meine Familie.«

Jenna nickt lächelnd, während eine Träne über ihre Wange rollt. »Danke.«

Die Gäste applaudieren, als auch Philip aufsteht, mich in den Arm nimmt und mir auf den Rücken klopft, etwas fester, als ich erwartet hätte. »Du wärst jetzt tot, Alter. Wenn du die pikanten Details ausgeplaudert hättest«, flüstert er lachend, doch ich weiß, er meint das nicht so. Außerdem hat er keine Chance gegen mich.

»Spinnst du? Ich will doch nicht, dass sie mich feuert. Immerhin saß ich bei den meisten Eskapaden in der ersten Reihe.« Er lässt mich wieder in Ruhe, bedankt sich still und setzt sich neben seine Frau, küsst sie auf die Stirn, und auch wenn ich es nicht will, sehe ich zu Kylie, die meinen Blick einfängt. Ihre Miene ist wieder undurchdringlich, wie sonst auch immer, wenn andere zugegen sind.

Mir fällt es schwer zu verstehen, wieso sie sich unnahbar gibt, wenn ich doch in den vergangenen Wochen eine andere Kylie kennenlernen durfte. Diese Frau war witzig, leidenschaftlich und voller Gefühle. Doch nun sieht sie aus wie eine Schaufensterpuppe, wunderschön, perfekt gekleidet und doch kalt. Ich habe alles gegeben, um sie davon zu überzeugen, dass ich sie wirklich kennenlernen möchte, die richtige Kylie und nicht diese Figur, die sie in der Öffentlichkeit darstellen will. Aber sie hat mich zurückgewiesen, zu oft, und auch wenn es mir schwerfällt, muss ich sie aus meinem Kopf bekommen, ich bin einfach nicht gut genug für eine Lordtochter, das hat sie mir unmissverständlich klargemacht.

Kapitel 5

Kylie

Ich will diesen Mann, der gerade hundert Menschen sein Herz offengelegt und keine Scheu dabei empfunden hat. Ihn, der meine Schwester, die sonst jeden um den Finger wickelt, hat abblitzen lassen. Niall ist kein Bad Boy, wie ich anfangs dachte, ist nie einer gewesen. Er hat von Anfang an klargestellt, was er will, und keine Spielchen gespielt. Anfangs wollte er nur einen Kuss von mir, doch ich habe ihm alles gegeben, wenn auch nur für eine Nacht, und bin nun schwanger. Philip umarmt ihn gerade freundschaftlich, was ich als meinen Startschuss sehe, denn immerhin bin ich dran mit der Rede. Ich stehe auf und warte. Niall sieht zum Ehepaar, ehe er zu mir sieht. In seinem Blick sehe ich so viele Gefühle, und alle machen mir eine Heidenangst, also lasse ich meine Maske aufrecht. Die kühle Fassade, denn ich spüre die Augen meiner Mutter auf mir, sie würde Niall aus meinem Leben vertreiben, sobald sie merkt, dass ich mich in ihn verliebt habe. Er löst den Blickkontakt und nimmt nun selbst Platz, er wirkt entschlossen, und ich würde alles geben, um zu wissen, wie seine Entscheidung ist.

Da ich niemals vor dem Adel heulen würde, geschweige denn vor meiner Familie, habe ich eine witzige Rede gehalten. Habe Jennas Macken aufgezählt und Philip viel Glück gewünscht, wenn sie mal wieder unausstehlich wird, habe ihm aber auch klargemacht, was für ein Segen Jenna für ihn ist. Für uns alle. Und ja, ich habe dann doch geheult, weil ich meine beste Freundin liebe und sie endlich die Wahrheit weiß, die mich innerlich zerfressen hat. Wir beiden weinen um mein altes Leben, das ich nicht loslassen will, und halten einander. Die Gäste denken wohl, dass wir aus Freude weinen, doch es ist anders, es fühlt sich an, als würde die alte Kylie verschwinden.

»Ich bin immer für dich da. Egal, wofür du dich entscheidest«, flüstert Jenna schniefend und streicht mir über die Wange. Sie weiß, dass ich eine Abtreibung in Betracht ziehe, auch wenn ich kein Wort davon erwähnt habe. Nickend löse ich mich von ihr und setze mich, versuche mit der Serviette mein Make-up zu retten.

»Sie weiß es, oder?«, wispert mir Carrie, die neben mir sitzt, zu.

»Ja«, antworte ich lächelnd, denn es fühlt sich befreiend an, dass die wichtigste Person in meinem Leben nun die Wahrheit weiß.

»Und Niall? Wann wirst du es ihm sagen?«

Es ist die Frage, die ich auf keinen Fall beantworten kann, weil ich selbst nicht weiß, was ich tun soll. »Ich …«, setze ich an, verstumme aber augenblicklich, als meine Mutter auf uns zukommt. Oh Gott, nein!

«Schönen guten Abend, Carrie. Sie sehen bezaubernd aus. Wann ist es so weit?«

»In drei Monaten, also im Dezember.«

»Wie wunderbar, ich wünsche Ihnen alles Gute.« Nach dem höflichen Small Talk wendet sie sich mir zu. »Kylie, würdest du bitte mitkommen? Es gibt da jemanden, der dich gerne begrüßen möchte.«

Ich weiß genau, wen sie meint, habe aber keinen Bock auf dieses Aufeinandertreffen mit Mitchell. »Carrie und ich unterhalten uns gerade, wir wollen außerdem den Eröffnungstanz von Philip und Jenna nicht verpassen.«

»Carrie hätten Sie etwas dagegen, wenn ich Ihnen meine Tochter kurz entführe? Ich verspreche, zum Tanz ist sie wieder bei Ihnen.« Diese intrigante Schlange! Natürlich kann Carrie bei dieser Frage nicht Nein sagen.

»Nein, ich habe nichts dagegen«, meint sie lächelnd, da sie ja nicht ahnen kann, dass ich kein gutes Verhältnis zu meiner Mutter habe.

»Vielen Dank. Kylie?« Zähneknirschend erhebe ich mich, umrunde den Brauttisch, an dem das Brautpaar und die Trauzeugen sitzen, und gehe zu ihr.

»Ganz übel gespielt, Mutter«, sage ich beiläufig, als wir zu ihrem Tisch gehen, ganz in der Nähe des Königs und der Königin. War ja klar. Mitchell unterhält sich gerade mit meinem Vater, und ihn wiederzusehen lässt mich beinahe würgen. Es liegt sicher nicht an seinem Aussehen, denn das ist ganz ansehnlich. Dunkle kurze Haare, die perfekt nach hinten frisiert sind. Sportlicher, aber dünner Körper und blaue kalte Augen. Sie sind klar und hell, bedrohlich, wie die eines Vampirs, scheinen sie zu glühen, wenn er Hunger verspürt. So wie jetzt, als er mich erblickt.

Ein dreckiges Grinsen schleicht sich auf sein Gesicht, das für die umstehenden warm wirken würde, doch ich kenne diesen Mann, und ich mag ihn nicht. »Kylie? Bist das du? Du siehst so verändert aus.« Der Etikette halber reiche ich ihm meine Hand, auf dessen Handrücken er einen Kuss haucht. Ich verdränge den Drang, sie mir an meinem Kleid abzuwischen.

»Danke«, sage ich nur und trete zu meinem Vater, den ich in den Arm nehme und drücke. »Du siehst viel besser aus«, flüstere ich und küsse ihn auf die Wange.

»Hallo, mein Schätzchen. Danke, der Doktor sagt, ich mache große Fortschritte.« Dad erholt sich von einem leichten Herzinfarkt und scheint wieder Farbe bekommen zu haben. Die meisten Haare sind im Alter ausgefallen, sodass er nur noch eine Halbglatze vorweisen kann, aber das mindert sein Aussehen in keiner Weise ab. Er ist breit gebaut, etwas füllig und strahlt Autorität aus – durch sein kantiges Gesicht und die tiefe Stimme. Doch mir gegenüber war er immer schon milder gestimmt als meine Mutter. Er war auch derjenige, der mir meinen Namen gegeben hat, wobei meine Mum Aurora, Evangeline und Faye vorgeschlagen hatte. Dad hat darauf beharrt, dass ich einen normalen Namen bekommen soll, und hat sich für Kylie entschieden, und deswegen liebe ich meinen Namen, weil er ihn mir gegeben hat. Elaine Blair-Woodward hat sich damals in Oxford auf den ersten Blick in meinen Vater verliebt, auch wenn Großvater dagegen war, haben sie geheiratet und sind seit dreißig Jahren glücklich.

Mum tritt an seine Seite und sieht ihn mit solch einer Wärme an, dass ich sie fast nicht erkenne. Denn auch wenn sie für ihre Töchter nicht viel Zuneigung zeigt, liebt sie meinen Vater abgöttisch. Als er den Infarkt bekam, hat es meine Mutter auch fast krank gemacht vor Sorge. »Er ernährt sich gesund, macht seine Übungen, und wir machen lange Spaziergänge. Sogar Faye geht manchmal mit.« Diese Aussage bringt mich zum Lachen, denn meine Schwester ist kein sonderlicher Fan von der freien Natur oder von körperlicher Anstrengung.

»Wie geht es den Mädels? Ich hoffe, Mum macht nicht einen auf Verkupplungsterror.« Dad lacht sein tiefes, für ihn typisches Lachen. »Keine Angst, sie wird dazu keine Möglichkeit haben. Faye hat sich in den Kopf gesetzt, unbedingt nach New York zu ziehen, und Charlotte will wie immer das, was auch ihre Schwester möchte.« Was natürlich klar ist, sie sind zweieiige Zwillinge und machen fast alles zusammen, wobei Faye das Alphatier ist und Charlotte der Welpe.

»Ich hoffe, sie ziehen nach Brooklyn oder Queens, ich möchte nicht auch noch auf die beiden aufpassen müssen. Immerhin habe ich einen Job.«

»Das weiß ich nicht, Kylie. Mir gefällt die Vorstellung nicht, dass alle meine Töchter in den Staaten verweilen, während wir in Kent sind.« Das kann ich mir vorstellen, so kann sie uns nicht ständig kontrollieren.

»Ach, lass sie doch. Sie sind jung und müssen noch ihren Platz im Leben finden. Wie meine Kylie hier. Sie hat sich selbst ein Leben aufgebaut, ohne auf uns angewiesen zu sein. So hätte ich es auch gemacht. Sie kommt eben nach mir.« Ein stolzes Lächeln erhellt Dads sonst so ernsten Züge.

»Ich finde das auch sehr faszinierend. Du hast es ganz allein geschafft«, schnurrt Mitchell hinter mir, er steht so dicht an meinem Rücken, dass ich seinen Atem in meinem Nacken spüre. Ein eiskalter Schauer überkommt mich. Also gehe ich auf meine Eltern zu und küsse Dad auf die Wange. Ich will gerade gehen, als Mitchell nach meiner Hand greift und mich aufhält.

»Willst du dir auch den Eröffnungstanz ansehen?«, fragt er mich vor meinen Eltern, und ich weiß sofort, was er im Schilde führt.

»Natürlich. Immerhin ist sie die beste Freundin der Braut«, säuselt meine Mutter.

»Darf ich dich begleiten? Du schuldest mir außerdem noch einen Tanz.« *Wie bitte? Wo hat er denn das her?*

»Ach, das klingt romantisch, dass du das noch von früher weißt. Natürlich darfst du sie begleiten, wir bestehen darauf.« Ich sehe fast verzweifelt zu meinem Vater, der aber nur mit den Schultern zuckt. Er kann da nichts machen, es wäre unhöflich, ihn abzuweisen.

»Na schön. Komm.« Ich gehe schnurstracks zur Tanzfläche, ohne darauf zu achten, ob er mir auch folgt. Mir wäre es lieber, der Boden würde sich auftun und ihn verschlucken, aber dieses Glück ist mir nicht vergönnt. Wir kommen gerade rechtzeitig, als Ed Sheerans *Perfect* erklingt und Jenna und Philip das Parkett betreten. Es ist ein langsamer, romantischer Tanz. Die Braut vergeht vor Liebe zu ihrem Mann, und auch er drückt sie fest an sich, scheint sie nie wieder loslassen zu wollen.

Ich suche die umstehenden Gäste ab, die das Geschehen vor uns beobachten, finde Niall aber nicht. Ich weiß nicht, weshalb ich nach ihm suche, wenn mir doch selbst bewusst ist, dass wir zu verschieden sind und keine gemeinsame Zukunft hätten. Aber das Herz will, was es will, und das ist Niall.

»Wen suchst du?«, fragt Mitchell hinter mir, will gerade seine Hand an meine Hüfte legen, doch ich weiche zur Seite.

»Niemanden.« Ich werde sicher nicht mit ihm reden, dafür ist der Zug längst abgefahren. Genau in dem Moment, als ich Niall in Begleitung einer hübschen Brünetten entdecke, lädt das Brautpaar alle umstehenden Gäste ein, sich zu ihnen zu gesellen. Mitchell greift nach meiner Hand und zieht mich zur Tanzfläche, ich will mich ihm entziehen, doch ich entdecke meine Eltern, die uns von dem Rand aus beobachten. Meine Mutter lächelt selig, doch mein Dad runzelt die Stirn, weil ich so verzweifelt aussehen muss, also reiße ich mich zusammen und lasse ihn seine dreckigen Finger auf meine Hüfte legen. Die andere Hand ruht in seiner. Er ist ein perfekter Tänzer, was auf seine Erziehung zurückzuführen ist. Er kommt aus denselben Kreisen wie Philip und ich. Seine Eltern sind nicht von Adel, aber steinreich. Reicher als die Queen selbst.

»Das erinnert an alte Zeiten, oder?«, schnurrt er und wirbelt mich herum, als wäre ich eine Feder.

»Ja, leider«, zische ich – jetzt, wo meine Eltern außer Hörweite sind, kann ich ihm sehr wohl sagen, was mir auf der Zunge brennt.

»Gar nicht erfreut, mich wiederzusehen?«, fragt er gespielt überrascht, dabei weiß er ganz genau, was er getan hat.

»Nicht im Geringsten. Ich habe eher gehofft, deine Visage nie wiederzusehen.«

»Da ist sie ja. Die Katze mit den Krallen. Lange nicht mehr gesehen.«

»Das, was zwischen uns war, war auf einen langen Alkoholrausch meinerseits zurückzuführen. Ich hätte mich niemals auf dich eingelassen, wenn ich gewusst hätte, was für ein Schwein du bist.«

»Ach nur, weil ich es etwas härter wollte, bist du gleich eingeschnappt.«

»Du hast mir wehgetan, du perverses Schwein. Deine Fesselspiele haben es mir unmöglich gemacht, mich zu bewegen. Wäre Charlotte nicht gekommen, hättest du mich vergewaltigt.«

»Wieso habt ihr mich dann nicht angezeigt?« Sein überhebliches Grinsen hätte ich ihm am liebsten aus dem Gesicht geschlagen. Wären meine Eltern und das Königspaar aus Galen nicht anwesend, hätte ich ihm in die kleinen Eier getreten. »Richtig. Weil meine Familie euer bester Kunde ist. Ohne uns wärt ihr bald bankrott, also solltest du gefälligst netter zu mir sein oder …« Das reicht!

«Oder was?« Ich bleibe stehen, kann mich vor Wut nicht mehr bewegen. Wie kann dieses Schwein auch nur denken, dass ich mich von ihm erpressen lasse? Ich bin nicht mehr die Kylie, die ich damals in London war. Ich habe mich verändert, zum Guten.

»Hör zu, du mieses Stück Scheiße«, zische ich und will ihm gerade eine Szene machen, doch er packt mich fest und zieht mich lachend an sich. Für die Umstehenden muss es aussehen, als würden wir gemeinsam lachen, doch mir ist eher nach Weinen zumute.

»Kätzchen, glaub ja nicht, dass du mir drohen …«

»Lass sie los«, knurrt Niall hinter mir, und ich wäre fast in Tränen ausgebrochen vor Dankbarkeit. Mein Gesicht ist noch immer auf Mitchells Brust geheftet, damit niemand die Panik in meinem Blick sieht. Ich will Jennas Hochzeit nicht mit meinen Problemen von früher verderben.

»Wer bist du denn? Weißt du nicht, wer ich bin?«, sagt Mitchell mit einem bedrohlichen Unterton.

»Mich interessiert einen Scheiß, wer du bist, aber wenn du Kylie nicht sofort loslässt, lasse ich dich rauswerfen.«

Ich setze ein falsches Lächeln auf und beobachte die anderen. Keiner würdigt uns eines Blickes, keiner, außer meiner Mutter. Dann sehe ich zu Niall, der mit einem Mal viel größer, viel bedrohlicher wirkt, als ich ihn in Erinnerung habe. Sein Blick ist hart, ebenso wie seine Haltung. Er würde Mitchell mit einem Schlag k. o. prügeln, das scheint auch Mitchell selbst zu bemerken. Sein Griff um meine Handgelenke lockert sich, und er lässt mich einen Herzschlag später gehen. Sofort ist Niall zur Stelle und zieht mich in seine Arme, an seine breite, muskulöse Brust. »Wenn du ihr noch einmal zu nahe trittst, mache ich dich fertig. Hast du mich verstanden?«

»Wir sehen uns noch«, meint Mitchell amüsiert und geht einfach, als wären wir es nicht wert, sich weiter mit uns zu beschäftigen. Mein Zittern lässt nicht nach, ebenso wie die Starre, die mich eingenommen hat. Niall streicht mit seinen Fingern meinen nackten Rücken auf und ab, was mich langsam wieder runterkommen lässt. Seine warmen Hände wandern von meinem Rücken zu meinen Hüften, und wir wiegen uns im Takt der Musik hin und her.

»Einige scheinen uns doch beobachtet zu haben. Lass uns ein wenig tanzen. Leg deine Hände auf meine Brust, damit man die Rötung nicht sieht.« Automatisch sehe ich hin, und tatsächlich sind Abdrücke auf meinen Handknöcheln zu sehen, weil Mitchell mich zu fest gepackt hat. Ich nehme all meinen Mut zusammen und blicke von seiner festen Brust auf in seine braunen Augen, die fast schwarz geworden sind und vor Wut zu glühen scheinen. Ich schnappe erschrocken nach Luft, denn derart sauer habe ich ihn noch nie gesehen, gefährlich und hart.

»Niall?«, hauche ich etwas ängstlich, ich weiß nicht, was ich tun würde, wenn er umdrehen und Mitchell eine Lektion verpassen würde. Er nimmt seinen suchenden Blick von der Menge zu mir, und seine Miene verändert sich. Wird weicher und die Augen werden wieder braun, warm.

»Ich hätte ihn umgebracht, wenn er dich nicht losgelassen hätte«, sagt er nach einem Augenblick, in dem er mich nur betrachtet. »Ich habe deine Panik gesehen und den festen Griff. Als er dich gepackt hat, habe ich Nikki einfach stehen gelassen und bin sofort hergekommen.«

Ich sollte mich wirklich auf seine anderen Worte konzentrieren, doch der Name dieser hübschen Unbekannten brennt sich in mein Gedächtnis, und ich kann es nicht verhindern, dass sich Eifersucht in mir breitmacht. Meine Mauern, die kurz gefallen sind, baue ich erneut auf, und meine Maske sitzt wieder. Niall hat schon eine Neue gefunden – und wer bin ich schon, dass ich ihm das verderbe?

»Ich wäre schon mit ihm fertiggeworden«, sage ich mit fester Stimme, auch wenn es nicht ganz stimmt. Ich hatte zu viel Angst, um zu reagieren.

»Du bist eine gute Lügnerin, aber ich glaube dir nicht.«

Ich will mich von ihm lösen, weil er wieder in mich zu sehen scheint, tief in meine Seele. Doch er zieht mich sanft noch enger an seine Brust, dieser Druck ist anders als bei Mitchell vorhin. Nein. Niall würde mir niemals körperlich wehtun. Dann schließe ich die Augen. Sein Geruch nach diesem einen bestimmten Duschgel und viel Niall trifft mich wie eine sanfte Brise.

Langsam wandern meine Hände seinen Bizeps hinauf zu seinen Schultern, damit ich ihn von mir schieben kann, doch er bewegt sich kein Stück. »Wieso stößt du mich von dir?«, raunt er heiser, streichelt mit der Hand über meine Wange und verharrt dort. Seine Berührung lässt meinen Widerstand etwas bröckeln, doch ich weiß, dass er und ich keine Zukunft haben. Ich schlucke und will ihm sagen, dass er sich von mir fernhalten soll, doch die nächste Frage macht meine Knie weich. »Wieso machst du es mir so schwer, dich zu lieben?« Er neigt den Kopf zu mir runter, und ich weiß, dass er mich küssen möchte. Ich will es ebenfalls, doch kurz, nur ganz kurz sehe ich zu meiner Mutter, die mit aufgerissenen Augen zu uns sieht. Als könne sie nicht glauben, dass ich tatsächlich einen Bodyguard küssen will. So wie ich sie kenne, würde meine Mutter alles tun, um unsere Beziehung zu sabotieren, das weiß ich, da sie Niall nicht gut genug für mich findet, doch es ist genau umgekehrt. Ich bin nicht gut genug für ihn. Nicht die richtige Mutter für unser Kind. Ich weiß nicht, wer ich bin, geschweige denn, ob ich eine gute Mum abgeben würde oder ob ich das Baby überhaupt will.

»Nein«, hauche ich, kurz bevor seine weichen Lippen meine treffen. Niall ist ein guter Kerl, und er würde nicht aufgeben, bis ich nachgebe und ihm meine Gefühle gestehe, also muss ich ihm wehtun. Muss ihn von mir stoßen, um ihn vor meiner falschen Glitzerwelt zu schützen. Meine Maske strahlt kalt wie eh und je, und ich lege meine ganze Kraft, meine Arroganz in die nächsten Worte, um ihn hart zu treffen. »Niall, ich bin nicht das, was du glaubst in mir zu sehen. Ich interessiere mich nur für mich selbst, bin stolz und Besseres gewöhnt als dich. Mitchell mag ein Arsch sein, aber er passt zu mir. Du und ich, das war nur ein Fick, ein guter, aber einmalig. Bitte lass mich in Ruhe.«

Nie ist es mir schwerergefallen, nicht zu weinen – nicht mal, nachdem mein Dad den Infarkt gehabt hat. Dieser Schmerz, der mich erfüllt, fühlt sich an, als würde ich mir mit meinen eigenen Händen das Herz aus der Brust reißen und langsam unter seinen Augen verbluten. Nialls Blick ist verletzt, brennt sich für immer in mein Gedächtnis und zerreißt mich in tausend Stücke, wird mich immer daran erinnern, dass ich niemals mehr mein Herz an jemand anderen verlieren werde.

Kapitel 6

Niall

»Was war das eben?«, will Philip wissen, nachdem ich mich wieder an meinen Platz setze.

»Da musst du dich schon deutlicher ausdrücken. Es ist verdammt viel passiert.« Mir fällt es wirklich schwer, ihn nicht anzuknurren. Ich weiß ja selbst nicht, was ich von alldem halten soll. Eigentlich sollte ich nicht überrascht oder verletzt sein, aber dieses beschissene Brennen in meiner Brust will einfach nicht aufhören.

»Du und Kylie. Was läuft da?«

»Leider gar nichts. Zumindest nicht mehr.«

»Wie soll ich das verstehen?« Sein Ton ist mir nicht gerade wohlgesonnen, als wäre ich hier der Böse.

»Wir hatten Sex. Einmal. Nach dem Jägerball.«

»Ihr habt was?« Phil ist so laut, dass sich sogar Jenna zu uns umdreht. Ich weiß nicht, ob sie es weiß, also senke ich die Stimme.

»Wir haben miteinander geschlafen, haben uns auf eine Nacht ohne Verpflichtungen geeinigt. Danach ist nichts mehr passiert. Zumindest nicht sexuell.«

Philip nimmt einen Schluck von seinem Whiskey Sour, ehe er sich mir wieder zuwendet. »Und willst du es. Mehr? Eigentlich bist du doch eher der Typ für One-Night-Stands.«

»Hast du sie dir mal angesehen? Klar will ich mehr, aber sie stößt mich immer wieder weg.«

»Das habe ich gesehen, aber weshalb?«

Der Frust wird immer größer, je mehr ich über dieses leidige Thema rede. »Weil sie nichts von mir will. Ich war nur ein Fick für sie. Deshalb.« Wütend über diese Scheiße, reiße ich ihm den Drink aus der Hand und trinke das Glas leer.

»Immer langsam mit den jungen Pferden.« Er nimmt mir das Glas aus der Hand und stellt es außer Reichweite. »Ich verstehe, dass du sauer bist, aber du wirst dich jetzt nicht sinnlos besaufen. Immerhin ist auch deine Schwester hier. Nicole ist das erste Mal in New York.«

Nikki habe ich total vergessen, ich habe sie einfach stehen gelassen, als ich Kylie von diesem Arschgesicht erlösen wollte.

»Wir reden morgen im Flugzeug darüber.« Ich nicke nur und stehe auf. Phil hat recht, es wäre nicht gerade professionell von mir, mich hier zu betrinken, immerhin sind das Königspaar und Kylies Eltern anwesend. Also schlucke ich meinen Frust und meine Wut runter und begebe mich auf die Suche nach Nikki. Nachdem ich meine Schwester nicht im Saal finden kann, gehe ich auf den weitläufigen Balkon. Es ist frisch draußen, und ohne Jacke friere ich mir den Arsch ab, aber auch draußen habe ich kein Glück.

»Hey, suchst du mich?« Ihre hohe Stimme würde ich unter Tausenden erkennen. Immerhin habe ich dieser Kleinen hier das Laufen beigebracht.

»Ja, ich habe schon gedacht, dass du mit einem Royal durchgebrannt bist.«

»Ach, ich stehe nicht so auf Blaublüter.«

»Igitt. Ich will gar nicht wissen, auf was oder wen du stehst. Du bist immerhin meine Schwester.«

»Halbschwester.«

»Du weißt, dass das für mich keinen Unterschied macht.«

»Ich weiß, Brüderchen, aber …« Sie hakt sich bei mir unter und zieht mich wieder in Richtung Saal. Es ist wirklich kalt geworden, und ich könnte schwören, dass ich den Schnee förmlich riechen kann. »Wenn wir nicht eines Kältetodes sterben wollen, sollten wir wieder reingehen.«

»Na gut, gleich wird das Dessertbuffet eröffnet, und da will ich in der ersten Reihe stehen.«

»Freak«, sagt sie lachend und steckt mich damit an. Es ist immer wieder erstaunlich, wie dieser kleine Sonnenschein es schafft, mich abzulenken. Selbst damals, als Lizzy gestorben ist, war sie diejenige, die mich aufgefangen hat, als ich das Gefühl hatte, immer tiefer zu fallen.

Ich schaufle so viele Schoko-Donuts in mich, bis ich mich nicht mehr bewegen kann. »Wow, Niall. Wie kannst du so viel essen und so aussehen?« Nikki deutet mit der Gabel meinen Körper auf und ab. Ich sehe an mir herab.

»Also das hier«, ich spanne meinen Bizeps an, was nicht angeberisch gemeint ist, sondern nur eine visuelle Unterstützung, »das hier kommt nicht von irgendwo. Ich gehe jeden zweiten Tag ins Fitnessstudio, boxe in einem Verein und jogge jeden Morgen.«

»Boah, also das wäre mir eindeutig zu anstrengend. Da bin ich lieber shoppen und trainiere, wie weit ich meine Kreditkarte überziehen kann.«

Mein Gelächter ist laut und herzlich, eine willkommene Abwechslung zu der Enttäuschung von vorhin. Nikki und ich sitzen an einem der runden Tische in der Nähe von Kylies Eltern. Ich riskiere einen kurzen Blick dorthin, doch sie sitzt nicht bei ihnen, sondern ihre Schwestern, die beide in meine Richtung starren. Faye kenne ich ja schon, was eher unfreiwilliger Natur geschehen ist. Sie ist die Femme fatale, die mir an die Wäsche wollte. Blond, hübsch und gefährlich. Die andere wirkt wie das Gegenteil von Faye. Freundliche Augen, wunderschönes Gesicht und dunkelblondes Haar.

»Die sind süß. Aber stehst du nicht auf deren Schwester?«, fragt Nikki stirnrunzelnd und hat nun meine volle Aufmerksamkeit.

»Wer hat dir diesen Unsinn erzählt? Und woher weißt du, dass sie Schwestern sind?«

»Ach Niall. Ich bin zwanzig Jahre alt und habe Augen im Kopf. Der Blick, den du ihr zugeworfen hast, als sie zum Altar gegangen ist, hat auf mich so gewirkt, als wärst du ein Hundewelpe und wolltest unbedingt von ihr adoptiert werden.«

»Autsch.« Ich greife an meine Brust, streiche darüber, als wäre ich getroffen worden. *Ist es so offensichtlich, dass ich scharf auf sie bin?* Ich muss dringend an meiner Selbstbeherrschung arbeiten.

»Seid ihr zusammen?« Dieses Biest ist ziemlich neugierig, aber ich kann es ihr nicht verübeln, wir sehen einander viel zu selten, und sonst vertraue ich ihr alles an, außer meinen Gefühlen für Kylie.

»Nein, sind wir nicht. Sie will nichts mit mir zu tun haben.« Es ist das erste Mal, dass ich über Kylie reden kann, ohne dass jemand voreingenommen ist. Immerhin kennt Nicole sie nicht und würde mir auch keine Standpauke halten wie Phil.

»Dann ist sie selbst schuld. Ich weiß, es klingt wie ein Klischee, aber es stimmt. Keiner würde sich mit den Kids von der Neuen seines Vaters abgeben, nicht nach dem, was dir passiert ist, und trotzdem lässt du uns nie spüren, dass wir nicht zu einhundert Prozent blutsverwandt sind. Du bist einer der Guten, also solltest du dir eine suchen, die das zu schätzen weiß.«

»Das werde ich, Kleines.« Mein Problem ist nur, dass ich niemanden suchen will. Ich will nur sie. Im Verlauf des Abends sehe ich Kylie nicht wieder, dafür habe ich mächtig Spaß mit meiner Halbschwester, die ein richtiger Wirbelwind ist und leider zu hübsch. Die jüngeren männlichen Gäste können nicht die Augen von ihr lassen, was mir ganz und gar nicht gefällt. Aber ich lasse mir Philips Hochzeit nicht vermiesen, von niemandem. Gegen Mitternacht schwirren Jenna und Philip ab, um die Wände wackeln zu lassen, auch Nikki geht aufs Zimmer, um zu schlafen. Da ich aber überhaupt nicht müde bin, beschließe ich auszugehen. New York ist die Stadt, die niemals schläft, und ich habe ebenfalls nicht vor mich auszuruhen.

»Guten Morgen, mein Hübscher«, schnurrt eine weibliche Stimme dicht an meinem Ohr. In Schallgeschwindigkeit bin ich wach, reiße die Augen auf und neige den Kopf zur Seite. Und sehe Kylie – oder zumindest eine Frau, die ihr ziemlich ähnlich sieht. »Da ist aber jemand scharf auf Nachschlag«, kichert sie wie ein Teenie und versteht mein schnelles Aufwachen völlig falsch. Sie beugt sich über mich und will gerade ihre Lippen auf meine pressen, doch ich schiebe sie von mir, um aufzustehen. *Ich habe sonst auch nie einen Filmriss, also weshalb jetzt?*

Ich weiß, dass ich noch feiern gehen wollte, dass ich im Alpaka war, einem neuen Klub in der Fifth, und angefangen habe zu trinken. Es muss ziemlich viel gewesen sein, was ich mir in die Rübe gekippt habe, denn mein Kopf schmerzt wie die Hölle.

»Habe ich etwas falsch gemacht?«, fragt sie nun, und ich hätte fast vor Frust gestöhnt. Ich habe weder die Kraft noch die Lust einen One-Night-Stand rauszuwerfen, der noch mal rangenommen werden will, also beschließe ich die Sache zu beschleunigen.

»Entschuldige, aber ich bin ziemlich in Eile. Ich muss in einer Stunde meinen Flug erwischen, ich hoffe, es ist okay, wenn ich duschen gehe, du kannst dir schon mal ein Taxi rufen.«

»Taxi rufen?« Sie beginnt laut zu lachen an, es klingt noch immer wie das Lachen einer Minderjährigen, auch wenn sie keine ist. »Ich bin deine Taxifahrerin. Du warst ziemlich dicht, und ich habe dich zum Zimmer gebracht – und, na ja, dann hast du mich geküsst und mir eine ziemlich heiße Nacht beschert.«

»Oh. Das habe ich tatsächlich vergessen.« Ich kratze mich verlegen am Hinterkopf. *Wie dicht war ich denn bitte schön?*

»Ach was. Wir müssen das hier nicht kompliziert machen. Wir wissen beide, dass du nicht an einer Wiederholung interessiert bist, aber falls du mal wieder Spaß brauchst, habe ich dir meine Karte dagelassen.«

Erst jetzt fällt mir auf, dass sie völlig bekleidet ist und schon längst gehen wollte. »Danke. Vielleicht melde ich mich.« Ich wüsste nur zu gerne, ob sie gut war oder ich. Langsam öffne ich die Tür zum Flur, nur mit Boxershorts bekleidet. Sie wendet sich im Türrahmen noch einmal zu mir, die Augen dunkel, der Mund gespitzt. In der Tat sieht sie echt heiß aus, lange Beine, voller Busen und heißer Hintern. Ich gebe mir einen Ruck, ziehe sie noch einmal an meine Brust und küsse sie leidenschaftlich. Spüre geradezu, wie sie in meinen Armen schmilzt. Unsere Zungen knallen aneinander, und ich nehme alles, was sie mir gibt, diesen einen Kuss lang.

Schwer atmend löst sie sich von mir und sieht mich noch hungriger an als vorhin. »Wow. Du bist echt ein toller Küsser, Niall.«

»Danke, du aber auch … ähm.«

»Terry.« Sie wirkt nicht sauer, dass ich mich nicht mehr an sie erinnern kann. »Wir sehen uns.«

»Nach diesem Kuss mit ziemlicher Sicherheit«, erwidere ich grinsend und staune nicht schlecht, als ich genau hinter meinem One-Night-Stand Kylie erblicke, die mich mit geweiteten Augen ansieht.

»Bye«, zwinkert Terry und geht, doch Kylie ist wie erstarrt, sieht auf meine Brust und die Tattoos. Ihre letzten Worte mir gegenüber kommen mir wieder in den Sinn und erfüllen mich mit Wut. Also grinse ich sie lasziv an, spanne meine Muskeln an, da ich weiß, dass sie eine Schwäche für breit gebaute Männer hat, und knalle die Tür hinter mir zu.

Ich sollte mich nun gut fühlen, Kylie gezeigt zu haben, dass ich sie nicht brauche, dass andere Frauen sehr wohl mehr von mir wollen, doch ich fühle mich einfach mies, verkatert und habe höllische Kopfschmerzen. Unter der Dusche reinige ich mich vom Schweiß der letzten Nacht, versuche Kylies Gesicht aus meinem Kopf zu bekommen. Aber es gelingt mir nicht wirklich. Also ziehe ich mich an und sehe auf mein Handy. Es ist erst neun Uhr morgens, ich hätte das Smartphone wieder zur Seite gelegt, wenn ich nicht eine Chatnachricht erhalten hätte von niemand geringerem als Kylie.

Kylie: Es tut mir leid.

Vier Worte, die mich völlig kaltlassen, also lösche ich die Nachricht und rufe meine Schwester an, um mit ihr zu frühstücken. Nach zwei Aspirin und viel Wasser, fühlt sich mein Kopf nicht mehr an, als würde er platzen, und meine Laune wird ebenfalls besser. Meine Schwester hatte einen schönen Abend und viel Spaß auf der Hochzeit und hat sich herzlich bei mir bedankt, dass ich sie nach New York mitgenommen habe. Sie hat einige Kontakte geknüpft, freut sich aber wieder auf zu Hause. Ich merke, dass ich meine Mom vermisse. Sie ist Chefköchin am Hof von Galen und hat höllische Flugangst, weshalb sie sich bei der Königsfamilie entschuldigen ließ. Im Gegensatz zu mir hat sie keinen Kontakt mit Dads anderen Kindern und kein Interesse daran, sie jemals kennenzulernen. Die Trennung scheint sie nie überwunden zu haben.

Da ich aber als persönliche Leibgarde auf Philips und Jennas Flitterwochen auf den Malediven sein werde, werde ich die nächsten zwei Wochen auch keine Möglichkeit haben, Mom zu sehen, und muss sie dann öfter anrufen. Nach dem Frühstück schreibe ich Philip.

Niall: Hey, du Ehemann. Alles steif bei dir?

Ich lache selbst über meinen Witz, als ich nebenbei meinen Koffer packe. Seine Antwort kommt innerhalb einer Minute.

Philip: Auch wenn es dich einen Scheiß angeht, er steht wie der Eiffelturm, aber wir sind gerade aufgestanden und haben im Zimmer gefrühstückt. Mutter und Vater sind schon nach Galen gereist, so wie die anderen Gäste auch. Nur du, Nikki und Jennas Freundinnen sind noch da. Wir treffen uns in zehn Minuten in der Hotelbar, um uns zu verabschieden. Du kommst doch auch, oder?

Niall: Klar, bin ich dabei. Nikki wird auch kommen. Unser Flug geht um fünfzehn Uhr, wir sollten eine Stunde früher dort sein.

Philip: Ist gut. Hast du heute Nacht eine Blonde gevögelt?

Niall: Woher weißt du das denn?

Philip: Na ja, Kylie war vorhin da und meinte, du hättest einer Schlampe das Hirn rausgevögelt.

Niall: Ja, das stimmt, aber ein Gentleman schweigt und genießt.

Philip: Ja, du Gentlemantrottel. Dumm nur, dass Kylies Zimmer gegenüber deinem war und sie alles gehört hat.

Ach du Scheiße! Zuerst fühle ich mich schuldig, bis ich mich wieder daran erinnere, dass Kylie nichts von mir will, also kann es ihr doch egal sein, wen ich ficke oder nicht. Diese Frau ist lange genug in meinem Kopf herumgeschwirrt. Es wird Zeit, nach vorn zu blicken, ich bin jetzt kein Playboy, aber gegen lockere Sexbeziehungen habe ich nichts einzuwenden, vor allem nicht gegen die, die mich nicht von sich stoßen.

Die Hotelbar ist sonnendurchflutet, weil außer der Wand hinter der Bar alle anderen verglast sind. Da sie sich unter dem Dach des Gebäudes befindet, hat man einen herrlichen Blick auf Manhattan. Die Bar aus dunklem Mahagoniholz ist fein poliert, wirkt alt, voller Geschichte, wogegen die Möbel eher modern gehalten sind. Beigefarbene Lederstühle und Bänke und farblich abgestimmte Deko.

»Echt chic«, sagt Nicole an meiner Seite und sieht sich etwas um. Ich jedoch suche unsere Gruppe, erspähe sie im hinteren Teil der Bar, etwas abgeschirmt von den anderen Gästen.

»Hey ihr«, begrüße ich alle mit einem Kopfnicken und stelle allen, die sie nicht kennen, Nikki vor. Kylie sieht überrascht aus, als ich sie als meine Schwester vorstelle. Sie trägt ein weites grünes Shirt, dazu schwarze Leggins. Ihr blondes Haar hat sie zu einem Dutt zusammengebunden. Im Gegensatz zu gestern, wo sie perfekt geschminkt und aufgebrezelt war, sieht sie heute noch schöner aus. Ich war noch nie der Freund von zu viel Kleister im Gesicht. Meine Schwester setzt sich auf den letzten freien Platz, neben Carrie, sodass ich mir von einem Nachbartisch einen Stuhl holen muss. Leider ist nur noch eine Lücke neben Kylie frei. Doch ich ignoriere sie, setze mich neben sie und versuche nicht ihr Parfüm einzuatmen, das sie immer aufträgt.

Jenna, die uns gegenübersitzt, steht auf; die Sonne lässt ihr rotes Haar fast glühen, als stünde es in Flammen, und zieht unsere Aufmerksamkeit auf sich. Die Unterhaltungen verstummen, als sie sich räuspert. »Philip und ich haben euch noch einmal hierhergebeten, weil wir uns persönlich bedanken wollten, ehe wir losfliegen.« Sie sieht jedem von uns in die Augen, bei Kylie verweilt ihr Blick länger als sonst. »Ich danke jedem von euch. Dafür, dass ihr unseren Junggesellenabschied unvergesslich gemacht, mit uns gefeiert habt und weil ihr unsere Freunde seid.« Sie legt lächelnd die Hand auf Phils Schulter. Er steht nun selbst auch auf, legt den Arm um die Hüfte seiner Frau.

»Und weil wir euch alle so gernhaben, laden wir euch in drei Wochen auf den Rosenball, den meine Mutter jedes Jahr abhält, ein. Ein privates Flugzeug wird euch abholen und nach Galen bringen. Es wäre eine Ehre, wenn ihr das Wochenende bei uns im Schloss verbringen würdet.« Dann bricht Begeisterung bei Jennas Freunden aus, vor allem Kaya und Carrie freuen sich riesig und umarmen unser Brautpaar. Doch Kylie neben mir reagiert nicht. Kurz sehe ich zur Seite. Ihre Miene ist wieder undurchdringlich, ihre Haltung steif. Ich bin mir nicht mal sicher, ob sie atmet. *Liegt es vielleicht an mir?* Das bezweifle ich stark, vielleicht ist sie einfach verkatert wie wir alle hier, also sehe ich wieder geradeaus und versuche sie so gut es geht zu ignorieren.

Kapitel 7

Kylie

Neben Niall zu sitzen löst so vieles in mir aus. Wut, Rachegelüste, Sehnsucht, Freude und unendliche Traurigkeit. Es ist so, als würde ich eine Diät starten, und er wäre eine Tafel Schokolade, die ich unbedingt haben muss. Wie erwartet ignoriert er mich, es ist genau das, was ich erreichen wollte, und doch fühle ich mich einfach mies. Jenna und Philip haben uns also auf den Rosenball eingeladen, dem beliebtesten Event des Jahres. Es ist ewig her, seit ich dort war, das letzte Mal mit vierzehn Jahren. Es war so langweilig, dass ich in der Garderobe eingeschlafen bin. Mein Nickerchen war fast ein Skandal, so hat es mir zumindest meine Mutter weismachen wollen. In Wahrheit hat sich keiner um mich geschert.

Um ehrlich zu sein, habe ich absolut keine Lust auf Partys oder Bälle, nicht solange ich in der schwersten Krise meines Lebens feststecke. Dieses Wochenende war eine Zerreißprobe für meine Nerven und mein Herz. Einerseits bin ich traurig, dass Jenna nun zwei Wochen fort ist, doch es wird mir die Ruhe und Gelegenheit geben, über meine Zukunft nachzudenken. Wieder haben sich Unterhaltungen an unserem Tisch gebildet, denen ich nicht weiter folge. Alle Anwesenden bedanken sich bei Jenna und Phil und quatschen über dieses und jenes, doch ich denke nur an das Baby. Alles andere blende ich aus, so gut ich kann. Vor allem diesen muskulösen, attraktiven Mann, der neben mir sitzt, den Vater meines Kindes.

»Kylie?« Nialls sanfte Stimme erschreckt mich dermaßen, dass ich zusammenzucke und ihn mit aufgerissenen Augen anstarre.

»Was?«, krächze ich schwer atmend, bin nicht vorbereitet auf seine braunen Augen, die mich intensiv ansehen. Mir wird heiß, meine Hände beginnen zu schwitzen und von meinem hämmernden Herzen will ich gar nicht erst anfangen. Dieser Mann macht mich schwach, und es kostet viel Willenskraft, es ihm nicht zu zeigen. »Dein Handy läutet die ganze Zeit«, teilt er mir mit – und erst als er es erwähnt, höre ich es ebenfalls.

»Oh.« Ich schüttle den Kopf, reiße mich zusammen, greife in meine Handtasche und ziehe mein Smartphone raus. Ich mache den Fehler und sehe nicht aufs Display, bevor ich abhebe. »Hallo?«, melde ich mich.

»Ach schön. Du lebst also noch«, schnaubt meine Mutter ins Telefon.

»Ja, das tue ich, also wenn du mich entschuldigst, ich habe noch einiges zu tun.« Mir ist gerade nicht danach, mich fertigmachen zu lassen.

»Wage es ja nicht, wieder aufzulegen, Fräulein!« *Wow!* Sie hat mich schon lange nicht mehr *Fräulein* genannt, also bleibe ich ganz still und warte, bis sie sich ihren Frust von der Seele geredet hat. »Was war das gestern für ein Theater?«

»Was meinst du genau?« Natürlich ist mir bewusst, worauf sie hinauswill, auf den Beinahe-Kuss mit Niall, dem Mann, der neben mir sitzt und so tut, als wäre ich nicht da. »Nichts, Mutter, ich hatte Spaß, du weißt schon, das, was du so selten hast, weil du uns ja an den nächsten Royal verschachern willst.«

»Nicht frech werden, ja.«

»Mum, ich bin müde und habe Kopfschmerzen. Bitte sei so gnädig, und verrate mir, womit ich deinen Anruf verdient habe«, stöhne ich genervt ins Handy und spüre Nialls Blick auf mir. Doch ich wende ihm den Rücken zu, aus Selbstschutz.

»Mitchell war nicht gerade begeistert, als dieser Rüpel aufgetaucht ist und dich ihm ausgespannt hat.«

»Wie bitte?« Ich stehe auf, entferne mich von unserem Tisch, damit die anderen meinen Wutausbruch nicht mitbekommen. Wie kann sie sich erlauben, diesen hochnäsigen Vollidioten zu verteidigen?

»Wage es ja nicht, Niall als Rüpel dazustellen. Er hat mich von den doofen Anmachsprüchen von Mitchell gerettet. Du weißt, dass ich diesen Typen nicht ausstehen kann, und trotzdem lädst du ihn ein! Auf die Hochzeit meiner besten Freundin. Was stimmt nicht mit dir?«

»Mitchell ist aus gutem Hause und sehr attraktiv.« Das sagt sie so, als würde sich der Rest von selbst erklären.

»Ich. Habe. Kein. Interesse.« Ich knurre jedes einzelne Wort und kann mich vor Wut kaum halten, normalerweise braucht es etwas mehr, um mich zum Rasen zu bringen, aber ich denke die Schwangerschaftshormone holen das Schlimmste aus mir hervor.

»Du wirst wohl nie zur Vernunft kommen, das habe ich auch deinen Schwestern gesagt, und doch wollen sie zu dir.«

»Wie bitte? Sie wollen was?«

»Faye und Charlotte ziehen ebenfalls nach New York. Ich habe ihnen die Wohnung dir gegenüber gekauft.«

»Was? Da wohnt doch Mrs Layers.«

»Jetzt nicht mehr.« Ich kann es nicht fassen! Meine alte Nachbarin wohnt seit den Vierzigerjahren in dieser Wohnung, und nur ein Anruf von meiner Mutter genügt, um diese nette Dame für immer zu vergraulen.

»Du willst mich doch nur kontrollieren und halst mir meine Schwestern auf. Das ist selbst für deine Verhältnisse krank, Mutter.« Mrs Layers scheint für Mum vergessen zu sein.

»Das war ihre Entscheidung, und wenn sie dich im Auge behalten, kann es mir nur recht sein. Du hättest gestern vor aller

Augen diesen Nichtsnutz geküsst. Einen Bodyguard! Noch dazu einer ohne Manieren. Ich wäre am liebsten im Boden versunken.«

»Halt die Klappe!«, zische ich und höre, wie sie entsetzt nach Luft schnappt. Meine Mutter wusste nie, wann es genug ist, doch ich lasse sie nicht so vom Vater meines Kindes sprechen.

»Du wirst dich aus meinem Leben raushalten. Keine aufgezwungenen Dates mehr, keine Einladungen zu irgendwelchen Galas – und wehe dir, wenn du noch einmal schlecht von Niall McKenna redest. Er hat mehr Einfühlungsvermögen in seinem kleinen Finger als du in deinem Herzen. Ich habe es satt, mir von dir mein Leben schwer machen zu lassen, also halt dich von mir fern. Haben wir uns verstanden?«

Sie schweigt, doch ich höre ihren schnellen Atem. Sie wird nichts dazu sagen, ist noch erschrocken darüber, wie ich mit ihr gesprochen habe, doch ich bereue meine Worte keinesfalls. Man muss sie in Schach halten, ihr die Krallen stutzen, und das habe ich getan, ob es ihr nun passt oder nicht.

»Ich muss jetzt gehen. Küss Dad von mir.« Mit zittrigen Fingern lege ich auf und schließe erschöpft die Augen. Die letzte Nacht war einfach zu kurz und zu aufregend, aber vor allem hat es meine gesamte Planung durcheinandergebracht. Der Abend hätte anders ausgehen müssen, aber darüber will ich mir jetzt nicht den Kopf zerbrechen. Ich brauche Ruhe und Zeit für mich, sonst werde ich noch zusammenbrechen. Ich will gerade meine Tasche holen und mich von allen verabschieden, als ich Niall entdecke, der ein paar Schritte hinter mir steht, die Hände in den Hosentaschen, den Blick auf mich gerichtet. Wie dunkle Schokolade funkeln seine Augen mich an, mustern mich von Kopf bis Fuß. Sein dichtes blondes Haar sieht aus wie aus dem Bett gestiegen, so verführerisch und genau, wie ich es mag. Ich bin allerdings noch derart geladen von dem Gespräch mit meiner Mum, dass es mir egal ist, ob er das Gespräch gehört hat oder nicht oder was er von mir denkt oder wie er mich sieht. Ich bin am Ende meiner Kräfte.

Ich will an ihm vorbeigehen, doch er greift nach meiner Hand, und ich erstarre. Erschrocken blicke ich geradewegs in seine Augen, die mich besorgt anblicken. Er macht sich Sorgen um mich. Ich bin mit meinen ein Meter achtzig immer größer als die meisten Männer, denen ich begegne, doch Niall hat genau die richtige Größe, denn wir befinden uns auf Augenhöhe. »Alles in Ordnung?«, fragt er nun sanft, kommt mir nicht zu nahe, sondern will einfach nur wissen, ob es mir gut geht.

»Ja. Danke«, flüstere ich, obwohl ich etwas anderes sagen will. Ich will ihm alles beichten, meine Ängste offenbaren, doch es würde auch nichts ändern. Meine Mum würde uns das Leben zur Hölle machen, er würde das Kind nicht wollen, mich sitzen lassen, und mein Ruf wäre ruiniert, ebenso der meiner Familie. »Ich muss gehen«, sage ich leise und tue es, muss einfach mehr Abstand zu ihm bekommen, sonst würde ich etwas tun, was ich später bereuen würde.

Der Alltag hat mich wieder. Das ist mein erster Gedanke, als ich heute früh die Augen öffne. Wie immer weckt mich mein Wecker mit sanftem Vogelgezwitscher um sechs Uhr morgens, erhellt mein Schlafzimmer mit einer Sonnenaufgangssimulation. Ich schwinge die Beine aus dem Bett und gehe ins Badezimmer. In genau zwanzig Minuten habe ich mich frisch gemacht, die Haare zu einem lockeren Dutt frisiert und leichtes Make-up aufgelegt. In der Küche spielt Kiss FM die neuesten Hits leise im Hintergrund, was ich durch Zeitschalter, eingestellt habe. Vor dem Kleiderschrank fällt mir die Entscheidung leicht. Die Kombination aus marinefarbenem Rock mit weißer Kurzarmbluse, wo weiterer Seidenstoff über dem Dekolleté wie ein Wasserfall zu fallen scheint. Darüber der farblich passende Blazer. Ich drehe mich kurz im Kreis vor meinem bodenlangen Spiegel im Schrankraum und nicke meinem Spiegelbild zufrieden zu. Ich sehe aus wie immer, genauso soll es sein.

Durch die Programmierung meiner Eintausend-Dollar-Kaffeemaschine, ist mein Kaffee, der vor fünf Minuten in den Becher geflossen ist, weder zu heiß noch zu kalt. Genau richtig. Vor der Tür schnappe ich mir mein Frühstück, welches mir die nahe liegende Bäckerei jeden Tag frisch liefert. Montags immer zwei Bagels und ein Croissant. Mit dem Gebäck und einem Becher Frischkäse setze ich mich an den Tisch und frühstücke in Ruhe. Gleichzeitig checke ich meine Mails, gehe noch mal den Tagesplan der Galerie durch, der auch heute wieder ziemlich voll ist. Um neun kommt die neue Praktikantin, die ich herumführen und einarbeiten muss, um halb elf die große Lieferung aus Kairo mit den bemalten und vergoldeten Schätzen aus dem Grab des Tutanchamun. Jenna und ich haben Ägypten immer schon geliebt, wollten es einmal gemeinsam bereisen, aber aus zeitlichen Gründen und weil sie so ein verklemmtes Ding war, haben wir es nie geschafft.

Nächste Woche beginnen unsere ägyptischen Wochen, wo alles im Zeichen der Pharaonen und deren Kunstschätzen steht. Es ist die erste Ausstellung, die ich ohne Jenna auf die Beine stelle, wobei ich es nicht allein stemmen kann. Die anderen Kollegen packen genauso mit an. Mir wurde ihr Job angeboten, solange sie fort ist, und obwohl ich es nicht mag, wenn all die Verantwortung in meiner Hand liegt, reiße ich mir den Arsch auf, um diese Ausstellung nicht in den Sand zu setzen. Mittags dann das Treffen mit Kaya bei unserem Lieblingsjapaner, und am Nachmittag kümmere ich mich um die Praktikantin.

Es ist ein geregelter Zeitplan, genauso wie ich es möchte und brauche. An die Schwangerschaft denke ich noch nicht, da ich meine Konzentration für andere Dinge brauche. Abends ist dann genug Zeit zum Grübeln. Am Tag Wonder Woman, am Abend Jane Austen. So war es immer schon, nur dass es keiner außer Jenna weiß. Vielleicht wirke ich zu verklemmt, wenn ich mich niemandem außer ihr öffne, aber ich bin immer gut damit gefahren, allein zu sein. Obwohl und vielleicht genau deshalb, weil ich in einer lauten und großen Familie aufgewachsen bin, suche ich mehr die Einsamkeit und Ruhe. Wer weiß das schon? Ich zumindest werde alles tun, damit diese Schwangerschaft mein Leben nicht zu sehr ändert.

»Das Gemälde muss auf alle Fälle restauriert werden. So kann ich es nicht ausstellen. Hier sind teilweise die Gesichter nicht zu erkennen. Das braucht ruhige Hände. Schicken Sie es an meine Freundin Fiona im National History Museum, und sagen Sie ihr, dass sie Kylie Blair-Woodward noch einen Gefallen schuldet.« Hätte ich sie damals nicht auf die Party in der Innenstadt mitgenommen, hätte sie ihren Mann niemals kennengelernt. Der Kurier notiert sich die Adresse und meine Nachricht und verabschiedet sich von mir. Vielleicht war ich einen Tick unfreundlich zu ihm, was aber auch daran liegen kann, dass die neue Praktikantin zu spät kommt, weil ihre Babysitterin abgesprungen ist. Sehr unprofessionell, was ich in ihren Bericht schreiben werde.

Kurz vor elf Uhr früh wirbelt eine gestresste junge Frau mit lockigem Haar in die Galerie. Sie trägt eine schwarze Leggins, darüber eine weite weiße Bluse, die sie über der Taille mit einem XXL-Gürtel dekoriert hat. Ihre grauen Augen funkeln mich aufgeregt an, als sie vor mich tritt.

»Hallo, sind Sie Kylie Blair-Woodward?«, fragt sie außer Atem und stellt sich kerzengerade vor mich. Wie so oft ist auch sie etwas kleiner geraten, sodass ich zu ihr hinuntersehe.

»Ja, die bin ich«, sage ich kühl und distanziert, wie ich es immer tue, wenn ich jemanden nicht kenne. Ich lasse mir nicht gern in die Karten schauen, geschweige denn, dass ich auf weitere Freundschaften aus bin.

»Ich bin Mila, es tut mir leid, dass ich zu spät komme, aber leider habe ich keinen Babysitter auf die Schnelle auftreiben können.«

Ich mustere sie noch einmal von Kopf bis Fuß. Sie sieht gut aus, zumindest ihr Outfit, es ist leger und trotzdem elegant, genau richtig für eine Galerie, doch sonst wirkt sie eher gewöhnlich auf mich. Aber wer bin ich schon, dass ich sie verurteile, ich kenne sie ja kaum! »Es macht nicht gerade ein gutes Bild von dir, wenn du schon am ersten Tag zu spät kommst, aber es war ja nicht deine Schuld. Du kannst es wiedergutmachen, indem du die Auslagen auf Vordermann bringst.«

Ich weiß, ich bin fies, aber so ist es nun mal, wenn du Praktikantin bist; das Erste, was du machen musst, ist entweder Kaffee kochen, kopieren oder wie in Milas Fall putzen. Anders als erwartet, nickt sie euphorisch und fragt, wo die Besenkammer ist.

»Merkwürdig«, flüstere ich, da ich eher ein genervtes Stöhnen erwartet hätte, ehe ich ans Telefon gehe, das schon wieder zu läuten beginnt. Schneller, als ich schauen kann, ist Mila mit dem Saubermachen der Auslage fertig. Nach einem Kontrollgang stelle ich sogar fest, dass sie die Staffeleien, wo einige Bilder befestigt sind, umgestellt hat, damit das Licht besser auf sie fällt und sie nun viel dynamischer wirken. Ich bin erstaunt, behalte das aber für mich. Milas Laune ist nicht zu trüben, auch nicht, als ich von ihr verlangt habe, die Kaffeemaschine zu entkalken und sauber zu machen.

Nachdem ich die Versicherungsfragen durchgesehen habe, was mich fast eine Stunde gekostet hat, sehe ich mal nach, wie weit die Praktikantin mit der Maschine ist. Kaum habe ich die kleine Küche betreten, die auch als Pausenraum für uns alle dient, bleibe ich gezwungenermaßen stehen. Die Kaffeemaschine glänzt vor sich hin, doch meine Augen heften sich an die kleine Frau, die den Tisch und die Stühle vor die Tür bugsiert hat, damit sie den Boden schrubben kann und mich am Eintreten hindert. Da sie mit dem Rücken zu mir kniet, sieht sie mich nicht gleich, aber ich bin völlig überrascht. Ich habe in den vergangenen Jahren einige Neulinge erlebt, die meisten wollten sich die Finger nicht schmutzig machen, andere sind nur Jenna wie ein Schatten gefolgt und haben kaum ein Wort gesprochen, aber ich habe noch nie eine Frau erlebt, die sich ihre Arbeit selbst sucht und noch dazu diese Drecksarbeit summend verrichtet.

Ich bin kein Snob, auch ich habe geputzt während meines Praktikums, weil ich keinen Bonus wollte – nur, weil meine Eltern sind, wer sie eben sind. Jenna hat mich genauso herumgeschickt, mir die miesen Jobs gegeben, aber ich habe sie einfach über mich gebracht. Mila scheint geradezu aufzugehen beim Saubermachen.

»Was machen diese Stühle hier bei der Tür?«, frage ich und erschrecke die arme Frau somit zu Tode. Vielleicht bin ich eine Bitch, aber es macht Spaß, Leute zu erschrecken.

»Huch«, keucht sie und erhebt sich eher schlecht als recht. Ihre Bluse ist schmutzig geworden, ebenso wie ihre Leggins, da sie auf dem Boden gekniet hat.

»Haben Sie mich erschreckt! Ich habe die Kaffeemaschine sauber gemacht, da sind mir ein paar Flecken auf dem Boden aufgefallen, also habe ich alles zur Seite geschoben, um den Boden zu putzen.«

»Und wie soll man hier reinkommen, wenn der Eingang verbarrikadiert wird?«, frage ich eine Spur zu scharf. Das tue ich mit Absicht; wenn sie in der Kunstbranche Karriere machen will, darf sie nicht zu zart besaitet sein. Ihr Lächeln hält, als sie antwortet.

»Wenn Sie sich durchkämpfen, schaffen Sie es sicher ohne Blessuren. Ich bin sowieso fertig geworden und räume alles wieder an seinen Platz, wenn Sie nicht warten können.« Mila ist ziemlich frech, nicht so wie die meisten Mäuschen, die Kuratorin werden möchten. Ich weiß nicht, was ich von ihr halten soll.

»Ist schon gut, ich wollte sowieso gerade Mittag machen. Du kannst später zu Robin gehen und dir von ihr unser Wareneingangsprogramm erklären lassen, ich bin in einer Stunde wieder da.«

Kaya ist vor mir im Restaurant und sieht gerade auf die Speisekarte, als ich ankomme und mich an den Tisch führen lasse. Das Thai Chai ist *die* neue Location, in der die Reichen und Schönen dinieren. Es sieht chic aus, moderne Einrichtung, die allerdings nicht besonders bequem ist, überfreundliche Kellner, die fast auf ihrer eigenen Schleimspur ausrutschen, und viel Gedränge. Auch wenn ich die Tochter eines Lords bin, komme ich hier nicht einfach so rein. Meist ist es Kaya, die uns den Tisch reserviert. Als Filmstar kann sie überall essen, wo sie will.

»Hey meine Liebe«, begrüßt sie mich und drückt mich fest an ihre Brust. Wie immer sieht sie einfach fantastisch aus, das braune Haar fällt perfekt gelockt und offen über ihren braunen Kaschmirpulli, dazu eine dunkelblaue Jeans, die ihren Hintern in Szene setzt, und braune flache Overknees.

»Hey. Wie geht es dir?« Ich setze mich ihr gegenüber und versuche den Lärm durch das Geschnatter der anderen zu ignorieren.

»Danke, ganz gut. Ziemlich verkatert, aber happy. Die Hochzeitsfeier war wirklich wunderschön.«

»Das stimmt, Jenna hat eine gute Figur gemacht, wie immer, und sie sieht glücklich aus. Ich hoffe mal, Philip behandelt sie auch wie eine Prinzessin, sonst wird er bald kastriert.« Ihr Gelächter geht in dem immer lauter werdenden Trubel des Restaurants unter. War es hier immer so laut? Früher ist es mir nie aufgefallen.

»Dein Mundwerk habe ich vermisst. Du warst ja auf der Hochzeit ganz zahm.«

»Ich weiß, es war irgendwie zu stressig. Meine Eltern waren da, und sie können sehr anstrengend sein. Sogar meine Schwestern sind gekommen und werden zu allem Überfluss auch noch diese Woche in die Wohnung mir gegenüber einziehen.«

»Sie sind ganz bezaubernd. Ich habe unsere Gespräche genossen«, schwärmt sie – wie alle anderen, die das wahre Wesen der Zwillinge nicht sehen können.

»Ja, sie lieben dich, weil du ein Filmstar bist und weil sie sich erhoffen, durch dich auf die Partys zu kommen, wo sie sonst keinen Einlass haben.«

Sie nippt lachend von ihrem Glas Wasser. »Ach, so schlimm können sie ja nicht sein, oder?«

»Erinnerst du dich an den Skandal in London, wo auf einer Gala jemand der Presse seinen Hintern aus dem Fenster gezeigt hat?«

Sie scheint zu überlegen, erinnert sich aber schließlich. »Ja, ich kann mich vage erinnern, das war doch letztes Jahr, oder?«

»Genau. Dieser hübsche Po war nämlich der meiner Schwester.«

»Ist nicht wahr?«

»Oh doch. Solche Sachen machen sie immer, nur wissen sie, wie man es vertuscht, sodass ihnen niemand auf die Schliche kommt.«

»Wow, und ich dachte, mit Jenna war es schwierig aufzuwachsen.«

»Du hast ja keine Ahnung.«

Der Kellner erscheint, und wir nehmen beide den Caesar Salad und ein Wasser. Während der Kellner Kaya erkennt und um ein Selfie bittet, entdecke ich eine junge Frau hinter meiner Freundin, die ein kleines Baby im Arm hält. Das Kind weint, wird immer lauter, schreit sich die Seele aus dem Hals. Die Mutter versucht, es zu wiegen, andere Positionen, bietet ihm das Fläschchen an, während der Vater wie ein Irrer nach Spielzeug und dem Mobile greift, doch nichts zeigt Wirkung. Auch wenn der Lärmpegel im Restaurant von Anfang an hoch war, scheint das Gekreische des Babys noch lauter zu werden, als wollte das Kind alle an seinem Leid teilhaben lassen.

Es geht in die Vollen, schreit die Bude zusammen, einige Blicke gleiten zu der Familie, die ihnen nicht gerade wohlgesonnen sind. Während sich das ganze Restaurant über den Lärm langsam zu beschweren beginnt, kann ich die Augen nicht von dem hilflosen Blick der Mutter nehmen. Sie sieht total fertig aus, dunkle Augenringe, blass und stumpfes blondes Haar. Diese junge Frau lässt nichts unversucht, um ihr Baby zu beruhigen, doch es scheint vergebens. Etwas in mir fühlt mit ihr, will auf keinen Fall in ihrer Haut stecken. Dieser Hilflosigkeit möchte ich niemals ausgeliefert sein. Einen Herzschlag später treffe ich meine Entscheidung. Ich will nicht so werden, möchte nicht, dass ein kleines quengelndes Ding mein ganzes Leben einnimmt. Also kommt für mich nur ein Weg infrage.

Kapitel 8

Niall

Noch nie ist mir mein Job schwerergefallen als jetzt. Nicht dass ich mich hier abrackere, darum geht es nicht, sondern ich sitze hier auf den Malediven, brutzle in der Sonne und behalte die Gegend im Auge. Doch das ist es nicht, was mich stört, sondern dass Jenna und Philip einfach nicht aufhören können, das verliebte Pärchen zu mimen. Scheiße, verdammt, sie sind doch schon drei Monate verheiratet, da sollte alles schon abgekühlt sein! Doch nein, sie treiben es den ganzen Tag lang und auch nachts, sodass ich sie nicht im Auge behalten kann und nicht weiß, was ich mit mir anfangen soll. Wozu bin ich eigentlich mitgeflogen? Ich entferne mich vom Hotel und beschließe, mir etwas zu trinken zu holen. Bei vierzig Grad im Schatten ist etwas Abkühlung genau das, was ich brauche.

Ich bestelle ein Wasser und setze mich an die Strandbar. Das klare türkisblaue Meer sieht majestätisch aus, kleine Wellen brechen sich an der Küste und keine einzige Wolke steht am Himmel. Es ist wahrlich das Paradies, trotzdem bin ich mies gelaunt. Wir sind nun eine Woche hier, und meine Stimmung ist nicht besser geworden. Ständig muss ich an Kylie denken und an die Art, wie wir auseinandergegangen sind. Es ergibt keinen Sinn, wieso ich noch immer an diese Frau denken muss, wenn sie mir doch glasklar gesagt hat, was ich für sie bin. Ein Fick, nichts weiter als ein netter Zeitvertreib, und trotzdem kann ich nicht aufhören, mich nach ihr zu sehnen, frage mich, ob es ihr besser geht. Nach diesem schrecklichen Telefonat mit ihrer Mutter hat sie todunglücklich ausgesehen. Der Drang, sie in den Arm zu nehmen, war stärker als je zuvor. Es war nichts Körperliches oder Sexuelles. Ich wollte einfach für sie da sein.

Kylie ist nicht zu durchschauen. Einerseits wollte sie mich auf der Tanzfläche auch küssen, andererseits weist sie mich ab, schließlich verteidigt sie mich vor ihrer herrischen Mutter und lässt mich wieder stehen. Ihre Stimmungsschwankungen sind einfach nicht auszuhalten. Aber ich lasse es ja mit mir machen. Ich bin so ein Vollidiot! Der Druck um mein Glas verstärkt sich, denn die Wut auf mich selbst ist gigantisch.

»Hey. Wenn du es noch fester packst, nimmt das blutige Ausmaße«, sagt eine fröhliche Frauenstimme und lenkt meine Aufmerksamkeit von dem Meer auf sie. Eine schöne Frau im azurblauen Bikini steht vor mir, mit langem rotem Haar, reichlich Sommersprossen am ganzen Körper und grünen Augen.

»Danke für den Hinweis«, sage ich und kann nicht anders, als sie abzuchecken, denn sie sieht heiß aus. Vielleicht etwas zu schlank für meinen Geschmack, aber trotzdem hübsch. Vielleicht ist Ablenkung genau das, was ich brauche. An den Sex mit der Taxifahrerin kann ich mich nicht mal erinnern. Ich beschließe wieder einmal, das alles hinter mir zu lassen, denn auch wenn ich Kylie nachheule wie ein verdammter Waschlappen, wird es nichts an unserer Situation ändern.

»Ist dein Mann auch hier?«, fühle ich ihr auf den Zahn, immerhin sind wir hier in dem Flitterwochenparadies.

»Ich bin nicht verheiratet. Meine Freundin«, sie deutet auf eine Gruppe Mädels, die am anderen Ende der Bar sitzen und sich betrinken. Eine Blondine kann ihre Tränen nicht verbergen, und ich ahne schon, was da los ist. »Ihr Verlobter hat sie vor dem Altar sitzen lassen, und da der Urlaub schon bezahlt war, haben wir uns alle freigenommen und sind mit ihr hergeflogen.«

»Und hilft ihr der Tapetenwechsel?«, frage ich neugierig; das ist hier die erste normale Unterhaltung in einer Woche, und ich genieße es in vollen Zügen.

»Wir sind erst gestern angekommen, also denke ich mal, dass der Alkohol erst wirken muss. Wir haben vor, sie abzufüllen, bis sie den Idioten einfach vergisst.«

»Das klingt doch nach einem Plan«, sage ich schmunzelnd und bringe sie ebenfalls zum Lächeln.

»Zumindest hoffen wir, dass er aufgeht. Es war alles schlimm genug für Holly.« Sie beißt sich kurz auf die Lippe, als sie meine Tattoos mustert, und reicht mir etwas schüchtern die Hand.

»Ich bin Jane.«

»Niall.« Ich greife nach ihrer ausgestreckten Hand und schüttle sie.

»Seid ihr auch aus den Staaten angereist?«, fragt sie freundlich und bezahlt ihren Cocktail, den sie wohl vorhin bestellt haben muss.

»Geboren in Galen, wohne aber in Manhattan. Und du?«

»Ich bin aus Brooklyn. Geboren und aufgewachsen«, sagt sie stolz, und ihre Augen funkeln amüsiert. Wow, das ist schon Zufall, dass ich genau hier eine New Yorkerin treffe. »Eigentlich sollten wir einen miesen Kater von Hollys Hochzeit haben, aber leider ist alles anders gekommen«, meint sie schwermütig und sieht zu der Braut, die gerade in ein Taschentuch heult. Sie sieht schlimm aus, das ist nicht zu leugnen. Janes Augen ruhen noch auf ihren Freundinnen, als sie mich unsicher fragt: »Bist du allein im Urlaub?« Ihre Wangen färben sich rot, und erst nach einem tiefen Atemzug blickt sie wieder in meine Richtung. In Sachen Flirts scheint sie wohl keine Ahnung zu haben, so unsicher, wie sie sich gibt, aber ich finde es irgendwie süß.

»Nein, ich bin mit Freunden hier.« Ich kann ihr schlecht sagen, dass ich mit dem Prinzenpaar aus Galen hier bin. Wer weiß schon, ob sie vertrauenswürdig ist? Ihre Miene hellt sich auf, und unbewusst macht sie einen weiteren Schritt auf mich zu. Ihr Interesse an mir ist nicht zu leugnen, und auch wenn ich vielleicht in Kylie verknallt bin, sehe ich den Tatsachen ins Auge. Eine Lordtochter wird niemals die Meine sein, also kann ich mich genauso gut amüsieren.

Nachdem wir uns den ganzen Nachmittag unterhalten haben, sind Jane und ich schwimmen gegangen, wo wir uns zum ersten Mal geküsst haben. Ihre Freundinnen haben wir irgendwann nicht mehr gesehen, und von Philip und Jenna scheint jede Spur zu fehlen. Ich habe auch keine Nachricht von ihm bekommen, die mir auf meiner Smartwatch angezeigt würde. Da ich nicht ständig das Smartphone in der Hosentasche tragen kann, vor allem hier am Strand, habe ich mir eine Samsung Gear 3 Watch gekauft, von der ich alles genauso steuern kann.

»Hast du Hunger?«, frage ich zwischen zwei Küssen und ziehe ihren eher kleinen Körper noch enger an mich.

»Ja, aber nicht nach etwas Essbarem«, keucht sie und küsst mich erneut. So lassen wir uns in dem kühlen Nass treiben, bis es um mein Armband vibriert. Jane knabbert gerade an meinem Hals, sodass ich auf das Display sehen kann, wo eine Chatnachricht von meinem besten Freund angezeigt wird.

Philip: Lust, abendessen zu gehen? Du kannst ja die Kleine mitnehmen.

Ich drehe mich zum Privatstrand des Hotels, kann aber weder ihn noch Jenna entdecken.

»Alles okay?«, fragt meine neue Bekanntschaft etwas außer Atem und sieht auf meine Uhr.

»Ja, meine Freunde wollen, dass wir uns zum Abendessen treffen.«

»Oh.« Ich sehe ihr die Enttäuschung an, aber ich habe noch nicht vor, eine Fremde dem Prinzenpaar vorzustellen, solange ich nichts Genaueres über sie weiß. Ich werde Dad eine Mail schreiben, dass er sie durchleuchten soll, sobald sie mir ihren Nachnamen verrät.

»Treffen wir uns morgen wieder hier am Strand?«, frage ich nun und streiche ihr die nassen Strähnen aus dem schmalen Gesicht, fahre mit dem Daumen über ihre Unterlippe. »Darüber würde ich mich sehr freuen.«

Nach einer kalten Dusche stehe ich um neunzehn Uhr vor der Suite von meinen besten Freunden, brauche gar nicht zu klopfen, da die Tür nur angelehnt ist. Ich klopfe trotzdem und betrete langsam das Zimmer. »Hallo?«, rufe ich, doch keiner antwortet mir. Erst als ich zum offenen Wohnraum komme, merke ich, dass Philip mit Kopfhörern Sit-ups macht. Also gehe ich auf den Balkon, wo ich Jennas Haarschopf sehe. Sie lehnt am Balkongeländer, sieht nach links zum Meer. Ich schiebe die Türen zur Seite und trete zu ihr hinaus und merke erst jetzt, dass sie telefoniert. Da ich ihre Privatsphäre respektiere und kein Mann bin, der lauscht, will ich wieder gehen.

»Bist du dir ganz sicher, Kylie?«, sagt Jenna mit belegter Stimme, und auch wenn ich es nicht will, spitze ich dir Ohren.

Stimmt etwas nicht?

»Ich verstehe dich, Süße. Das tue ich wirklich, aber was ist mit Niall? Ich dachte, dir liegt etwas an ihm?« *Was? Ihr soll was an mir liegen?* Dann hat sie aber eine merkwürdige Art, das zu zeigen. »Gut, wie du möchtest. Ich werde ihm nichts sagen, auch wenn ich finde, dass du ehrlich mit deinen Gefühlen umgehen solltest.« Ich habe genug gehört, habe aber das Gefühl, trotzdem nichts zu wissen. Diese Frau bedeutet doch nur Ärger. Ich gehe wieder in den Wohnbereich, und

Janes Lippen kommen mir in den Sinn. Vielleicht passt eine süße unkomplizierte Frau besser zu mir. Jemand, der nicht mit mir spielt, sondern von Anfang an ehrlich ist.

Also verbringe ich den restlichen Urlaub mit ihr und lerne sie besser kennen, bis es für uns an der Zeit ist, wieder nach Hause zu fliegen.

»Endlich wieder zu Hause«, seufzt Jenna, und ich stimme ihr gedanklich zu. Diese zwei Wochen waren vielleicht für die beiden schön und unvergesslich, aber für mich war es eine nervliche Zerreißprobe. Ich bin froh, dass ich die meiste Zeit mit Jane verbracht und nicht nur Däumchen gedreht habe. Die Kleine war einfach der Wahnsinn, und damit meine ich, nicht nur im Bett, wo sie wirklich gut war, sondern sie hat mich durch ihre fröhliche Art immer zum Lachen gebracht.

Wir steigen aus der Maschine, und ein Schwall eiskalter Luft lässt mich frösteln. Ich war so an die Hitze gewöhnt, dass New York nun wie die Antarktis wirkt.

»Es ist eiskalt«, jammert Philip und legt den Arm um Jennas Taille, als wir zu unserem Wagen gehen. Ich habe die Koffer auf einen Wagen geladen und verstaue sie mit zitternden Händen im Kofferraum. Auf einen Fahrer habe ich verzichtet, da keiner Philip fährt, solange ich da bin. Als ich mich durch den Verkehr schlängele, kann ich es kaum erwarten, zu meiner Wohnung zu kommen, um ein Nickerchen zu machen. Auch Jenna und Phil sehen ziemlich müde aus.

»Hey Süße. Wir sind wieder da«, sagt Jenna plötzlich, und ich höre selbst hier auf dem Vordersitz, wie Kylie vor Freude kreischt. Ich schüttle den Kopf, wieso konnte sie früher nie fröhlich und locker in meiner Nähe sein? Aber diese Frage steht mir nicht mehr zu. Es ist vorbei, ohne dass es je angefangen hat. »Ich freue mich auch. Es war zwar toll, aber mit der Zeit wurde es langweilig.«

»Na, schönen Dank auch«, meint Philip lachend und sieht von seinem Smartphone zu seiner Ehefrau.

»Ach, tu nicht so, du konntest es auch kaum erwarten, nach Hause zu kommen.« Er zwinkert ihr zu und küsst ihre Wange, bevor er sich wieder seinem Handy zuwendet. Nach zwei Wochen warten sicher tonnenweise E-Mails auf ihn. »Wie geht's dir? Hast du es dir anders überlegt?« Als sie diese Frage stellt, sieht sie über den Spiegel direkt mich an, und ihr Blick verändert sich. Ich würde sonst was geben, zu wissen, worüber die beiden reden, aber ich möchte die Prinzessin nicht ausfragen. Dafür habe ich noch etwas zu viel Stolz in mir.

»Okay«, meint sie, zieht es in die Länge, als sie ausatmet, die Augen noch immer auf mich gerichtet. »Dann sehen wir uns morgen früh, und dann besprechen wir, wann wir nach London fliegen. Gut. Bye.«

England? Wir sind doch gerade erst angekommen. Die Frage brennt mir auf der Zunge, aber ich will nicht zugeben, dass mich Kylie noch interessiert.

»Wie geht's ihr?«, fragt Philip mit einem komischen Unterton, der besorgt klingt. *Fuck! Was ist mit Kylie los?*

»Ganz gut, denke ich. Morgen früh haben wir den Termin und dann …« Wieder wandern ihre Augen zu mir, doch sie redet nicht weiter, sondern löst den Blickkontakt und lehnt sich an die Schulter ihres Mannes.

Ich pfeffere meinen Koffer ins Schlafzimmer und zerre die Kleidung von meinem Körper. Die Wut brodelt in mir, weil ich nicht Bescheid weiß, was Kylie fehlt. Ist sie krank? War etwas mit ihrer Familie? Stress im Job? Ich verpasse mir gedanklich einen Kinnhaken und steige unter die Dusche. Das Wasser ist eiskalt, aber es kümmert mich nicht, vielleicht schafft es die Kühle, meinen Kopf zu beruhigen, der vor lauter Fragen heiß läuft. Nach der Dusche ziehe ich meine Boxershorts an, falle ins Bett und schlafe augenblicklich ein.

Als ich aufwache, ist es längst dunkel. Ein Blick auf die Uhr macht mir klar, dass ich den ganzen Nachmittag verschlafen habe. Ich fahre mir übers Gesicht und greife nach der Flasche Wasser, die immer neben meinem Bett steht, und trinke einen großen Schluck. Mein Magen knurrt, signalisiert, dass ich seit Stunden nichts mehr zu mir genommen habe. Also ziehe ich mich an, schnappe mir meine Winterjacke aus den Tiefen meines Schranks, weil ich mich an das Herbstklima von New York noch nicht gewöhnt habe, und fahre in die Stadt. Mein Lieblingsitaliener liegt nicht weit von mir, aber trotzdem nehme ich das Auto, da ich es mir angewöhnt habe, auch an meinem freien Tag stets für Philip auf Abruf bereitzustehen.

Der Geruch von italienischen Speisen dringt in meine Nase, als ich das Restaurant betrete, und lässt meinen Magen knurren, dass man glauben könnte, ein wilder Wolf würde gleich angreifen. »Niall, mein Freund. Was darf's denn sein?«

»Heute nehme ich eine große Diavolo und eine Limo. Ich setze mich an meinen Stammplatz.«

»Ist klar«, sagt der Besitzer Paolo. Ein waschechter Italiener, der aber nicht durch einen gespielten Akzent dick aufträgt. Seine Speisen sind die besten in ganz Manhattan. Normalerweise muss man hier einen Tisch reservieren, aber da Philip und ich Stammgäste sind, hält er unseren Tisch, der etwas abseits zwischen den großen Topfpflanzen steht, immer frei. Ich durchquere das Restaurant, versuche das Wasser, das mir im Mund zusammenläuft, zu ignorieren, als ich die leckeren Pizzas und Gerichte sehe.

Auch wenn mein Tisch etwas abgeschieden ist, sehe ich sehr gut, was sich im Lokal tut. Vielleicht ist es auch deshalb mein

Lieblingsplatz, weil ich alles im Blick habe. Die Kellnerin Rosa bringt mir zwinkernd meine Limo und geht wieder zur Theke. Sie ist schon jahrelang scharf auf mich, aber ich fange nichts mit verheirateten Frauen an. Um mich von meinem Hunger abzulenken, sehe ich auf mein Smartphone und checke meine Mails und Social-Media-Accounts. Nachdem ich die Feeds der vergangenen zwei Wochen überflogen habe, tue ich das, was ich seit zwei Wochen jeden Abend mache, selbst als Jane in meinen Armen gelegen hat. Ich sehe auf Kylies Profil.

Sie war mit Kaya auf der Fashion Week, hat eine Ausstellung auf die Beine gestellt und hat für die Presse mit ihren Schwestern posiert, die anscheinend schon nach New York gezogen sind. Ihr Gesicht wirkt anders als sonst, traurig und verletzlich, trotz des Lächelns. Und auch wenn ich gesagt habe, dass sie mir egal ist, wünschte ich, dass ich der Mann wäre, der ihr die Traurigkeit wegwischen könnte.

Kapitel 9

Kylie

»Du bist so eine Spießerin«, motzt Faye, als sie sich erneut in meinem Badezimmer für irgendeine Party zurechtmacht. Charlotte sitzt schon fertig gestylt auf meiner Couch und liest in einem dicken Wälzer, dessen Cover nur so vor Drachen strotzt.

»Nur weil ich keine Lust auf Party habe, bin ich noch lange keine Langweilerin«, stelle ich klar und räume die Kaffeetassen, die meine Schwestern auf dem Tisch gelassen haben, in den Geschirrspüler. Seit wann bin ich ihre Haushälterin?

»Es werden heiße Kerle dort sein. Einer reicher als der andere – und die meisten sehen auch noch unverschämt gut aus«, sagt Faye so, als wäre allein das ein Grund mitzukommen.

»Wie ich schon sagte, ich habe keine Lust. Morgen habe ich einen wichtigen Arzttermin, da möchte ich ausgeschlafen sein.«

»Ach, lässt du dir den Stock aus dem Arsch entfernen? Das wurde aber auch Zeit!« Meine Schwester tuscht sich die Wimpern und grinst ihr Spiegelbild frech an.

»Sehr witzig.« Sie scheint es darauf abgesehen zu haben, mich zur Weißglut zu bringen. »Pass auf, Faye! Sonst fliegst du in hohem Bogen aus meiner Wohnung.«

»Ja, Ma'am«, murmelt sie, als sie den Lippenstift aufträgt, doch ich entferne mich von der Badezimmertür, von wo ich sie wütend angefunkelt habe, und setze mich neben Charlotte, dem kleineren Übel. Denn sie ist nicht frech, hat es nur faustdick hinter den Ohren. Sie ist wie der Wolf im Schafspelz. Dunkelblondes lockiges Haar, das zu einem Knoten zusammengebunden ist, dazu Leggins in Lederoptik und ein Oversize-Shirt, das mehr vom BH zeigt, als es verdeckt. Die knallpinkfarbene Spitze ist ein Eyecatcher, da der Rest ihrer Klamotten pechschwarz ist.

»Findest du auch, dass ich eine Spießerin geworden bin?«, frage ich nun Charly leiser, damit Faye es nicht hört. Sie sieht von ihrem Buch auf, legt den Zeigefinger auf die Stelle, wo sie stehen geblieben ist, und sieht mich an. Ihre Miene ist nachdenklich, als sie mich mustert. »Du hast dich in den letzten Wochen verändert, bist ruhiger geworden, seit du in Galen warst.«

»Ja, das könnte stimmen, aber ab morgen wird alles anders. Da werde ich wieder mehr ausgehen und weniger grübeln.«

»Also willst du das Baby abtreiben?«

»Was?«, frage ich erschrocken und senke schnell die Stimme. Fassungslos sehe ich auf meine Schwester, die mein Geheimnis herausgefunden hat. »Woher?«, frage ich zögernd und hoffe mal, dass sie es keinem erzählt hat. Sonst wäre das mein Untergang. Mutter würde ausrasten, Vater wäre enttäuscht, und Faye würde mich wochenlang nerven.

»Ich war in deiner Wohnung, um in Ruhe zu lesen, weil Faye wieder mal ihre Rocksongs aufgedreht hat, dass die Wände wackeln. Dann habe ich ein Buch verschlungen und war bei dir duschen, damit ich ihr aus dem Weg gehen konnte. Ich hatte alles mit, außer Unterwäsche. Ich habe in deiner Kommode nach etwas Normalem gesucht, nicht deine Spitzentangas. Wer weiß, wer da schon seine Finger drin gehabt hat? Dabei habe ich den Test gefunden.«

Ich schließe gequält die Augen, nehme einen tiefen und langen Atemzug, bevor ich sie wieder öffne und sie anblicke. »Hast du es Faye und Mum erzählt?«

»Was?«

»Du hast mich schon verstanden.«

Charly klappt das Buch so laut zu, dass ich zusammenzucke. »Wieso denkst du immer das Schlechteste von mir? Faye und ich sind zwar Zwillinge, aber ich bin noch lange nicht so auf meinen eigenen Vorteil aus wie sie. Du bist jahrelang nicht mehr zu Hause gewesen, außer Mum hat dich dazu gezwungen. Hast dich in den letzten Jahren nicht einmal bei uns gemeldet. Deshalb hat es sie darauf abgesehen, dich bis aufs Blut zu nerven. Du hast uns einfach in Kent gelassen, damit unsere Mutter ihre Klauen in uns krallen kann.«

Der Gefühlsausbruch meiner Schwester trifft mich überraschend, sodass ich nur ungläubig blinzeln kann. Charly und Faye sind mir in England immer auf die Nerven gegangen, wie es kleine Schwestern eben so tun. Die beiden waren eher ein Zweiergespann, haben mich nie in ihre Streiche oder Pläne einbezogen, also habe ich mir nichts weiter dabei gedacht, als ich nach New York gegangen bin. Ich dachte, die beiden wollten einfach ihre Ruhe haben, aber dem war anscheinend nicht so.

»Ich wusste nicht, dass ihr Kontakt zu mir wolltet. Ihr wart nie da, immer unterwegs, um Unsinn zu machen.«

»Ja, das stimmt, aber wir sind reifer geworden und nicht mehr die dummen Hühner von früher. Faye ist zwar noch immer eine Draufgängerin, aber ich habe mich verändert. Ich schlafe mich nicht mehr durch die Betten der Royals, weil ich nicht mehr so sein will.«

»Das ist schön zu hören. Ich habe immer gehofft, dass ihr einmal zur Vernunft kommt.«

»Wir versuchen es«, meint nun Faye und setzt sich neben uns. Diese Situation hat sich verändert, es wirkt auf mich, als hätten wir uns einen klitzekleinen Schritt angenähert. Faye plumpst neben mir auf die weiche Couch, ihre offenen Haare kitzeln mich auf der Wange. »Ich wäre dann so weit.« Sie sieht mich an, nicht Charly, als würde ich es mir anders überlegen.

»Wie gesagt, ich habe morgen einen wichtigen Termin, aber ich verspreche dir, dass wir nächste Woche in London ausgehen, okay?«

»Deal«, meint Faye lächelnd und erhebt sich, um ihre Jacke aus ihrer Wohnung zu holen.

Als sie aus der Wohnung geht, legt Charly das Buch auf den Tisch und nimmt meine Hand. »Ich bin immer für dich da, wenn du mich brauchst und reden möchtest. Okay?«

»Danke.«

Sie nickt, drückt mich kurz, was aber bei uns beiden etwas unbeholfen wirkt. Wir Woodward-Mädchen haben uns immer schwergetan, unsere Gefühle zu zeigen. Aber es fühlt sich trotzdem gut an.

Nachdem ich duschen war, lege ich mich ins Bett, kuschle mich ins Kissen und greife nach meinem Handy, um durch die Fotos zu scrollen, wo ich ein bestimmtes suche. Als ich es endlich finde, wird mein Herz schwer. Nach unserer gemeinsamen Nacht habe ich im Morgengrauen Nialls schlafendes Gesicht fotografiert, weil er so wunderschön ausgesehen hat, dass es wehgetan hat, und selbst jetzt wird mein Herz schwer, wenn ich an ihn denke. Auch wenn wir aus verschiedenen Welten kommen, hat er mir damals das Gefühl gegeben, in seinen Armen zu Hause zu sein.

Ich bekomme kein Auge zu. Überlege die ganze Nacht, wie das morgen ablaufen wird, auch wenn ich mich natürlich informiert habe. Aber einige Ängste lassen mich einfach nicht los. Trotz des Schwangerschaftsabbruchs, den ich morgen vornehmen lasse, frage ich mich, ob ich es Niall hätte sagen sollen. Als Vater hätte er ein Recht darauf, es zu erfahren, aber es könnte auch sein, dass er mir die Abtreibung ausreden wollen würde, also habe ich diesen Gedanken weit von mir geschoben. Da es kein Baby geben wird, besteht kein Grund, ihm etwas zu sagen. Um fünf Uhr morgens stehe ich auf, mache mir einen Tee und setze mich in die Decke gehüllt auf meinen Hängesessel, der an der Balkondecke befestigt ist. Ich sehe der Sonne beim Aufgehen zu, Jenna an die Tür klopft.

Die Privatklinik meiner Frauenärztin ist wie immer gut besucht, was mich sonst nicht stört. Aber es sind schon verdammt viele Schwangere da. Alle Bauchumfänge sind vertreten, auch zwei Frauen mit ihren Neugeborenen. Und alle haben den gleichen Gesichtsausdruck. Sie lächeln, streichen liebevoll über ihre Bäuche oder flüstern ihren Babys auf dem Arm etwas zu. Es ist schon unheimlich, wie glücklich alle wirken.

»Geht's dir gut?«, will Jenna zum gefühlt hundertsten Mal wissen, und ich sage ihr erneut, dass ich mich müde, aber wohl fühle. Es ist die richtige Entscheidung.

»Wie war es in den Flitterwochen? Du erzählst gar nichts darüber.«

Sie wird rot, und ich ahne, dass sie von der Landschaft nicht viel gesehen hat, aber dafür mehr vom nackten Philip. »Wir waren meist im Zimmer, sind ab und zu schwimmen gegangen oder mit Niall essen. Es war traumhaft, genauso habe ich es mir vorgestellt.«

»Klingt, als hättet ihr es krachen lassen. Wie geht es Niall?«, erkundige ich mich mit gleichgültiger Stimme, auch wenn ich danach lechze zu wissen, wie er den Urlaub verbracht hat. Ihr Lächeln verblasst, und sie zupft an ihrem Rock herum, das tut sie ständig, wenn sie mir was verheimlichen will. »Was ist los?«

»Er hat jemanden kennengelernt. Sie heißt Jane, ist aus Brooklyn, und, na ja, die beiden haben sich gut verstanden.«

Mein Herz wird schwer wie Blei, aber ich lächle, obwohl es mich viel Kraft kostet. Natürlich hat er eine Frau gefunden, wieso sollte er mir auch nachweinen?

»Ich freue mich für ihn«, lüge ich und sehe wieder auf die Frauen, deren Glück mir die Luft zum Atmen raubt.

»Wieso tust du das?«, fragt Jenna etwas schärfer.

»Was meinst du?«

»Ach komm, Kylie! Du bist in Niall verliebt, warst es schon damals in Galen. Wieso stößt du ihn von dir, wenn du doch weißt, dass er dich auch mochte.« Mochte, nicht mag.

»Weil Niall und ich nicht zusammenpassen. Wir kommen aus verschiedenen Welten, meine Mutter würde durchdrehen, und wir wären dem Klatsch der oberen Zehntausend ausgesetzt.« Wenn ich mir so zuhöre, könnte ich kotzen, das sind keine Gründe, jemanden abzuweisen, den man liebt, das merkt auch Jenna.

»Ich will dir bei Gott nicht reinreden oder mich einmischen, aber ich denke, dass du es ein Leben lang bereuen wirst, wenn du es mit Niall nicht versuchst. Selbst wenn die Welt gegen euch wäre, wärt ihr zwei genug.«

Tränen brennen in meinen Augen, weil sie recht hat. Ich war vom ersten Moment an hin und weg von Niall, habe nie darauf geachtet, was, sondern wer er ist. Auch wenn ich ihn noch nicht lange genug kenne, weiß ich, dass er ein Typ wäre, der mich und das Baby nicht im Stich lassen würde, falls ich es behalten würde. Genau aus diesem Grund mag ich ihn, weil er ehrlich ist und keinem etwas vorspielt. Eine Träne stiehlt sich aus meinem Augenwinkel, und auch meine beste Freundin weint stumm.

»Jenna, ich habe Angst.« Damit meine ich nicht nur vor der Abtreibung, sondern vor dem, was danach kommt. Bis jetzt war ich nie ernsthaft verliebt, aber nach Niall weiß ich nicht, ob ich einfach so wieder in mein altes Leben zurückfinden kann. Eins voller Partys, Männer und Alkohol.

»Miss Blair-Woodward?«, sagt die Sprechstundenhilfe und lächelt mich warm an. Sie weiß, was ich im Begriff bin zu tun und schenkt mir durch ihre Freundlichkeit mehr Kraft, als sie ahnt.

Jenna ist an meiner Seite, als ich die Ärztin begrüße und mich setze. »Wir haben schon beim letzten Termin besprochen, was auf Sie zukommt. Haben Sie bezüglich der Absaugung noch eine Frage?«

»Nein«, sage ich mit fester Stimme. *Bringen wir es einfach hinter uns!*, will ich schreien, besinne mich aber eines Besseren. Jenna greift nach meiner Hand und drückt sie.

»Gut. Dann frage ich noch ein letztes Mal, bevor wir mit der Untersuchung anfangen, ob Sie sich wirklich sicher sind, was den Schwangerschaftsabbruch angeht.«

Ich zögere meine Antwort hinaus, blicke zu Jenna, deren Miene sich aufhellt. Ich sehe Hoffnung aufglimmen, doch dann erscheint das Bild von meiner Mutter vor mir, das Gesicht wutverzerrt, und nicke dann schnell. »Ja das bin ich.«

Jenna schluckt laut, sagt aber nichts. Ich weiß, dass sie für das Baby ist, aber ich könnte kein Kind allein großziehen.

»Okay.« Die Ärztin sieht sich die Unterlagen an und wirft einen Blick auf den Computer. »Wie ich sehe, haben Sie mit dem Anästhesisten über die Narkose gesprochen, und somit fehlt nur noch die letzte Untersuchung. Damit ich sehen kann, ob mit dem Muttermund alles in Ordnung ist.«

Sie weist mich an, mich in der Kabine untenherum frei zu machen und mich auf den großen Stuhl zu setzen. Jenna stellt sich neben mich, ist wie ein Fels in der Brandung und greift nach meiner Hand. Die Ärztin warnt mich vor, dass es kalt wird, als sie mich mit dem Ultraschallstab untersucht. Ich sehe nicht aufs Display, denn sonst würde es mir noch schwererfallen. Dann höre ich ein lautes und viel zu schnelles Klopfgeräusch.

»Was ist das?«, frage ich erschrocken und sehe zwischen Jenna und der Ärztin hin und her.

Ihre Miene wird weich, als sie antwortet. »Das ist der Herzschlag Ihres Babys.«

»Was? Das Herz schlägt schon?«, rufe ich entsetzt und versteife mich. *Gott steh mir bei!* Ich habe im Internet nur nach dem Vorgang der Abtreibung gesucht, nicht nach dem Zustand des Embryos.

»Ja, es schlägt kräftig. Und es geht ihm oder ihr so weit gut«, meint die Ärztin, sieht mich lange und durchdringend an. Panisch blicke ich auf das Display neben mir, und dann sehe ich es. Ich habe mit einer unförmigen Kartoffel gerechnet, die sich langsam bewegt, aber man sieht jetzt schon, dass es wie ein Baby aussieht, sogar das Gesicht ist zu erkennen. Es ist winzig, und doch hat es die Kraft, meine Welt in ihren Grundfesten zu erschüttern. Bisher war es etwas anderes, über das Baby nachzudenken, aber es wirklich zu sehen, seinen Herzschlag zu hören, löst etwas in mir aus. Eine Explosion an Gefühlen, die ich nicht benennen kann. Ich streiche mit dem Zeigefinger über das Bild meines Kindes, das sich bewegt und zufrieden aussieht. Dann frage ich mich, ob sie oder er meine Augen haben könnte, Nialls Haare oder die Nase meiner Mutter. Höre nicht die Schreie, sondern das Glucksen und Lachen, sehe es vor mir, wie es nach meinem Finger greift und zudrückt.

»Kylie?«, meint Jenna unsicher, da ich auf keine der Fragen von ihnen geantwortet habe. Ich war zu sehr in meine Gedanken vertieft, darin, wie sehr ich mein Baby lieben und beschützen könnte, wie die zwei Frauen draußen im Warteraum, denen man die Liebe zu ihren Kinder ansehen konnte.

»Ich will es«, sage ich sicher und entschlossen.

»Sind Sie sicher?«, fragt meine Ärztin nach, doch meine Entscheidung ist schon gefallen, als ich den Herzschlag gehört habe. Und genau hier und jetzt schwöre ich mir, alles zu tun, um mein Kind zu lieben und zu beschützen.

Kapitel 10

Niall

»Jenna kann nicht ohne persönlichen Schutz nach Kent fliegen!« Das ist ein Befehl meinerseits, doch Phil schüttelt nur den Kopf und setzt sich an die Tischkante seines Schreibtisches, die Arme vor der Brust verschränkt.

»Sie möchte nicht ständig überwacht werden. Das ist alles noch neu für sie.« Natürlich verstehe ich das, aber es ändert nichts an der Tatsache, dass die Welt voller kranker Arschlöcher ist, die Jenna wehtun könnten, um dem Königshaus zu schaden.

»Es ist gefährlich, weil sie nun genauso in der Öffentlichkeit steht wie du oder der Rest deiner Familie. Ich könnte Hardin einteilen, er ist gut, wie du weißt, und hält sich auch im Hintergrund.«

»Wieso fliegst du nicht selbst?« Ich habe mich schon gefragt, weshalb er das nicht schon früher vorgeschlagen hat, aber er weiß auch, dass ich was für Kylie übrighabe und so eine Woche bei ihrer Familie verbringen müsste, bevor wir alle drei nach Galen fliegen.

»Ihre Mutter wird mich nicht dort haben wollen. Geschweige denn Kylie selbst.«

»Du bist im Dienst der Königsfamilie in Kent, die werden sich hüten, dir in die Quere zu kommen.«

»Vielleicht«, murmele ich, lehne meinen Arm am kalten Fenster ab, lege meine Stirn darauf und sehe aus Philips Bürofenster, blicke auf die Menschen, die sich durch die Straßen schlängeln. Die meisten haben die Winterjacken ausgepackt, verdecken ihr Gesicht mit übergroßen Schals und Mützen. Der kalte Wind kündigt schon im Oktober Minusgrade, wenn nicht sogar Schnee, an. Das Wetter spielt verrückt in letzter Zeit. »Weißt du, dass ich jede verdammte Nacht an Kylie denke? Selbst wenn Jane sich an mich kuschelt oder wenn ich mit ihr schlafe.« Ich bin nicht stolz darauf, kann aber nichts dagegen tun. Jane und ich führen keine Beziehung, haben uns auf eine Affäre geeinigt, trotzdem sollte ich ganz bei der Sache sein.

»Ich kann es mir denken. Wenn *die eine* aufkreuzt, stellt das deine ganze Welt auf den Kopf.«

»Kylie soll *die eine* sein?« Ich drehe mich um und sehe ihn ungläubig an. Phils Miene ist ernst.

»Wann warst du das letzte Mal verliebt oder hast eine Frau getroffen, die dein ganzes Denken einnimmt? Ich meine, nach Lizzy.« Ich schlucke, als wieder ihr Name fällt. Unsere Freundin ist schon lange tot, doch jedes Mal zieht sich mein Herz schmerzhaft zusammen, wenn ich nur an sie denke. Elizabeth war die einzige Frau, die ich je geliebt habe, das haben wir beide. Sie wusste, was ich für sie empfunden habe, hat sich aber für Philip entschieden. Ich habe es den beiden nie übel genommen, habe mich aber gehütet, was Frauen anbelangt hat. Keine sollte mir je wieder das Herz brechen können.

»Du kennst die Antwort«, sage ich kühl und weiche ihm aus, gehe im Raum auf und ab.

»Ja. Das tue ich. Und gerade deshalb will ich dir nur raten, sie nicht kampflos aufzugeben.«

»Sie hat gesagt, dass sie mich nicht will! Dass ich ein Fick für sie war. Ein Mittel zum Zweck!«, brülle ich und lasse all meine Wut heraus, die mich in den vergangenen Wochen zerfressen hat.

Phil blinzelt nicht mal, lässt mich toben, ehe er spricht. »Tief in dir weißt du, dass sie das nicht so gemeint hat. Vielleicht war das ihr Abwehrmechanismus, so wie deiner es immer ist, mich anzubrüllen oder mir eine in die Fresse zu hauen.«

Schwer atmend sehe ich auf den Mann, den ich als Bruder erachte und der mir nichts Böses will. Er ist nur ehrlich und versucht mich daran zu hindern aufzugeben. Fuck! Ich fahre mir mit beiden Händen durch das Haar und ziehe daran, um den Schmerz zu spüren, damit er mich von meiner Wut ablenkt.

»Phil, hör zu. Es tut mir leid. Ich habe noch nie so gefühlt, derart intensiv, und komme mit ihrer Abweisung nicht klar.«

Er kommt auf mich zu und legt eine Hand auf meine Schulter. »Kein Problem. Ich kenne Kylie schon länger, und wenn mir über die Jahre etwas im Gedächtnis geblieben ist, dann dass sie nie zeigt, wie es in ihrem Inneren zugeht. Hab Geduld.« Bei all den Partys und Bällen, die wir beide besucht haben, frage ich mich nun, wie ich Kylie so lange nicht beachtet habe. Vielleicht auch, weil ich meist schon eine andere klargemacht oder einfach gearbeitet habe.

»Ich versuche es. Auch wenn ich keine verdammte Ahnung habe, was ich tun soll.«

»Schau mich nicht so an! Ich habe auch keinen blassen Schimmer.«

Wir grinsen beide, obwohl mir nicht danach zumute ist. Philip geht wieder an seinen Schreibtisch, doch bevor ich gehe, fragt er mich noch einmal, wen ich als Jennas Schutz einteilen werde. Als Leiter der Leibgarde in Galen ist es meine Aufgabe, die Bodyguards für die jeweiligen Royals einzuteilen.

»Ich werde selbst mitfliegen und lasse mich von der Familie Blair-Woodward so richtig herablassend behandeln.«

»Das klingt doch nach einer tollen Woche. Pass gut auf meine Frau auf.«

»Ist klar, Boss.«

Mein Griff um das Lederlenkrad verstärkt sich, als Kylie mit einem Grinsen aus ihrem Wohnhaus tritt, sie blickt kurz über die Schulter, um Jenna etwas zuzurufen. Sie trägt einen roten Trenchcoat, dazu Leggins und schwarze Boots. Das blonde Haar fällt offen über ihre Schulter und sieht wunderschön aus. Doch es ist ihr glockenhelles Lachen, das mich einfach umhaut. Es ist anders als auf den Social-Media-Fotos der letzten Wochen. Sie sieht befreiter, glücklicher aus. Ich kann es schwer in Worten ausdrücken. Hinter ihr folgt Jenna, doch dann erblickt Kylie mich. Und ich könnte schwören, dass ich ihr wild klopfendes Herz bis hierher hören kann. So stehen wir da, sehen uns an und fragen uns wohl, was der andere denkt. Meine Mundwinkel wandern nach oben, und ich sehe es, die Maske fällt, wenn auch nur kurz, und sie lächelt mich an wie in jener Nacht. Ihre rechte Hand wandert zu ihrem Bauch, und sie atmet tief durch, es wirkt, als müsse sie sich sammeln. Ein frischer Wind weht ihre Haare umher, und ich schwöre, sie hat noch nie schöner ausgesehen als in diesem Moment.

»Niall!«, ruft Jenna, scheint unseren Moment nicht bemerkt zu haben und geht die paar Stufen hinab, um die Arme um mich zu schließen.

»Hey Prinzessin. Bereit für ein neues Land?«, frage ich gut gelaunt und begegne ihrem Strahlen. Ich weiß, dass sie kaum herumgekommen ist. War bis jetzt nur in den Staaten unterwegs. Philip hat versprochen, ihr die Welt zu Füßen zu legen, und noch einige Reisen geplant. Jenna ist es definitiv wert. Dieser Rotschopf mit der fröhlichen Art ist mir wirklich ans Herz gewachsen.

»Na klar. Ich freue mich, dass du uns begleitest. Kaum auszuhalten, wenn jemand anderes mitfliegt, den ich nicht kenne. Das Königshaus hat so viele Leibwächter.«

»Keine Sorge, du wirst sie noch alle kennenlernen. Hardin zum Beispiel ist jetzt bei Phil und passt auf ihn auf.«

»Ist eine ständige Bereitschaft wirklich nötig?«

»Du brauchst Schutz, ebenso wie alle anderen Mitglieder des Königshauses, und als Chef des Sicherheitsdienstes von Galen werde ich dafür sorgen, dass die Leute dir nicht zu nahe kommen.«

»Ach, so schlimm wird das nicht werden. Mich kennt doch keiner.«

Das stellt sich als glatte Lüge heraus, denn kaum haben wir den J. F. K. Airport betreten hat sich eine Schar Menschen um uns gebildet, die Jenna erkennen oder sich mit ihr unterhalten wollen. Ich hatte wirklich Mühe, die Leute auf Abstand zu halten, habe zudem Jenna und Kylie abgeschirmt, so gut ich konnte. Wir haben fast unseren Flug verpasst, weil Jenna ja unbedingt Businessclass fliegen wollte, anstatt mit dem Privatflugzeug der Königsfamilie. Es ist kaum verwunderlich, dass Philip sich in Jenna verliebt hat. Sie ist nicht auf Geld, Ruhm oder ihren eigenen Vorteil aus, sondern liebt Philip als Menschen und nicht als Prinzen.

In London ist die Situation besser, dort werden wir als erste Passagiere aus dem Flugzeug gelassen, und auch ein Wagen steht am Hangar bereit, der uns direkt zum Anwesen von Kylies Familie bringen soll.

»Kylie. Du bist aber erwachsen geworden!«, begrüßt sie der Fahrer unseres Wagens freundlich, der am Wagen lehnt. Er ist sehr kurz geraten, kleiner als wir alle, hat einen großen Bauchumfang und ergrautes schütteres Haar. Seine Hände berühren sich nicht mal, als Kylie ihn stürmisch umarmt.

»Robert! Das sagst du schon, seit ich fünf Jahre alt bin«, kichert diese Frau, die nicht mit der alten Kylie zusammenpassen will. Heute ist sie offen und hat ein seliges Lächeln im Gesicht.

Egal, was der Grund für diese Änderung ist, ich bin froh darüber. So muss ich mich nicht immer fragen, was in ihrem hübschen Köpfchen so abläuft.

»Ja, aber nur, weil es stimmt. Du bist so wissbegierig und wächst jedes Mal mehr über dich hinaus«, sagt er mit einem stolzen Ausdruck im Gesicht, ehe er sich Jenna zuwendet. »Sie müssen Prinzessin Jenna sein.« Er verbeugt sich tief, einen Arm hinter dem Rücken. Vorbildlich.

»Bitte. Sie müssen das nicht tun«, sagt Jenna sofort und errötet. Sein verwirrter Ausdruck spricht Bände. Als Angestellter einer Lordschaft weiß er genau, wie er sich in der Nähe des Adels verhalten soll.

»Jenna legt während ihres Aufenthalts auf dem Anwesen keinen Wert auf die Etikette. Sie ist einfach meine beste Freundin, die mich zum ersten Mal besucht.«

»Selbstverständlich. Ich werde es gleich dem Personal weitergeben.«

»Das wäre sehr aufmerksam. Danke, Robbie.« Dann wendet sich Kylie mir zu, das Lächeln noch immer auf den Lippen. »Das ist ein guter Freund von uns. Niall McKenna.« Verwirrt blicke ich sie an. *Wieso stellt sie mich als Privatperson vor?* Immerhin bin ich ebenfalls ein Angestellter der Prinzessin und somit auch des Hofes von Galen.

»Na endlich. Das wurde aber auch Zeit, dass du einen Mann mitbringst, Kleines. Robert. Es freut mich sehr, Sie kennenzulernen.« Der Händedruck dieses liebevollen Mannes mit den warmen braunen Augen ist fest, und auch als seine Miene ernst wird, wird mir klar, dass er mir zeigen möchte, dass er auch zuschlagen kann, sollte ich Kylie das Herz brechen.

»Ähm. Wir sind nicht zusammen. Nur Freunde«, murmelt Kylie verlegen und errötet. *Heilige Scheiße.* Das ist das erste Mal, dass ich sie erröten sehe, und es sieht wirklich süß aus.

»Ich bin für den Schutz von Prinzessin Jenna und Kylie verantwortlich. Es freut mich sehr, Sie kennenzulernen.«

»Ach *Sie* sind das.« Er nickt und öffnet den Kofferraum, um unser Gepäck zu verstauen, aber unsere fragenden Mienen scheint er zu übersehen.

»Du scheinst hier in England bekannt zu sein«, flüstert Jenna mir ins Ohr, und ich hoffe mal, dass ich gut in Erinnerung bleiben werde. Die Fahrt über unterhalten sich Kylie und Robert über den Hof, wie sie es nennen. Es brennt mir auf der Zunge zu fragen, wie sie auf diesen Namen kommen, schweige aber. »Kannst du mich in meiner Wohnung absetzen? Ich bin zum Abendessen wieder da.«

»Das wird schwierig sein«, meint er mit seiner tiefen Stimme, weicht ihrem Blick aus. Kylie hat eine eigene Wohnung hier? Wieso bleibt sie nicht bei ihren Eltern?

»Weshalb?«, fragt sie neugierig und mit einem nervösen Unterton.

»Weil Lady Elaine vorige Woche deine Kleider und persönlichen Dinge zum Hof hat bringen lassen.«

»Sie hat was?«, knurrt Kylie aufgebracht. So kenne ich sie: kühl und etwas aufbrausend.

»Ich kann nichts dafür. Sie hat geahnt, dass du dich wieder in deinem Apartment verschanzt, also hat sie Vorkehrungen getroffen.«

»Diese miese … argh!« Kylies Wut ist fast greifbar, legt sich wie eine Schlinge um unser Gemüt und lässt uns alle schweigen. Die restliche Fahrt sagt niemand ein Wort, aber ich habe das Gefühl, als wäre das nur die Ruhe vor dem Sturm.

Das Sicherheitssystem von Lord Blair-Woodward hat einige Schwächen. Robert öffnet das schmiedeeiserne Tor mit einer Karte, die er abscannt. Es wäre für Kriminelle ein Leichtes, diese zu stehlen und sich Zutritt zum Anwesen zu verschaffen.

Außerdem steht kein Sicherheitspersonal am Tor, wovon ich anfangs ausgegangen bin. Ich muss unbedingt um ein Zimmer in der Nähe der Prinzessin bitten. Bei diesen Schwächen muss ich in ihrer Nähe sein. Das Anwesen befindet sich in einem noblen Wohnviertel mit alten Villen und riesigen Grundstücken, die teilweise vor fremden Blicken abgeschirmt sind.

Wir fahren eine gepflasterte Straße, links und rechts von Bäumen flankiert, die immer dichter werden. Ich erkenne gewundene Pfade, die zu einem Park und angrenzenden Wald führen. Schließlich kommen wir in die Nähe eines Anwesens, das ziemlich beeindruckend ist. Wir passieren einen unnatürlich grünen Rasen, der die gelb gestrichene Villa mit den goldenen Fensterläden fast zum Glühen bringt. Links vom Herrenhaus erstreckt sich ein Park, in dem ich schwach einen See erkennen kann. Es wirkt wie ein typisches Herrenhaus in der Grafschaft Kent.

Robert fährt bis zum Eingang, hat nicht mal geparkt, als Kylie die Tür aufreißt und aus dem Auto stürmt. Genau in dem Moment geht die Tür auf, und Lord und Lady Blair-Woodward treten hinaus.

«Oje, das fängt nicht gut an«, murmelt Jenna, als ich mich neben sie stelle und Kylies Wutausbruch lausche.

»Wie kannst du es wagen, ohne meine Erlaubnis in mein Apartment zu gehen und all meine Sachen hierher bringen zu lassen? Ich bin kein Kind, das du im Auge behalten musst.«

»Dann hör auf, dich wie eines zu benehmen«, sagt ihre Mutter kühl und geht einfach an ihrer Tochter vorbei, um die vier Stufen hinabzusteigen und Jenna zu begrüßen. Kurz blitzt Verwunderung in ihren Augen auf, als sie mich erblickt, doch die verfliegt so schnell, wie sie gekommen ist. »Prinzessin Jenna.« Auch die Lady des Hauses legt eine perfekte Verbeugung hin.

»Mum!«, ruft Kylie und kommt auf uns zu. Der Lord steht noch immer im Eingang und blickt zu uns. »Du weißt, dass Jenna das nicht mag, also hör auf. Schlimm genug, dass die adeligen Speichellecker sie mit Verbeugungen überschütten.«

»Was ist das für ein Ton!«, herrscht ihre Mutter.

Doch Kylie ignoriert sie und hakt sich bei Jenna unter. »Komm mit.«

»Hallo Daddy.« Kylie löst sich von Jenna und nimmt ihren Vater fest in den Arm, er schließt kurz die Augen und seufzt auf. Die beiden scheinen eine innige Beziehung zu haben, anders als zu ihrer Mutter.

»Es freut mich, dass du von selbst gekommen bist und nicht abgewartet hast, dass sie dich kidnappen und hierher verschleppen lässt.«

»Ach was! Sie braucht doch diese Aufregung, sonst wäre ihr sterbenslangweilig«, kichert Kylie.

»Du hast leicht reden. Ich muss mir dann anhören, dass ich dich verhätschelt habe.«

Im Gegensatz zur Lady begrüßt der Lord mich herzlicher, heißt mich in seinem Haus willkommen. Er fragt nach meiner Laufbahn im Dienste des Königs und bittet uns hinein. Das Innere des Anwesens wirkt genauso pompös wie das Äußere. Vergoldete Spiegel, marmorierte Stufen und einen Tick zu protzig. Es sieht nicht fehl am Platz aus, aber es trifft einfach nicht meinen Geschmack. Weil ich in einem Schloss aufgewachsen bin, sehne ich mich im privaten Bereich eher nach Gemütlichkeit als nach Prunk.

»Wir haben ein Fest zu deinen Ehren geplant«, höre ich die Herrin des Hauses sagen.

»Wirklich?«, fragt Jenna erstaunt.

»Ja. Es wird bezaubernd«, schwärmt die Lady.

Kylie verdreht die Augen über die Aussagen ihrer Mutter und kichert, als sie meinen verdutzten Blick bemerkt. Es scheint, als wäre diese Lordtochter doch nicht so kühl, wie sie sich in New York immer gegeben hat.

Kapitel 11

Kylie

Nachdem diese idiotische Vorstellrunde vorbei ist, gehen meine Eltern wieder ihren Pflichten nach. Das Aufeinandertreffen wirkte steif und unterkühlt. Wie immer, aber gerade heute hätte ich gehofft, dass die Ankunft zu Hause nicht mit einem Drama beginnt, doch da habe ich mich geschnitten. Mutter hat meine Privatsphäre verletzt und ist sich keiner Schuld bewusst. Ich werde wohl das Türschloss in meiner Wohnung auswechseln müssen. Als Rache sollte ich vielleicht nackt auf diese Party kommen, einfach, um sie in den Wahnsinn zu treiben. Es war natürlich klar, dass sie mit Jennas Besuch wieder einen Vorwand hat, um eine ihrer langweiligen Partys zu schmeißen. Vor Monaten hat sie mich hierherbeordert, nur um eine Brautschau auf die Beine zu stellen. Und die einzige Braut war ich, in einem riesigen Ballsaal voll mit reichen und selbstverliebten Männern.

Jenna und Niall sehen sich im Foyer um, wo meine Eltern uns allein gelassen haben, sie bemerken sicher den unnötigen Prunk, der das ganze Haus dominiert. Es gefällt mir kein bisschen, aber ich hatte nie ein Mitspracherecht. Nachdem ich mir die Wohnung in Kent vom Fonds meiner Großeltern gekauft habe, wollte meine Mutter schon ihren Innenarchitekten beauftragen, um es einzurichten, doch ich habe mich quergestellt. Mehr als ich es sonst getan habe. In meinen Wohnungen in New York und auch hier habe ich die Einrichtung einfach und doch besonders gehalten. Ohne unnötigen Schnickschnack und mit viel Herzblut. Jedes Zimmer ist lichtdurchflutet und nach meinem persönlichen Geschmack gestaltet. Mit teilweise antiken Möbelstücken mit Geschichte.

»Wow. Hier bist du aufgewachsen?«, schwärmt Jenna mit offenem Mund. Sie dreht sich um ihre eigene Achse und bestaunt den Kronleuchter. Einer von vielen in diesem Herrenhaus.

»Ja, leider«, seufze ich, was Niall dazu bringt, mich zu eingehend mustern.

»Da ist es kaum zu glauben, dass deine Wohnung komplett das Gegenteil ist.«

Mit einem halben Lächeln blicke ich auf die neu renovierte Treppe, den Marmorboden, die vergoldeten Spiegel und bin froh, dass hier nicht mehr mein Lebensmittelpunkt ist, weil ich meinem Kind ein normales Leben bieten will, ohne unnötigen Luxus. Es soll wissen, welche Wurzeln es hat, aber ich werde ihm beibringen, dass Geld und Status nicht alles im Leben sind.

»Stimmt. Meine Wohnung spiegelt mich wieder«, sage ich mehr zu mir als zu meiner besten Freundin. In Gedanken richte ich schon das Kinderzimmer ein. In einem hellen Grau oder Pastellgrün. Ich mag das typische Blau und Rosa nicht.

»Es ist ziemlich groß und wunderschön«, meint Jenna, nachdem sie einen Blick hinaus in den Garten geworfen hat. Die Wintersonne scheint ins Haus, ich sauge die Lichtstrahlen so gut ich kann auf, in der Hoffnung, dass es meine Laune bessert. Ich war immer schon ein wetterfühliger Mensch.

»Ja, es ist groß, aber nicht groß genug, um sich vor meiner Mutter zu verstecken«, erwidere ich und fühle mich mit einem Mal sehr müde. Der Flug war lang, und der kleine Streit mit meiner Mutter hat an meinen Kräften gezerrt. Ich lege meine Hand auf meinen Bauch und atme tief durch. Plötzlich wird mir heiß, was vielleicht an Nialls breitem Körper liegt, der sich vor mich stellt.

»Geht es dir gut?«, fragt er sanft mit einer Spur Sorge darin. Erst langsam hebe ich den Blick von meinem schon leicht gewölbten Bauch, um in seine braunschwarzen Augen zu sehen.

»Ich bin erschöpft, habe jedes Mal das Gefühl, dieses riesige Haus würde mir die Luft aus den Lungen saugen.« Noch nie habe ich so offen mit ihm über meine Gefühle gesprochen, weil ich immer die Kühle gespielt habe, um ihn nicht zu nah an mich ranzulassen. Aber das ist nun vorbei. Er ist der Vater meines Kindes, und ich möchte ihn kennenlernen, wissen, wie er tickt, bevor ich ihm die Wahrheit sage.

»Willst du kurz an die frische Luft?«, fragt er – und nur weil ich seine Stimme höre und seine Nähe spüre, rieselt eine Gänsehaut über meinen Rücken. Vielleicht wäre es in der Tat besser, wenn wir uns im Park die Beine vertreten, weit weg von den wachsamen Augen meiner Mutter. Ich nicke, löse mich nur schwer von seinen faszinierenden Augen, die nun schokoladenbraun sind. Es ist, als änderten sie den Braunton je nach Stimmung. Langsam gehe ich vor, sage Jenna, dass wir spazieren gehen. Dieses Biest nickt wissend, doch ich kann nicht mal lächeln, bin etwas nervös, weil wir nun allein sein werden. Vor dem Hof, wie ich mein Elternhaus gerne nenne, ist nun keine Menschenseele, da sich das Geschehen in der Küche abspielt; bald ist Mittag, und sie werden das Essen zubereiten, auf das meine Mum großen Wert legt.

Wir passieren den weitläufigen, aber kahlen Rasen zum Park. Meinem Lieblingsort. Im Gegensatz zu dem Haus, das so kalt wirkt wie meine Mutter, spiegelt der Park, der das Herzblut meines Vaters ist, ihn wieder. Er hat ihn selbst entworfen und den kleinen See anlegen lassen, mit dem ich die schönsten Kindheitserinnerungen verbinde. Niall geht neben mir, scheint die Schönheit des späten Herbstes in sich aufzusaugen. Die Sonne wärmt unsere Gesichter trotz der Kälte Englands. Es ist deutlich kühler als in New York, und ich bereue es fast, nicht die Winterjacke angezogen zu haben.

Wir gehen schweigend den durch Laub bedeckten Pfad zum See entlang, als Niall das Wort erhebt. »Der Park ist so anders als der Rest des Anwesens«, stellt er fest, ehe er sich mir zuwendet. Es ist schon erstaunlich, dass ihm dieses Detail derart schnell aufgefallen ist.

»Ja, das hier.« Ich drehe mich einmal um die eigene Achse mit ausgebreiteten Armen und lächle stolz. »Das ist das Reich meines Vaters. Später habe ich hier und da noch ein paar Bäume gepflanzt.«

»Ihr zwei steht euch ziemlich nahe, oder?«, fragt er interessiert und doch vorsichtig. Er weiß, dass ich sonst nicht viel von mir preisgebe. Aber ich lasse mich darauf ein. Spiele keine Spielchen mehr.

»Ja. Du kennst ja meine Mutter etwas.«

Niall beißt sich auf die Lippen, um nicht zu grinsen, was mich wiederum zum Kichern bringt. Ich finde es lieb von ihm, ihr mit so viel Respekt zu begegnen, obwohl sie ihn von Anfang an wie Luft behandelt hat. Das sagt sehr viel über seinen Charakter aus. »Ja. Sie ist auch kaum zu übersehen.« Er schein auf ihr Ego anzuspielen und hat sehr recht damit.

»Deshalb war Dad immer mein Ruhepol.« In der Tat hat Vater sich immer liebevoll um uns Mädchen gekümmert, uns mehr Freiraum gelassen. Faye und Charly lieben ihn ebenfalls abgöttisch, aber wir beide haben einfach mehr gemeinsam. Wir lieben es, das Internet nach antiken Möbelstücken zu durchforsten, sind gerne an der frischen Luft oder entspannen bei der Gartenarbeit. Hier im Park hat Dad das meiste selbst gemacht und sich nur bei schwierigeren Arbeiten helfen lassen. Insgeheim denke ich, dass er Ruhe vor meiner Mutter sucht, weil sie mit der Natur nichts anfangen kann.

»Das kenne ich. Mir geht es mit meiner Mutter genauso. Sie ist Chefköchin am Hof von Galen. Und so gut, wie sie kocht, ist es ein Wunder, dass ich nicht hundert Kilo Übergewicht habe.« Wieder bringt er mich zum Lachen. Das gelingt ihm so leicht. Leichter als jedem anderen Mann, den ich kennengelernt habe.

»Und dein Dad?«, frage ich nun, denn ich habe ihn noch nie von seinem Vater sprechen hören.

»Wir haben ein normales Verhältnis. Auch wenn er es nicht verdient hätte. Er hat meine Mutter für eine jüngere Frau verlassen. Sich aber getrennt, bevor er mit Sheila zusammengekommen ist.«

»Wie alt warst du da?«

Nialls trauriger Blick ist auf den See gerichtet. Seine Hände hat er in den Hosentaschen, trägt noch immer den Anzug von heute Morgen und darüber seinen anthrazitfarbenen Wintermantel. Das blonde dichte Haar hat er mit etwas Gel gebändigt. Wenn unser Kind seine Gesichtszüge bekommen würde, wäre ich nicht enttäuscht. Niall sieht unheimlich attraktiv aus. »Ich war sechs. Habe es damals nicht verstanden. Habe ihn angefleht uns nicht zu verlassen, aber er ist trotzdem gegangen.« Es sagt es ohne jegliche Emotion, anders als wenn er über seine Mutter spricht, nur seine Augen werden wieder dunkler, ein Zeichen, dass er aufgebracht ist.

»Das tut mir leid.« Ich streiche ihm über den Arm, was seine Mundwinkel nach oben gleiten lässt. Mit einem Mal, wie auf Knopfdruck, ist er wieder der alte Niall, der für Späße zu haben ist.

»Muss es nicht. Das mit meinen Eltern wäre nie gut gegangen, weil Dad durch seine Arbeit viel unterwegs war, aber meine Mutter ist jemand, der den Menschen, den sie liebt, täglich um sich haben muss.« Als wir vor dem See zum Stehen kommen, lächelt er wieder und sieht dabei so attraktiv, so schön aus, dass ich den Blick von ihm abwenden muss. Mein Herz klopft unkontrolliert, nur weil ich ihn ansehe. Ich bin doch völlig übergeschnappt! »Dad hat jemanden geheiratet, der besser zu ihm passt, und nun habe ich vier Geschwister.«

»Wow, das sind eine Menge.«

»Ja, Nikki, hast du ja auf der Hochzeit gesehen.« Ich erinnere mich an sie, sie war hübsch, hat Niall aber nicht ähnlich gesehen. »Ich könnte mir ein Leben ohne diese Rasselbande nicht mehr vorstellen, liebe sie und mag es nicht, sie Halbgeschwister zu nennen.«

»Du bist schon ein außergewöhnlicher Mensch«, sage ich aufrichtig, da ich ihn sehr bewundere. Welcher Mann würde seinem Vater verzeihen, der ihn verlassen hat, und sich noch dazu um die Kinder mit einer anderen Frau kümmern? Er ist durch und durch gut. Auch wenn er nicht reich ist wie die Typen, die mir meine Mutter andrehen will, besitzt er etwas, was mehr wert ist als alles Gold dieser Welt. Ein großes Herz.

»Du aber auch«, flüstert er und steht plötzlich so dicht vor mir, dass ich erschrocken nach Luft schnappe und nervös zu plappern beginne.

»Ach Quatsch. Ich bin doch nur die verwöhnte Tochter eines Lords, die mehr shoppt, als gut für sie ist.« *Außerdem bin ich schwanger von dir.* Aber das sage ich nicht laut. Habe Angst, ihm davon zu erzählen und ihn zu vergraulen.

Er legt seine Hand auf meine kalte Wange, und die Wärme, die sie ausstrahlt, lässt die Kälte zu Hitze umschwenken. »Du hast solche Angst davor, verletzt zu werden, wenn du dein wahres Ich zeigst. Also hältst du die kühle Fassade aufrecht, wie es dir deine Mutter beigebracht hat. Aber ich sehe dich, Kylie. Ich sehe die warmherzige, verletzliche Frau, die du bist.« Und ich bin verliebt in dich. Er sagt es nicht laut, aber ich sehe es in seinen Augen, die nun so hellbraun sind, dass sie fast meinen ähneln.

»Niall …« Ich kann nur seinen Namen flüstern, bin derart überwältigt von seinen Worten, dass mir das Atmen schwerfällt. Tränen sammeln sich in meinen Augen, weil ich hoffnungslos verliebt in diesen Mann bin und sein Kind unter meinem Herzen trage. Ich will es ihm sagen, will ihm versichern, dass ich ihn nicht mehr von mir stoßen werde, weil ich das hier will. Uns will. Das, was wir sein könnten. Nialls große Hand gleitet von meiner Wange zu meinem Nacken und zieht mich zu sich. Zuerst denke ich, dass er mich stürmisch küsst, doch er sieht mir nur lange in die Augen, will diesen Moment, nach dem ich mich seit einer gefühlten Ewigkeit gesehnt habe, in die Länge ziehen. Und dann, als er endlich seine Lippen sanft auf meine legt, seufze ich glücklich auf.

Sie sind warm und weich, erfüllen jeden Winkel meines Körpers mit Hitze. Meine Hände klammern sich an seine Schultern, weil meine Knie weich werden und ich Angst habe, dass mich meine Beine nicht mehr tragen können. Niall lässt sich Zeit, küsst mich, als wäre ich etwas Kostbares, als wäre es das erste Mal. Anders als in jener Nacht, überstürzen wir nichts, sondern genießen diesen Moment, der schon längst überfällig war. Ich seufze seinen Namen, was er als Einladung sieht, mit der Zunge meinen Mund zu verwöhnen. Er intensiviert den Moment, küsst mich leidenschaftlicher, hungriger und gibt mir das, wonach ich mich seit Wochen sehne. Ich bin wie Wachs in seinen Händen, genieße es, wie seine Finger meinen Körper erkunden, mir Halt geben. Ich schlinge die Arme um seinen Nacken und fühle mich zum ersten Mal frei, schwerelos und glücklich.

»Kylie!« Es ist die schrille Stimme meiner Mutter, die sich wie eine Machete zwischen uns drängen will, aber ich lasse es nicht zu. Niall öffnet die Augen, und er will mich erschrocken von sich schieben, doch ich klammere mich noch fester an ihn. Wieder fällt mein Name, doch ich ignoriere sie, lächle in den Kuss hinein, und Niall versteht. Es ist meine Rebellion gegen Mum und eine kleine Liebeserklärung an ihn. Es wäre mir egal, wenn die Königin von England mich hier erwischen würde, wie ich einen Bodyguard küsse. Ich bin nicht besser als Niall. Titel hin oder her.

Erst als meine Lippen pochen, löse ich mich von ihm und sehe in die Richtung, in der ich meine Mutter vermute. Sie steht dort in ihrem tausend Pfund teuren Kostüm und Nerzmantel und sieht mich entsetzt an. Ihr Gesicht glüht rot vor Zorn oder Scham. Ich weiß es nicht. Doch als sie sauer zu uns stapft, weiß ich, dass Ersteres der Fall ist.

»Würdest du uns entschuldigen? Es könnte sein, dass du einen Tinnitus von ihrem Geschrei bekommst.«

Kurz sehe ich Unsicherheit aufflackern. Er will mich nicht allein lassen, mir beistehen, doch ich lächle ihn an wie eine Tausend-Watt-Glühbirne, und er versteht, dass ich diesen Kuss nicht bereue. Im Gegenteil.

»Bis später«, flüstert er und geht wieder in Richtung Haus, ohne dass Mum einen Blick an ihn verschwendet. Ihr Schnaufen wird immer lauter, als sie sich vor mir aufbaut.

»Das kann doch nicht dein Ernst sein, oder?«, zischt sie aufgebracht, ihre perfekt manikürten Hände sind zu Fäusten geballt.

»Es ist mein voller Ernst, Mutter.«

»Wie bitte?«

»Ach komm schon! Du hast auf Jennas Hochzeit schon gesehen, dass Niall und ich etwas füreinander empfinden.« Ihre geweiteten Augen habe ich nicht vergessen.

»Na kein Wunder, dass Mitchell die Feier so stürmisch verlassen hat.« Die Tatsache, dass sie diesen Widerling auch noch verteidigt, macht mich unglaublich wütend.

»Bist du denn so blind von seinem Aussehen und Reichtum, dass du nicht gesehen hast, dass ich mich total unwohl in seiner Gegenwart gefühlt habe?«

Empört verschränkt sie die Arme vor der Brust und schnalzt mit der Zunge. Wie ich es hasse, wenn sie das tut! »Du warst doch nur abgelenkt von diesem Leibwächter.«

»Rede dir das nur ein, Mutter. Aber die Wahrheit ist, dass dein geliebter Mitchell mich zum Sex zwingen wollte.«

Ihre Miene entgleitet ihr, ebenso wie ihre steife Haltung. Ihre Hände sacken an ihre Seiten, und das Entsetzen blickt mir aus ihren Augen entgegen. Ein Pluspunkt für sie. »Sag das noch mal!«, zischt sie wütend.

»Ich will dieses Thema nicht durchkauen, sondern nur, dass du auch auf den Charakter eines Mannes achten solltest und nicht auf seinen Geldbeutel.« Ich freue mich, dass sie so reagiert, wie ich gehofft habe, es wäre schrecklich für mich, wenn sie sich von seinem Geld blenden und mich als Lügnerin dastehen lassen würde. Nachdem die Wut verraucht ist, wird ihr Blick sanft.

»Wieso hast du nichts gesagt?« Sie will einen Schritt auf mich zugehen, überlegt es sich aber anders.

»Hättest du mir denn zugehört?«

»Natürlich!«

Da ich nicht schon wieder streiten will, gebe ich nach. »Hör zu. Ich habe ihm die Meinung gesagt, und für mich ist diese Sache Schnee von gestern.«

»Es tut mir wirklich leid, Kylie. Ich werde diesen Widerling nie wieder einladen. Aber das mit deinem Bodyguard ist nur ein Flirt, oder?«

»Nein, Mum. Es ist mir sehr ernst mit Niall.« Die Worte klingen richtig, und es fühlt sich toll an, sie auszusprechen.

»Aber! Weißt du, was das für ein Bild auf uns wirft?« Wieder ist sie mehr um ihren Status besorgt als um mein Glück. Die Sanftheit ist dahin.

»Ja, ich küsse einen Leibwächter, weil ich in ihn verliebt bin – und wie das für dich oder deine Freunde wirken mag, interessiert mich nicht. Ich werde sicher mein Leben nicht nach dir richten. Wenn es ihnen nicht gefällt, sollen sie doch wegsehen.«

»Das ist doch Irrsinn! Was kann dieser Mann dir denn bieten?«, fragt sie fassungslos. Der innige Moment zwischen uns ist so schnell verschwunden, dass ich mich frage, ob er je stattgefunden hat. Sie scheint es ganz und gar nicht gut aufzufassen, dass mein Herz ihm gehört. Wie würde sie dann reagieren, wenn sie erfährt, dass ich schwanger bin? Diese Frage schiebe ich weit von mir, denn eines weiß ich nun ganz genau: Niall wäre kein Mann, der mich mit dem Kind sitzen lassen würde.

»Ein glückliches Leben.«

Kapitel 12

Niall

Ich höre ihre Stimme auch noch, als ich mich schon ein ganzes Stück entfernt habe. Dass mich ihre Mutter nicht mag, finde ich schade. Ich schätze mal, dass sie findet, dass ich unter Kylies Würde bin, weil ich ja *nur* ein Bodyguard bin. Ich habe zwar Geld, weil ich selten welches ausgebe und sparsam lebe, aber für Elaine Blair-Woodward bin und werde ich immer nur ein Bediensteter sein. Jemand von niederem Stand. Aber so oberflächlich wie ihre Mutter ist Kylie nicht, nein. Dieser Kuss, dieser verdammt heiße Kuss, hat mich vom Gegenteil überzeugt. Denn auch wenn Kylie teilweise bei mir schwer die richtigen Worte findet, sagen ihre Lippen so viel. Teilen mir mit, dass sie mich nicht mehr von sich stoßen wird, uns eine Chance gibt. Als sich das Anwesen wieder vor mir erstreckt und ein frischer Wind aufzieht, lege ich meine Finger auf den noch warmen Mund, auf dem ich noch immer ihre Lippen spüren kann. Nach dem langen Hin und Her habe ich das Gefühl, dass wir uns endlich in die richtige Richtung bewegen.

Das Mittagessen verläuft eher ruhig. Lady Woodward, die natürlich keinen Blick für mich übrig hat, unterhält sich hauptsächlich mit Jenna, will alles über den Hof von Galen erfahren. Faye und Charlotte, die ebenfalls aus New York angereist sind, schließen sich dem Gespräch an, während Kylie und ich uns heimlich über den Tisch anlächeln und still essen. Ihr Blick ist dunkel, und ich weiß, dass sie ebenfalls an den heißen Kuss von vorhin denkt. Unser Flirt endet abrupt, als ihre Mutter Jenna ungeniert fragt, ob Philip noch Cousins hat, die für ihre Tochter infrage kämen. Kylie straft sie nur mit einem wütenden Blick und sieht dann zu mir. Ihre Augen sind traurig, und es wirkt, als würde sie sich für das Verhalten ihrer Mutter entschuldigen wollen. Doch ich schüttle nur lächelnd den Kopf. Ich bin dieses Verhalten schon gewohnt, denn in einem Schloss, wo täglich hochgeborene und leider auch arrogante Gäste zugegen sind, wird man oft als Personal abgestempelt, auch wenn die Königsfamilie mich wie ihr Fleisch und Blut behandelt.

»Jetzt reicht es aber«, meint der Lord leise, aber eindringlich. Alle Augen wandern zu dem zwar harmlos aussehenden, aber Autorität ausstrahlenden Mann, der seine Frau warnend anfunkelt. Die Lady des Hauses verstummt und sieht fassungslos zu ihrem Gatten. »Ich möchte, dass dieses Gerede um Heiratskandidaten für Kylie aufhört. Sie ist sehr wohl imstande, sich selbst einen Mann zu suchen, also bitte ich dich, Darling. Lass es gut sein.« Er sieht zu seiner Tochter, die ihren Vater mit glasigen Augen anstrahlt, und nickt ihr zu. Es wird still am Tisch, und außer dem Klappern von Besteck auf Geschirr hört man nichts. Eine leichte Röte bildet sich auf den Wangen der Lady, die weiterhin schweigt.

Schließlich wandert die Aufmerksamkeit des breit gebauten Mannes zu mir.

»Also, Niall«, sagt er mit fester Stimme, und ich spitze die Ohren. Sein Blick ruht auf mir, und dann macht es klick in meinem Kopf. Er weiß es. Das könnte jetzt übel werden.

»Erzählen Sie doch etwas über sich.« Er wartet geduldig und höflich meine Antwort ab, für die ich etwas länger brauche, weil er mich überrumpelt hat.

»Da gibt es nicht viel zu erzählen Sir. Ich habe eine militärische Ausbildung genossen und lebe von Geburt an im Schloss von Galen.«

»Und, gefällt Ihnen Ihre Arbeit?«

»Ja, Sir. Es macht Spaß, mit dem Prinzen und der Prinzessin zu reisen, und es erfüllt mich mit Stolz, die beiden und auch den Rest der Familie beschützen zu dürfen.«

»Wollen Sie diesen Beruf als Leibwächter Ihr Leben lang ausführen?«, fragt er mich und trifft mich erneut unvorbereitet. Über die Zukunft habe ich mir noch nie wirklich Gedanken gemacht. Ich habe immer in den Tag hineingelebt.

»Ich denke schon, Sir«, sage ich und sehe kurz zu Kylie. Denn erst jetzt, wo sie in mein Leben getreten ist, frage ich mich, was ich von meiner Zukunft erwarte. Kylie ist wie ein sexy Wirbelsturm in Joes Bar gefegt, hat mich umgehauen und mich wieder von sich gestoßen, obwohl wir beide den anderen wollten. Aber ja, wenn ich diese wunderschöne Frau ansehe, in ihre bernsteinfarbenen Augen blicke, sehe ich eine Zukunft.

Nach dem Essen, das zum Schluss eher wie ein Verhör wirkte, stehe ich auf und bedanke mich. Kylie führt uns etwas herum, zeigt uns alle zugänglichen Räume außer ihrem Zimmer. Als sie sich allerdings vor Erschöpfung kaum mehr auf den Beinen halten kann, verabschiede ich mich und gehe in das mir zugewiesene Zimmer. Es ist, wie auch der Rest des Hauses, etwas too much. Zu viel Gold, zu pompöse Möbel und viel zu groß für ein Gästezimmer. Zwar wollte ich Kylie sprechen, sie wieder küssen und an mich drücken, aber das käme vor ihrer Familie nicht infrage. Es ist schon genug, dass uns ihre Mutter beim Küssen erwischt hat. Wie das mit uns laufen soll, weiß ich nicht, will aber noch nicht drüber nachdenken. Ich telefoniere kurz mit Phil, sage ihm Bescheid, dass seine Ehefrau gut in Kent angekommen ist. Er ist zwar sauer auf die Paparazzi, die Jenna am Flughafen in Beschlag genommen haben, hat aber eingesehen, dass dies nun öfter der Fall sein wird.

Jenna hat mir eine Chatnachricht geschrieben, dass sie ein Nickerchen machen wird, und ich habe es ihr gleichgetan und mich aufs Ohr gelegt. Es war ein langer Tag. Als ich meine Augen öffne, ist es dunkel im Zimmer. Ein Blick auf mein Smartphone verrät mir, dass ich den ganzen Tag verschlafen habe und es schon längst nach Mitternacht ist. Mein Magen teilt mir knurrend mit, dass ich ihn vernachlässigt habe, also stehe ich auf und begebe mich in die Küche, den Weg dorthin habe ich mir, Gott sei Dank, bei der kurzen Führung merken können.

Um diese Uhrzeit ist es still im Herrenhaus, wo sonst am Tag reges Treiben herrscht. Es ist ähnlich wie bei uns im Schloss, was es mir leichter macht, mich in dieser ungewohnten Umgebung wohlzufühlen. Da ich in den spärlich erhellten Gängen niemanden mehr erwarte, habe ich nur ein schwarzes T-Shirt und eine graue Jogginghose angezogen. Generell schlafe ich nur nackt, aber im Adamskostüm möchte ich nicht wirklich herumlaufen. Von Weitem höre ich Musik, was mich um diese Uhrzeit sehr verwundert. In der Küche angekommen, bleibe ich abrupt stehen, als ein knackiger Arsch in mein Sichtfeld tritt. Dieser Po ist mir sehr wohl bekannt.

Kylie hat die Ellbogen auf die Arbeitsplatte gestützt, wo sie in einem Modemagazin blättert und zur Musik mit dem Hintern hin und her wippt. Mein Schwanz wird stahlhart, weil sie zu allem Überfluss nur Hotpants und ein Tank Top trägt. Der Drang, ihre Hüften zu packen und mit einem Ruck in sie einzudringen, ist gigantisch, aber so weit sind wir noch nicht. Diesmal werden wir nichts überstürzen, denn ich will sie nicht noch einmal verlieren. Ich weiß, ich höre mich wie ein verliebter Volltrottel an, aber je mehr ich über diese schöne und faszinierende Frau erfahre, desto mehr empfinde ich für sie. Das Wippen schwenkt über in ein Kreisen, als der Song wechselt und ein älterer R'n'B-Titel gespielt wird. Ich verschränke die Arme vor der Brust und beobachte sie amüsiert. Kylie summt mit, und beim Refrain kann sie sich nicht mehr halten, löst sich von der Arbeitsplatte ab und beginnt sinnlich zu tanzen.

Ich schlucke schwer, während ich ihre milchig weiße Haut betrachte – und ihren Körper, wie er eins mit der Musik wird. Als dieser Traum von einer Frau mich entdeckt, keucht sie überrascht auf und presst ihre Handfläche auf ihre bebende Brust. »Niall! Herrgott, wie kannst du mich so erschrecken?« Schnell greift sie zu ihrem Smartphone und schaltet die Musik aus.

»Entschuldige, aber du hast so losgelöst ausgesehen, dass ich dich nicht unterbrechen wollte.« Ich gehe ein paar Schritte auf sie zu und entdecke erst jetzt, dass sie alle Zutaten für ein Sandwich auf die Theke gestellt hat. Mein Magen knurrt laut.

»Da hat aber jemand einen Mordshunger«, sagt Kylie kichernd und hüpft auf die Arbeitsplatte, lässt die Beine baumeln. Nun wirkt sie viel jünger, als sie ist, und sieht nach wie vor heiß aus, aber das versuche ich zu verdrängen und meinem Hunger den Vorrang zu lassen. Meinen Ständer wird sie so oder so schon entdeckt haben.

»Ich habe wie ein Toter geschlafen und bin erst gerade aufgewacht.«

»Das ging mir genauso. Der Tag war anstrengend.«

Ich stelle mich neben sie, greife nach dem Brot und wende mich der Frau zu, deren Augen auf meinem Bizeps und den Tattoos hängen bleiben. Mit ihren Fingern streicht sie über das Tattoo, das ich für meine Familie selbst designt habe. Ein Baum, dessen Äste jeweils zum Datum eines Mitglieds führen. Eine Gänsehaut breitet sich über meine Arme aus, doch ich lasse mich nicht aus der Ruhe bringen und bestreiche eine Scheibe mit Butter, die neben dem Käse steht.

»Sind das die Geburtsdaten deiner Familie?«

»Ja. All diese Tattoos sind aus meiner Ausbildungszeit.« Ich deute auf die etwas älteren – einen Drachen, der einen Berg erklimmt und Feuer speit. Die Initialen meiner Mutter und von Philip. Dann fällt ihr Blick auf das Gesicht von Lizzy, das ich mir ein Jahr nach ihrem Tod habe stechen lassen. Es ist nicht groß und eher auf der Innenseite meines Bizeps gestochen. Kylie sieht mich fragend an, doch ich schüttle nur den Kopf, will diesen Moment nicht zerstören, wo sie endlich mehr über mich wissen will. Ihr Gesicht wird traurig, doch sie nickt mit einem halben Lächeln. Ich seufze, lege Salami auf das Brot und wende mich ihr zu. Ich sehe auf das tätowierte Gesicht von der Frau, die mich nie auf die gleiche Art und Weise geliebt hat, wie ich sie, und streiche darüber.

»Ihr Name war Elizabeth«, beginne ich zu erzählen, und Kylies Augen werden groß. »Philips verstorbene Verlobte?«

»Ja.«

»Oh. Ich wusste nicht, dass ihr zwei auch zusammen wart.«

»Waren wir nicht. Nicht wie Phil und sie. Als ich sie gesehen habe, war es Liebe auf den ersten Blick. Ich habe dieses quirlige Mädchen angehimmelt, wie es Teenager ebenso tun.« Ein kleines Lächeln stiehlt sich auf mein Gesicht, als ich an Lizzy denke. Die mehr Nächte im Pferdestall verbracht hat, als in ihrem Zimmer. Kylie hört mir interessiert zu, ist da, als ich zum ersten Mal über Elizabeth spreche. »Mein bester Freund und ich haben beide um ihre Gunst geworben, doch sie hat sich für den Prinzen entschieden. Das tun sie doch alle.« Ich seufze, rede aber schnell weiter, da ich kein Mitleid will. Es ist eben so, dass die Frauen meist eher den wohlhabenden Typen wollen als den, der für seinen Lebensunterhalt arbeiten muss.

»Du hast die beiden jahrelang dabei beobachten müssen, wie sie verliebt und glücklich sind, während du allein warst?«, fragt sie fassungslos; ohne dass ich es merke, komme ich ihr näher. Ich freue mich über ihre Anteilnahme, einfach dass sie da ist.

»Ja. Ich konnte nicht anders. Liz und Phil sind meine Familie gewesen. Es wäre falsch gewesen, zu schmollen oder sich von ihnen abzuwenden.«

»Es tut mir leid, dass du so einsam warst, all die Jahre lang.«

»Na ja«, sage ich und grinse sie frech an. »Einsam war ich nicht gerade. Ich habe das Leben in vollen Zügen genossen, wenn du verstehst, was ich meine.« Ich versuche es mit einem Scherz, da dieses Thema viel zu düster ist, zu traurig. Ich wackle mit den Brauen auf und ab und bringe sie zum Lachen. Ein wunderbarer Klang entringt sich ihrer Kehle. Es ist das erste Mal, dass sie aus voller Kehle lacht, zumindest in meiner Anwesenheit. Anscheinend hat sich so einiges verändert in den vergangenen Wochen.

Kylie schüttelt den Kopf und will mir wegen meines losen Mundwerks auf die Schulter schlagen. Doch ich ergreife ihr Handgelenk und lasse es nicht dazu kommen. Mein Griff ist nicht fest, doch ich kann nicht anders, als über ihre Haut zu streicheln. Kylie erschaudert, hält mich mit ihren warmen Augen gefangen. Während unseres Gesprächs sind wir einander wie Magneten näher gekommen, und jetzt stehe ich zwischen ihren Beinen. Kylie lässt ihren Arm sinken, doch ich kann es nicht lassen. Muss sie berühren. Meine Hände legen sich auf ihre Hüften, was Kylie die Luft anhalten lässt. Sie befeuchtet ihre Lippen, löst nur schwer den Augenkontakt und sieht noch mal zu dem Tattoo, das Elizabeths Gesicht zeigt.

Ihre zarten Finger streicheln über die verblasste Tinte, ehe sie mir wieder tief in die Augen sieht. »Du irrst dich«, flüstert sie leise und blickt wieder auf. Kylie legt ihre Hand auf meine Wange, streicht über das stoppelige Kinn. »Nicht jede Frau würde sich für den Prinzen entscheiden.« Zuerst weiß ich nicht, worauf sie hinauswill, da meine Sinne nur auf diese wunderschöne Frau ausgerichtet sind.

»Ach nein?«, frage ich schließlich, fahre durch ihr blondes Haar und greife in ihren Nacken.

»Nein. In einem Raum voller Prinzen hätte ich mich für dich entschieden«, flüstert sie und trifft mich damit mitten in mein verdammtes Herz.

»Du hättest aber einen König verdient«, raune ich und komme ihrem Gesicht immer näher.

»Aber ich will trotzdem nur dich.« Berauscht von den Worten, die ich die ganze Zeit von ihr hören wollte, presse ich meine Lippen auf ihre und fühle mich zum ersten Mal vollkommen glücklich.

Kapitel 13

Kylie

Mein Körper steht in Flammen, als Niall endlich meinen Mund mit seinem bedeckt, und dieser Kuss hier ist anders als der im Park. Er ist hungrig, voller Feuer und Sehnsucht nach mehr. Unsere Zungen verschmelzen miteinander, necken unsere Nervenenden und Sinne. Ich will diesen Mann so sehr, dass es schon fast körperlich wehtut. Ich keuche auf, als er meinen Po packt und mich an seinen breit gebauten, harten Körper drückt. Ich spüre, wie sehr ich ihm gefalle, und stöhne bei dem Gedanken an unsere erste Nacht in Galen. Ich kralle meine Finger in sein Haar und küsse ihn leidenschaftlicher, als ich es je getan habe.

Kurz lösen sich seine Lippen von mir, jedoch nur, um sich einen Weg von meinem Kiefer zu meinem Puls zu bahnen. Mein Herz klopft so laut, dass ich es trotz des Rauschens meines kochenden Blutes hören kann. Er raunt meinen Namen und lässt mich dahinschmelzen. Als seine Lippen tiefer wandern, lege ich mich mit dem Rücken auf die Arbeitsfläche. Meine Brüste sind schwer, und ich bin so erregt wie noch nie in meinem Leben. Vielleicht liegt es an den Schwangerschaftshormonen, dass ich alles intensiver wahrnehme, aber was es auch ist, es soll nie wieder weggehen. Sein dunkler Blick fängt meinen auf, als er sanft meine Hotpants auszieht. Selbst als er vor meinem entblößten Schoß auf die Knie sinkt, nimmt er keine Sekunde lang seine Augen von mir.

Seine Nase streicht über meine Oberschenkel, neckt mich, und meine Brustwarzen werden hart wie Stahl. Als er endlich von mir kostet, schnurrt er genüsslich, und das Vibrieren seiner Stimme treibt mich fast zum Höhepunkt. Ich lege meine Hand auf meine Brust, knete sie so, wie ich es mag. Ich kann nicht still daliegen, wenn mich dieser Traum von einem Mann mit seiner Zunge in den Wahnsinn treibt.

»Köstlich«, raunt er, als würde er einen Wein kosten, doch dass es mein Geschmack ist, lässt mich erröten. Er saugt, leckt und küsst mich, bis ich fast komme, doch dann löst er sich von mir.

»Was zum …?«, frage ich entsetzt. Das kann er doch nicht tun, ich war so kurz davor! Niall hilft mir, mich aufzusetzen, sodass er mir nun direkt in die Augen sieht. »Ich will dich sehen, wenn es so weit ist.«

Seine Finger wandern tiefer zu meiner Feuchte, die es ihm leicht macht, mit zwei Fingern in mich zu stoßen. Ich keuche auf. Meine Haut ist mit einem leichten Schweißfilm überzogen, mir ist heiß, kalt. Ich fühle mich fantastisch, dann glaube ich den Verstand zu verlieren. Niall ist wie ein Geigenspieler. Er zupft und spielt an mir wie auf einer seltenen Violine und schafft es mit dieser Melodie, mich in den Himmel zu befördern.

»Wunderschön«, flüstert er. Da ich vor Ekstase den Kopf in den Nacken gelegt habe, sehe ich wieder zu ihm. Seine sonst so hellen braunen Augen sind nun schwarz wie schimmernder Onyx. »Du hast ja keine Ahnung, wie schön du bist, wenn du dich fallen lässt.«

Ich weiß, was er meint. Seit unserer ersten Begegnung habe ich ihm die kalte Schulter gezeigt, stets die starke Frau gemimt, die keinen Mann braucht, außer für einen One-Night-Stand. Nun ist alles anders. Ich trage sein Kind unter dem Herzen, habe mich für ihn geöffnet und fühle mich so glücklich wie nie zuvor in meinem Leben.

»Niall«, keuche ich, als er seine Lippen auf meine presst und mich küsst, bis mir schwindelig wird. Seine Finger in mir berühren mich genau dort, wo ich es will und brauche, und als er mir dann ins Ohr flüstert, dass er mich will, mich braucht, verkrampfe ich mich um seine Finger. Er löst die Lippen von mir und sieht mich an, während ich komme. Den lustgetränkten Schrei, der folgt, erstickt er mit seinem Mund, so lange, bis sich mein Herzschlag wieder beruhigt. Dann drückt mich Niall an seine durchtrainierte Brust und hält mich, als wäre ich das Kostbarste, was er besitzt.

Mit geröteten Wangen sehe ich zu ihm auf, als unsere Atmung gleichmäßig geht. Seine Arme haben sich um mich geschlungen wie eine Decke.

»Das war schön«, flüstere ich und ernte ein Schnauben.

»Nur schön? Mensch, und ich habe alles gegeben, da habe ich ein *fantastisch* oder *nicht von dieser Welt* erwartet.«

»Immer langsam, Don Juan. Wir wollen doch nicht abheben, oder?«

Ein schelmisches Grinsen breitet sich auf seinem Gesicht aus. »Ich kann bei dir nicht anders.« Er vergräbt sein Gesicht in meinem bestimmt zerzausten Haar und atmet tief ein. Dieser Moment ist intimer als vorhin, als er seine Finger in mir hatte. Diese Geste zeigt mir, dass auch er dabei ist, sich in mich zu verlieben. So wie ich mich in ihn.

Mit wackeligen Beinen ziehe ich mich wieder an, als Niall mit einem zufriedenen Lächeln sein Sandwich belegt. Es sieht lecker aus. Mit viel Salami und Mayo. Als er fertig ist, nimmt er den Teller und reicht ihn mir. Ich sehe ihn fragend an.

»Ladies first.« Er zwinkert mir zu, und mein Herz macht einen Satz – und dabei dachte ich, sobald wir etwas weiter gehen, würde das Gefühl abschwächen. Doch es ist noch immer stark. In Rekordzeit hat er ein zweites Sandwich belegt und nimmt sofort einen Bissen. Er stöhnt wohlig auf und schließt genüsslich die Augen.

Ich kichere bei dem Anblick. Der muskelbepackte Bodyguard und Leiter des Sicherheitsdienstes eines Königreichs wird bei einem Sandwich weich wie Butter.

»Das ist so lecker«, sagt er absichtlich mit offenen Mund, um mich noch mehr zum Lachen zu bringen. Er schluckt runter und sieht mich einfach nur an. »Ich liebe dein Lachen«, meint er so selbstsicher, so offen, wie ich es noch nie bei einem Mann erlebt habe. In einer Glitzerwelt wie meiner werden meist nur Spielchen gespielt, sodass die Männer nie geradeheraus sagen, was sie fühlen, sondern es über tausend Ecken fertigbringen. Niall ist anders als alle Männer, die ich je kennengelernt habe.

»Danke«, flüstere ich und weiß nicht, was ich sonst sagen soll.

»Du hast zugenommen«, stellt er fest und deutet auf meinen Bauch und meine Hüften, wo ich tatsächlich zugelegt habe. Ich erstarre, verschlucke mich fast und huste. Weiß er es? Ist es so offensichtlich, dass ich schwanger bin? Mein Atem stockt, was mir sicherlich auch anzusehen ist. »Versteh mich bitte nicht falsch. Es gefällt mir. Ich mag Frauen, an denen was dran ist. So habe ich mehr für mich zum Festhalten.«

»Ja …« Ich räuspere mich. »Ich habe tatsächlich mehr Appetit in letzter Zeit.« Ich will es ihm sagen, ihm mitteilen, dass er Vater wird. Wenn wir jemals als Paar eine Chance haben wollen, dann nur, wenn wir von Anfang an ehrlich sind. Das bin ich ihm schuldig. »Niall … es gibt da etwas, was ich dir unbedingt sagen muss.« Mein Herz klopft mir vor Nervosität bis zum Hals, und ich versuche mit aller Kraft, nicht meine schweißnassen Hände an meinen Hotpants abzuwischen.

«Wirklich?« Kaum hat er meine Unruhe bemerkt, ist er wieder bei mir und streicht mir über den Oberarm. Das ist eben Niall, er ist ein Fels in der Brandung, ein Mann, der mit vollem Herzen dabei ist, und keine Spielchen spielt. Sein Blick sucht den meinen, doch ich weiche ihm aus. Muss mich sammeln für das, was jetzt kommt. Plötzlich erklingt ein Taylor-Swift-Song, was mich die Stirn runzeln lässt. »Du bist ein Swifty?«

Er kramt nach seinem Smartphone, ehe er mich stirnrunzelnd ansieht. »Nein, das ist der Klingelton für meine Schwester Nicole. Es ist ziemlich spät, also entschuldige bitte, da muss ich rangehen.«

Ich nicke nur, und irgendwie fällt mir ein Stein vom Herzen, dass ich es ihm noch nicht sagen konnte. Es ist die Angst, die mich lähmt, die Furcht, dass er sich von mir abwenden könnte.

»Hey Nikki. Wo brennt's denn?« Niall strahlt über das ganze Gesicht, als er ihre Stimme hört, aber das, was sie sagt, lässt ihn kreidebleich werden.

»Was?«, fragt er entsetzt und fährt sich aufgebracht durch die Haare. Er geht in der Küche auf und ab, und seine Unruhe färbt auf mich ab. Sodass ich von der Arbeitsplatte hüpfe und ihn besorgt ansehe. »Bleib, wo du bist. Ich rufe meinen Kollegen J. C. an, er wird dich abholen. Ich nehme den nächsten Flug. Halt durch.« Kaum hat er aufgelegt, scrollt er durch seine Kontakte und wählt eine Nummer. »J. C., ich brauche dich dringend in einer privaten Sache. Bist du noch im Dienst?« Er lauscht kurz, ehe er wieder spricht. »Nicht? Sehr gut. Es geht um meine Schwester. Sie ist auf einer Party im Village Country Club und wartet dort auf dich. Bring sie nach Hause. Ich komme so schnell ich kann nach.«

»Danke.« Als er das Gespräch beendet, knallt er das Telefon so stark auf die Arbeitsfläche der Küche, dass ich zusammenzucke. Er stützt die Hände auf der Kante der Platte ab, lässt den Kopf hängen und atmet schwer. Nach vielen Atemzügen, hebt er den Kopf und sieht in meine Richtung.

»Was ist passiert?«, wispere ich, habe etwas Angst vor seiner Antwort. Wenn Niall, der eigentlich ein ausgeglichener und ruhiger Mensch ist, so aufgebracht ist, muss etwas Schreckliches vorgefallen sein.

»Meine Schwester ist überfallen worden.« Sein Knurren ist so tief, dass ich einen Schritt zurückweiche.

»Oh nein. Ein Raubüberfall? Geht es ihr gut?« Es ist eine dumme Frage, aber ich kann nicht anders, möchte wissen, ob sie verletzt ist.

»Nein …« Er ballt die Hände zu Fäusten und mahlt mit dem Kiefer, sieht nun aus wie ein Raubtier. Nichts ist mehr von dem liebevollen, hingebungsvollen Mann zu sehen, der mich so sinnlich berührt hat. »Es war ein sexueller Übergriff.«

»Großer Gott!« Ich lege die Hand an meinen Hals und keuche auf.

»Ich muss gehen.« Mit bebendem Körper und einer ungeheuren Wut will er sich schon abwenden, aber ich weiß, dass ich ihn so nicht gehen lassen kann. In seiner Rage würde er nur einen Streit provozieren wollen oder gegen eine Wand schlagen. Ich laufe zu ihm, halte ihn auf und schlinge die Arme um ihn. Ich ziehe ihn in eine feste Umarmung, lasse ihn auch nichts los, als er sich dagegen wehrt. Er ist zu wütend, um klar zu denken. Erst nachdem seine Atmung sich beruhigt und er seine Nase in meinem Haar vergräbt, löse ich mich von ihm.

»Es tut mir leid. Ich konnte dich nicht so gehen …« Doch er erstickt meine Worte mit seinen Lippen und küsst mich. Es ist eine Art Dankeschön. »Bitte fahr vorsichtig.« Ich weiß, dass die Limousine noch am Flughafen geparkt ist.

»Mache ich«, flüstert er und drückt mich kurz an sich, bevor er aus dem Raum eilt und mich in der Küche meiner Eltern allein lässt.

Niall bleibt die ganze Woche in Galen, wo er seiner Schwester zur Seite steht, die zum Glück einer versuchten Vergewaltigung entkommen ist. Hin und wieder schreibt er mir, antwortet auf meine Fragen, wie es Nikki geht. Die Feier, die meine Mutter für Jenna organisiert hat, war eine Meisterleistung. Alles, was Rang und Namen hatte, war anwesend, und auch wenn ich Niall schrecklich vermisst habe, war es ein schöner Abend, den ich mit meiner besten Freundin verbracht habe.

Selbst Faye und Charlotte haben sich an unsere Fersen geheftet und das Buffet geplündert, bevor wir getanzt haben, bis unsere Füße wehtaten. Den Wunsch meines Vaters hat Mum respektiert und mich auch keinem potenziellen Bräutigam vorgestellt, was eine Premiere war. Nun liege ich im Bett, sehe an die Decke und versuche die Leere zu verdrängen, die sich in mir befindet, seit Niall nach Galen geflogen ist. Ich lege meine Hand auf meinen wachsenden Bauch und streichle darüber. Ich frage mich, wie ich mein Leben planen kann, um Baby, Beruf und Privatleben unter einen Hut zu bringen. Das tue ich, bis einschlafe.

Der Landeanflug auf New York hat länger gedauert, da ein Schneesturm dem Piloten die Sicht erschwert hat. Es ist später Abend, als wir endlich den Flughafen verlassen. Ich habe zwar gehofft, dass Niall uns abholt, aber es ist J. C, der gut aussehende Engländer, der seinen Job meist eine Spur zu ernst nimmt. Die Enttäuschung ist groß, doch ich lasse mir vor Jenna, Faye und Charly nichts anmerken. Erst als ich erschöpft die Tür zu meiner Wohnung aufschließe und die Koffer in die Ecke stelle, seufze ich traurig auf.

Er ist nicht gekommen. Ich habe gedacht, dass die Nacht in der Küche etwas zwischen unser verändert hat, aber er meldet sich kaum und zeigt mir auch nicht, dass er mehr will als das, was schon zwischen uns passiert ist. Meine Schwestern wollten sich selbst wieder einmal zu einem Fernsehabend auf meiner Couch einladen, aber ich habe sie verscheucht. Ich brauche Ruhe, und die werde ich mir nun auch gönnen. Ich seufze wohlig auf, als ich in die Badewanne steige, deren Temperatur perfekt ist, nicht zu heiß und nicht zu kalt. Der Duft von Jasmin entspannt mich und lässt mich genüsslich die Augen schließen. Das ist der Himmel auf Erden. Zeit für mich, weit weg von dem Trubel des Alltags, den Gedanken an das Baby.

Die Ruhe währt aber nur kurz, denn ich höre meine Schwestern, wie sie meine Wohnung betreten und den Fernseher einschalten. Ich hätte wohl abschließen sollen, aber der Drang nach Erholung war stärker. Das habe ich nun davon. Natürlich stellen sie das TV auf volle Lautstärke, sodass ich mein Bad nicht länger genießen kann. Die Türglocke ertönt, und ich ahne, dass sie wieder mal chinesisch bestellt haben. Ich löse meinen Dutt, sodass mir meine Haare über die Schultern fallen, und wickle mir ein kurzes Handtuch um den Körper, das gerade mal alle intimen Stellen bedeckt. Nachdem ich das Badezimmer verlassen habe, ignoriere ich meine Schwestern – so gut ich kann – und will gerade ins Zimmer gehen, als plötzlich ein Räuspern erklingt, das zu tief, zu männlich klingt.

Ich sehe zur Eingangstür und sehe Niall, der gerade seine Jacke aufhängt und das Wohnzimmer betritt.

»Hey«, begrüßt er mich mit einem zögerlichen Lächeln und staunt nicht schlecht, als er mehr Haut sieht, als er erwartet hätte. Ich bin wie erstarrt, kann nicht fassen, dass er wirklich hier ist. Er trägt das blonde Haar wild zerzaust, anders als sonst. Dazu dunkle Jeans und ein Button-down-Hemd, das dieselbe Farbe hat wie seine Augen. Ich vergesse meine Schwestern, den Umstand, dass ich ihm nichts von der Schwangerschaft erzählt habe und dass ich halb nackt bin, und laufe auf ihn zu. Ich werfe mich praktisch in seine Arme und küsse ihn. Niall lächelt in den Kuss hinein und drückt mich fest an seinen Körper. Seine großen Hände packen mich am Po und heben mich hoch. Ich überkreuze die Beine auf seiner Taille und küsse ihn so heftig, wie ich ihn vermisst habe.

»Herrgott nehmt euch doch ein Zimmer«, stöhnt Faye genervt, und auch Charly kichert, was Niall wieder auf den Boden zurückholt, denn er löst sich von mir und stellt mich wieder ab.

»Wenn ich gewusst hätte, dass ich so begrüßt werde, wäre ich früher aus Galen zurückgekommen.« Ich erröte, verberge meine heißen Wangen an seiner Brust. »Ich habe dich vermisst«, flüstert er und streicht mir übers Haar.

»Ach ja?«, frage ich seufzend.

»Ja. So schlimm das Ganze mit Nikki war, habe ich dich doch nicht aus dem Kopf bekommen.«

»Wie geht es ihr?« Das letzte Mal war er außer sich vor Wut, was ich nicht noch mal erleben will. Er seufzt und sieht wieder an mir herunter. »Wenn ich antworten soll, musst du dir was anziehen, Darling. Ich kann mich nicht konzentrieren, wenn du halb nackt vor mir stehst.«

Ich grinse und fühle mich fantastisch, weil ich eine derartige Wirkung auf Niall habe. Ich eile in mein Zimmer und sehe gerade noch, wie Niall sich zu meinen Schwestern setzt, ehe ich mich umziehe.

Niall ist die ganze Nacht geblieben, hat bei uns gegessen und sich einen schlimmen Teeniefilm mit uns reingezogen und nicht einmal gejammert deswegen, was ich ihm sehr hoch anrechne. Es hat sich normal angefühlt, ihn bei mir zu haben. Selbst zu Charly und Faye war er freundlich, obwohl meine Schwester ihn damals auf Jennas Hochzeit angemacht hat. Eng an ihn gekuschelt, konnte ich mich nicht auf den Film konzentrieren, dachte ständig daran, wie er wohl reagieren würde, wenn er die Wahrheit erführe. Wäre er ein guter Vater? Alles, was ich bis jetzt von ihm kennengelernt habe, spricht dafür – und selbst wenn er und ich keine Beziehung führen würden, weiß ich, dass er sein Kind nie im Stich lassen würde.

Irgendwann bin ich eingedöst, und als ich mitten in der Nacht aufgewacht bin, lag ich noch immer halb auf Niall, der eine Dokumentation auf Netflix angesehen hat. Sein Arm lag auf meiner Taille, die er sacht streichelte. Ich fühlte mich einfach geborgen und angekommen. Etwas, was ich nie gedacht hätte, dass dies jemals möglich sein würde. Ich habe immer gedacht, dass ich schwach werden würde und meiner Mutter erlauben würde, mir einen Royal als Mann zu suchen, der mich nur Schneckchen, Häschen oder Herzchen nennen würde. Mir schauderte bei diesem Gedanken. Während ich Nialls Herzschlag lauschte, bin ich wieder eingeschlafen, und als ich in der Früh aufwachte, war er nicht mehr da, dafür ein Zettel, auf dem stand, dass er sich für den wunderschönen Abend bedankt und dass er mir alles Liebe zum Geburtstag wünscht.

Mein Geburtstag! In dem ganzen Trubel der Schwangerschaft habe ich ihn total vergessen. Ich bin nun achtundzwanzig Jahre alt und schwanger, nicht verheiratet, aber glücklich. Eine ziemlich gute Bilanz würde ich mal sagen. Ich strecke mich und sehe von der Couch aus dem Fenster. Es schneit noch immer, also wird der Weg in die Galerie beschwerlich werden. Stiefel mit Absätzen kann ich heute vergessen, dabei habe ich mir letzte Woche neue Samtstiefel mit Mörderheels bestellt. Mein Blick gleitet zum Couchtisch, wo ein kleines Päckchen mit grünem Papier und einer goldenen Schleife liegt. Aufgeregt, weil ich Geschenke liebe, greife ich danach. Es ist zwar klein, aber schwerer, als ich es erwartet habe.

Es ist keine Karte zu sehen, also reiße ich es auf und staune nicht schlecht. Darin befindet sich eine Flasche mit erlesenem Badesalz, das aus Marokko stammt. Ich öffne die Flasche und schnuppere daran. Es riecht himmlisch, genau die Duftnote, die ich mag. Ich suche nach einer Karte, aber alles, was ich finde, ist ein Foto. Ein Bild von mir! Jemand hat mein Gesicht fotografiert, als ich geschlafen habe. Mein Haar ist wild zerzaust, sieht aber nicht so schlimm aus, wie ich befürchtet habe, und der Kopf ruht auf einem Kissen, dessen Überzug schwarz ist. Oh, mein Gott. Das Foto hat Niall gemacht! Es ist von jener Nacht, in der wir miteinander geschlafen haben und uns darauf geeinigt haben, dass es eine einmalige Sache bleiben sollte.

Er hat mich ebenso fotografiert wie ich ihn, als er geschlafen hat. Ich sehe auf dem Bild entspannt und glücklich aus. Das ist der Effekt, den Niall auf mich ausübt. Tränen treten mir in die Augen, als ich das Bild umdrehe.

Keine Frau hat es jemals geschafft, mich derart in ihren Bann zu ziehen wie du. Auch wenn du eine Kratzbürste bist und manchmal richtig anstrengend, habe ich mich doch in dich verliebt. In die liebevolle Freundin, die du bist. Die Schwester, die alles für ihre Familie tun würde. Die wunderschöne Frau, die mein Herz im Sturm erobert hat. Happy Birthday, Kylie. Mögen all deine Träume wahr werden.

Nialls Karte und das Geschenk lassen mich den ganzen Tag mit einem breiten Lächeln zurück. In der Galerie haben die Kollegen eine kleine Feier für mich organisiert, und Jenna hat sogar einen Kuchen für mich gebacken. Doch als ich einen Bissen von ihm koste, überkommt mich eine Übelkeit, die ich noch nie gespürt habe. Ich renne auf die Toilette und übergebe mich. Das Schlimme aber ist, dass ich nicht aufhören kann, mich zu übergeben. Gefühlte Stunden kotze ich mir die Seele aus dem Leib. Jenna ist an meiner Seite und hält mir das Haar zusammen, damit ich es nicht einsaue. Als ich schließlich nicht mehr brechen muss, sinke ich erschöpft gegen die Toilettenwand und sehe mit Tränen in den Augen zu Jenna, die mich besorgt ansieht.

»Entschuldige«, murmele ich und versuche es mit einem Lächeln, was mir gänzlich misslingt.

»So schlimm war mein Kuchen doch nicht, oder?«

»Nein. Ich weiß selbst nicht, was los ist. Du kennst mich, ich liebe deinen Schokoladenkuchen.«

Jenna geht neben mir in die Hocke und streicht mir über das Haar. »Ich denke, es ist die Schwangerschaft. Dein Körper verändert sich.«

»Ja?«

»Jetzt fängt es so richtig an.«

»Macht es dir was aus, wenn ich nach Hause gehe?«

»Natürlich nicht. Aber ich hoffe doch, dass du heute Abend zu uns kommst. Philip kocht dir zu Ehren, und dann hast du wenigstens einen guten Grund, dich zu übergeben.« Ich kichere und lasse mir von Jenna auf die Beine helfen. Anstatt mit dem Taxi nach Hause zu fahren, gehe ich zu Fuß, hoffe, dass die frische Luft meinen Magen beruhigen kann. Ich hole mir von Starbucks eine heiße Schokolade zum Mitnehmen und schlendere durch Manhattan. Vor einem Buchladen, in dem ein Buch über die schönsten Vornamen für Babys in der Auslage liegt, bleibe ich schließlich stehen.

Jenna weiß so viel über die Schwangerschaft, mehr als ich. Ich bin doch sonst immer vorbereitet. Mit einem Plan betrete ich den Laden und beschließe, mir ein paar Bücher über das Thema zu kaufen, damit ich auch weiß, was auf mich zukommt.

Kapitel 14

Niall

Kylie zu halten während sie schläft, erfüllt meine Brust mit Wärme. Sie ist hier in meinen Armen und stößt mich nicht weg, sondern kuschelt sich noch enger an mich. Eigentlich wollte ich sie nur kurz besuchen, ihr das Geschenk geben und wieder in mein leeres, kaltes Apartment zurückkehren. Doch als sie sich vor Freude darüber, mich zu sehen, in meine Arme geworfen hat, hätte mich nichts mehr von ihr fernhalten können. Ihre Schwestern lassen mich nicht mehr gehen, haben darauf bestanden, dass ich bei ihnen esse und einen Film ansehe.

Kylie kommt mit einer Leggins und einem weiten T-Shirt wieder ins Wohnzimmer. Wie Jenna es schon einmal erwähnt hat, ist die Wohnung dieser Traumfrau nicht protzig wie das Haus ihrer Eltern, sondern wohnlich, gemütlich und außergewöhnlich. Jedes Möbelstück sieht so aus, als hätte es eine jahrhundertelange Geschichte zu erzählen. Nicht nur die Möbel sind antik, sondern auch die Teppiche, Vorhänge und die Deko. Es passt zu Kylie, die in ihrem Inneren nicht die kühle Frau ist, die ihre Mutter aus ihr machen will, sondern ein herzensguter und besonderer Mensch.

Ihr Bauch und die Hüften fühlen sich weicher, dicker an als noch vor ein paar Monaten, und auch wenn sie es mir niemals glauben würde, finde ich diese Pfunde, die sie zugelegt hat, sexy und unwiderstehlich. Lange hat Kylie dem Film nicht folgen können, da sie vor Erschöpfung eingeschlafen ist. Der

Dann öffne ich Philip die Tür und lasse ihm wie immer den Vortritt, die Umgebung die ganze Zeit über im Blick. Im Büro ist die Situation entspannter. Wir haben Wachen am Eingang, die Leibgarde Galens, die hervorragende Arbeit leistet. Während Phil in sein Büro geht, begebe ich mich in die Überwachungszentrale und setze mich an meinen Rechner. Als Erstes logge ich mich in den Sicherheitscomputer von Galen ein, wo ich die Berichte von letzter Woche durchgehe. Zum Glück ist nichts Schlimmes vorgefallen, ein paar Paparazzi, die der Familie von Philips Bruder im Urlaub auf die Pelle gerückt sind.

Dann durchforste ich das Internet nach möglichen Drohungen gegen das Königshaus, und manch einer wäre überrascht, wie viele ich jeden Tag finde. Manche sind einfach Schimpftiraden gegen die royale Familie, andere wünschen diesen Menschen, die ich geschworen habe zu beschützen, tatsächlich den Tod. Ich notiere mir die Namen und sende die Liste meinem Vater, der beim Geheimdienst tätig ist. Dann schreibe ich meine Berichte der vergangenen Woche in Kent, die leider zu kurz ausgefallen ist, und trinke schnell einen Kaffee, bevor ich Phil zum Mittagessen abhole.

»Schatz, so kann es doch nicht weitergehen. Er ist mein bester Freund«, höre ich Phil murmeln und bleibe vor der nur angelehnten Tür stehen. »Das mag ja sein, aber er hat ein Recht, es zu erfahren.«

»Was soll ich erfahren?«, sage ich und öffne die Tür. Ich war nie der Typ, der lauscht, sondern immer mit der Tür ins Haus fällt.

Philip erhebt sich etwas erschrocken und zischt meinen Namen. »Entschuldige, Schatz, ich muss meinem besten Freund mal beibringen, wie man anklopft.« Er lauscht seiner Frau am Telefon, und seine angespannte Haltung lockert sich ein wenig. »Na gut, aber ein Bein kann ich ihm doch brechen, oder?« Phil lacht über ihre Antwort und grinst von einem Ohr zum anderen. »Bis dann. Ich liebe dich.«

Es ist noch immer merkwürdig, Philip diese Worte sagen zu hören. Früher, als er mit Elizabeth zusammen war, hat er es ihr stets nur zugeflüstert oder geschrieben – und bevor Jenna in sein Leben getreten ist, hat er nichts anbrennen lassen, ebenso wie ich. Doch jetzt kann ich ihn etwas verstehen. Philip hat Kylie damals als die Richtige für mich beschrieben, und vielleicht hat er auch recht damit. Denn ich fühle mehr für sie, als ich für Elizabeth gefühlt habe, obwohl sie alles für mich war, selbst als sie meinen besten Freund geküsst hat.

»Im Ernst, Niall, kannst du nicht anklopfen?«, weist er mich zurecht, doch ich blocke ab.

»Ich habe meinen Namen gehört, und anscheinend ist es mein Recht, eine Antwort zu verlangen?«

»Ich habe deinen Namen nicht gesagt«, meint er nüchtern und ordnet seine Papiere auf dem Tisch, wie er es immer tut, bevor wir was essen gehen.

»Ach, bin ich nicht mehr dein bester Freund?« Mir ist bewusst, dass diese Worte, wie die einer eifersüchtigen Frau klingen, aber die Neugierde hat mich gepackt. Falls es hier um mich geht, will ich es wissen.

»Doch, das bist du, aber Lex nun mal auch.« Ich verschränke ungläubig die Arme vor der Brust. »Er ist dein Bruder.« Will er mich verarschen? Was geht hier denn vor?

»Er ist mehr als das. Es geht hier um eine Familienangelegenheit, und ich wäre dir verbunden, wenn du da nicht weiter nachhakst.« Ich glaube ihm nicht. Etwas ist im Busch, das sagt mir mein Bauchgefühl, doch ich halte die Klappe und lasse ihm wie immer den Vortritt, als wir nach draußen gehen.

Der Tag verfliegt im Nu, was vielleicht auch daran liegt, dass ich ständig in Gedanken versunken bin, wenn ich nicht gerade Phil beschütze. Ich bin noch immer etwas skeptisch und wütend wegen des Telefonats vorhin. Ich bin mir fast sicher, dass er mit Jenna über mich gesprochen hat.

Aber die Rage verpufft sofort, wenn ich an Kylies schlafendes Gesicht denke, wie sie sich neben mir angefühlt hat und wie herrlich sie nach Kiwis geduftet hat. Ihre Vorliebe zu Kiwis ist mir aufgefallen, als ich ihre Wohnung betreten habe. Duftkerzen, Raumduft, die Früchte in einer Obstschale auf dem Couchtisch – und die Wand, an der der Fernseher befestigt ist, ist ebenfalls grün. Selbst ihr Shampoo riecht danach. Meine Gedanken wandern zu unseren Küssen in der Küche ihres Elternhauses, als ich sie kosten durfte. Wie herrlich sie geschnurrt hat, wie erregt ich war! Ich hätte sie in dieser Nacht haben können, das war uns beiden bewusst, aber ich wollte nicht.

Wenn wir miteinander schlafen, will ich mir Zeit lassen, will sie schreien, keuchen und stöhnen hören. Will alles von ihr, eine Zukunft mit ihr. Auch wenn ich viel in Galen unterwegs sein werde, können wir es schaffen. Das weiß ich. Ich liebe meinen Job als Leibwächter, und Kylie würde verstehen, dass ich viel unterwegs bin. Sollten wir einmal eine Familie gründen, was ich in ein paar Jahren erhoffe, würde ich vielleicht zurücktreten, um bei ihr und den Kindern zu sein.

Kinder? Pff! Noch vor ein paar Monaten wäre ich schreiend davongelaufen, wenn eine Frau nur angedeutet hätte, dass sie ein Baby will. Bei Kylie verengt sich meine Brust nicht vor Panik, wenn ich daran denke. Es ist, als wäre ich durch sie jemand anderes geworden. Jemand Besseres, der sich nicht durch die Betten schlafen muss, um irgendetwas zu fühlen. Vor meinem Kleiderschrank entscheide ich mich für eine tief sitzende Jeans und das Hemd, das ich anhatte, als wir das erste Mal miteinander geschlafen haben. Wie ein verliebter Volltrottel habe ich es so lange nicht gewaschen, bis ihr Geruch völlig verschwunden war.

Aber das bin ich nun mal. Ich bin verliebt in diese Lordtochter, die mich nie herablassend behandelt hat, die sich nie über ihren Titel definiert hat. Die, die mein Herz gestohlen hat. Um halb sieben Uhr abends betrete ich die Wohnung meiner besten Freunde und staune nicht schlecht. Jenna hat sich wirklich Mühe gegeben, was die Dekoration anbelangt. Überall grüne Blumen, Kiwis in jeder Ecke. Hier und da weiße Bänder und Girlanden. Auf einem Tisch stehen belegte Brötchen bereit, auf der Küchentheke sind massenhaft Getränke aufgereiht, und auf einem Tisch steht ein Schokoladenbrunnen, daneben liegen geschnittene Früchte und Marshmallows.

Ich begrüße einige Gäste, die ich kenne, und nicke den anderen freundlich zu. Kylies Eltern sind auch zugegen. Ihr Vater trägt wie immer einen schwarzen Anzug, der seinen fülligen Bauch kaum zu verdecken vermag, dazu eine bernsteinfarbene Krawatte. Ihre Mutter sieht atemberaubend aus. Nie ist mir die äußerliche Ähnlichkeit so aufgefallen wie jetzt. Beide haben goldblondes weiches Haar und die Stupsnase. Große Augen und volle Lippen. Nur hat Kylie nicht den spöttischen Zug um den Mund. Ich bin mir sicher, dass die Tochter in zwanzig Jahren genauso aussehen wird wie die Mutter. »Guten Abend, Lord Woodward. Lady.« Ich schüttle beiden die Hand.

»Niall, mein Freund. Wie schön, Sie wiederzusehen.« Das sind natürlich die Worte des Lords. Die Lady presst nur die Lippen zu einem schmalen Strich zusammen. Sie würde mir nie mit solcher Freundlichkeit begegnen wie ihr Mann.

»Es ist auch schön, Sie wiederzutreffen. Entschuldigen Sie noch mal meine überstürzte Abreise.«

»Ja, in der Tat war es überraschend, beim Frühstück zu erfahren, dass Sie schon fort sind. Doch ich war nicht der Einzige, der Ihre Gesellschaft vermisst hat.«

Ich bin mir sicher, dass er auf Kylie anspielt, denn seine Frau kann er definitiv nicht meinen. Diese schaut ihn nun empört an und dann wieder zu mir. In ihrem Blick sehe ich genau, dass sie mich nicht ausstehen kann, da bedarf es keiner Wörter. »Entschuldigt mich«, zischt sie und geht zu Philip, der gerade eine Playlist auf dem iPod zusammenstellt.

»Bitte verzeihen Sie das Verhalten meiner Frau.« Es ist komisch, von einem Lord so förmlich angesprochen zu werden. Das Fußvolk nennen die meisten nur beim Namen.

»Ich weiß nicht, was Sie meinen.« Ich stelle mich etwas dumm, da ich nicht schlecht über Kylies Mutter reden will.

»Ich sehe vieles, müssen Sie wissen.«

»Ach ja?«

»Ja. Ich kenne meine Tochter sehr gut und merke sofort, wie es ihr geht und wie sie sich fühlt.« Ich schlucke. Bis jetzt habe ich noch nie die Eltern meiner Flamme oder Freundin getroffen und weiß auch nicht, ob der Lord etwas gegen unsere Beziehung hätte. »Wissen Sie, früher wollte ich dasselbe, was sich meine Frau für die Mädchen wünscht. Einen Mann, der ihnen finanzielle Sicherheit bietet, ebenfalls einen Titel hat und zu ihr passt.« Er atmet seufzend aus und sieht kurz zu seiner Frau, die sich noch immer mit Philip unterhält.

»Und jetzt?«, frage ich vorsichtig. Ich bin über diese Offenheit seinerseits ziemlich überrascht.

»Jetzt …« Er wendet sich mir zu und sieht mir direkt in die Augen. Es wirkt nicht bedrohlich oder überheblich, sondern nur eindringlich, als wolle er, dass ich diese nächsten Worte ernst nehme. »… möchte ich nur, dass meine Mädchen glücklich sind und sich ihren Partner selbst auswählen.« Es ist ein Segen und die rührendsten Worte, die ich je gehört habe. Ich kenne die Welt, in der Kylie aufgewachsen ist, und es ist selten, dass die Eltern mit einer Verbindung mit einem Partner unter deren Stand einverstanden sind. Und doch steht ihr Vater nun vor mir und gibt mir seinen Segen.

«Was hat Ihre Sichtweise verändert?«, frage ich etwas mutiger; wenn wir schon über Persönliches sprechen, möchte ich seinen Beweggrund verstehen.

»Ich stand an der Schwelle des Todes, Niall.« Kurz schließt er die Augen, und als er sie öffnet, sind sie klar und aufrichtig. »Und ich habe gemerkt, dass das Leben kurz ist, und sehe nun viele Dinge anders.« Er legt väterlich eine Hand auf meine Schulter und drückt sie kurz. »Ich werde euch nicht im Weg stehen und gratuliere von Herzen.« Er gratuliert mir? Ich bin so verblüfft über seine Worte, dass ich nur seine ausgestreckte Hand drücke und schüttle.

»Danke, Sir«, murmele ich, bin noch immer verwirrt, was er meinen könnte.

»Bitte nenne mich doch Kenneth oder Grandpa. Wie auch immer.« Sein lautes Lachen bringt mich ebenfalls zum Lächeln, auch wenn ich nicht verstehe, was er meint. Ist Faye schwanger? Bei ihrem Ruf wäre das sicher möglich, da sie keinen Hehl um ihre Verehrer macht. Ich nicke nur, verabschiede mich und begebe mich dann zu Jenna, die in der Küche hantiert. Sie backt gerade Weihnachtsplätzchen in Form von High Heels. Bei Kylies Vorliebe für Schuhe, absolut passend.

»Hallo, mein Lieber. Schön, dass du gekommen bist«, sagt sie sanft lächelnd und holt gerade ein Blech aus dem Ofen, um ein anderes wieder hineinzuschieben.

»Hey. Du hast hier echt was auf die Beine gestellt. Es sieht klasse aus.«

Sie strahlt mich an, ehe sie antwortet. Mit ihren roten Haaren und der weihnachtlichen Schürze sieht sie richtig festlich aus. »Für meine Beste nur das Beste«, meint sie schulterzuckend.

Ich würde Phil vielleicht in eine Bar schleppen und ihn nach galenischer Manier abfüllen, aber bei den Mädels muss es mehr sein, wie ich sehe.

»Sie wird sich freuen, dich zu sehen. Gestern Nacht hat ihr viel bedeutet.«

»Ach, sie hat dir von meinem Besuch erzählt?«

»Natürlich! Frauen erzählen sich alles«, sagt sie, als wäre es so selbstverständlich wie Atmen.

»Alles?«, frage ich nun etwas besorgt.

»Alles.« Schelmisch grinsend sieht sie zu meinem Schritt und zwinkert mir zu, ehe die Türglocke erklingt und sie das Wort an die Gäste richtet. »Meine Lieben. Sie ist da, also werde ich das Licht ausschalten, damit ihr schön ›Überraschung!‹ brüllen könnt.« Ich stelle mich neben Phil und warte. Es dauert nicht lange, und es klopft an der Tür. Jenna öffnet Kylie. »Hey Ky…« Jenna verstummt, als sie ihre Freundin sieht. Ohne lange zu überlegen, geht sie hinaus zu ihr, schließt die Tür und lässt uns in der Dunkelheit zurück.

«Was soll das denn?«, höre ich eine Frauenstimme murmeln und weiß sofort, dass es die Lady ist. Ich frage mich, was draußen vor sich geht. Wieso hat Jenna so besorgt gewirkt?

»Was ist los, Phil?«, flüstere ich, denn ich habe immer noch das Gefühl, dass er mehr weiß als ich.

»Das musst du Kylie selbst fragen«, murmelt er, und ich spanne mich an. Was ist denn nur los? Hat sie die Schnauze voll von mir? Viele Fragen schwirren mir im Kopf herum, und ich habe das Gefühl, die Wahrheit vor mir zu haben, bin aber zu dumm, um es zu erkennen. Plötzlich geht die Tür wieder auf, und Jenna kommt mit Kylie hinein und schaltet das Licht ein.

»Überraschung!«, rufen wir alle, und die, die ein Glas Champagner in der Hand halten, heben die Flöte in die Luft.

Kylie sieht nicht gerade überrascht aus, lächelt aber. Ihr Blick streift über die Gäste, als würde sie jemanden suchen – und als sie mich erblickt, atmet sie lange aus und läuft fast auf mich zu. Sie wirkt erschöpft und rastlos, und als sie sich wie gestern wieder in meine Arme wirft, schlinge ich meine um sie, halte sie und hoffe, diese Unruhe in ihr vertreiben zu können. »Endlich bist du da«, flüstert sie in meine Brust und hebt den Blick, Tränen sammeln sich in ihren Augen, doch sie wirkt nicht traurig. Sondern sichtlich erleichtert, bei mir zu sein.

»Ich habe mein Leben lang auf dich gewartet. Werde es immer tun«, raune ich und hebe ihr Kinn an.

Es ist egal, dass uns zwanzig Gäste und ihre Eltern beobachten, ich brauche diese Frau in meinem Leben, will mit ihr zusammen sein. Dann neige ich den Kopf nach unten und küsse sie sanft. Sobald sich unsere Lippen berühren, jubeln einige Gäste, und Kylie lächelt an meinen Lippen. Sie dreht sich zu den anderen um, und ich lege wie selbstverständlich meinen Arm um ihre Taille. Will jedem zeigen, dass diese Frau zu mir gehört.

»Ich würde sagen, damit ist es offiziell«, flüstere ich ihr ins Ohr, als sie ihren Eltern verlegen zuwinkt. Ihr Dad sieht stolz aus, aber ihre Mutter … Na ja. Es war klar, dass sie fuchsteufelswild wird, doch Kylie kuschelt sich wie aus Protest enger an mich und legt eine Hand auf meine Brust. Ihre warmen bernsteinfarbenen Augen funkeln mich liebevoll an.

«Offiziell?«

»Nun wissen alle, dass du die Meine bist.«

»Wurde aber auch Zeit«, haucht sie, und mit einem seligen Lächeln gehen wir gemeinsam zu ihren Freunden, um Kylies Geburtstag zu feiern. In den nächsten Stunden lerne ich viele ihrer Bekannten und Kollegen kennen, und es überrascht mich, wie verschieden ihr Freundeskreis ist. Einige sind Bankiers, manche Künstler und andere wieder im Handel tätig. Sie sind vielschichtig wie Kylie, die mich allen als ihren Freund vorstellt. Wir haben nicht darüber gesprochen, aber ich habe nichts dagegen. Es fühlt sich sogar noch besser an, wenn sie mich voller Stolz als den Partner an ihrer Seite vorstellt, als würde auch sie mich lieben.

Kapitel 15

Kylie

»Großer Gott, Kylie, was ist denn los?«, flüstert Jenna, als sie die Tür hinter sich schließt. Ich muss wohl genauso durch den Wind aussehen, wie ich mich fühle. Ein ganzer Nachmittag voller Übelkeit und Schwangerschaftsbücher hat Panik in mir ausgelöst. Ich habe das Gefühl, als wäre der Bauch über Nacht noch mehr gewachsen, und ich muss ständig pinkeln! Ich dachte, eine Schwangerschaft wäre wie bei den Promis auf Social Media entspannt und voller Glück, aber das ist alles nur Show. Keine von denen erwähnt, dass man ständig Heißhunger hat und doch alles wieder erbrechen könnte, wie es bei mir seit heute Morgen der Fall ist, und das Schlimme ist, dass die Bücher nicht geholfen haben, sondern eher meine Panik noch mehr angestachelt haben.

»Es wird wehtun«, sage ich schließlich als Jennas Besorgnis noch mehr wächst.

»Was denn?« Sie kann mir offenbar nicht folgen, was ich ihr nicht verübeln kann. Meine Gedanken und Ängste laufen gerade Amok, und das Zittern, das mich erfasst hat, will nicht aufhören.

»Die Geburt! Es wird blutig und sehr schmerzhaft. Ich kotze den ganzen Tag und habe ständig Lust auf Süßes, und wenn man den Büchern glauben soll, ist das erst der Anfang.«

»Ach, Süße.« Jenny nimmt mich in den Arm, schafft es aber nicht, mich am Zittern zu hindern. »Mach dir keine Sorgen darüber. Du wirst das alles nicht allein durchstehen müssen.«

»Ich habe es ihm noch nicht gesagt«, murmle ich etwas schuldbewusst und sehe auf meine Heels, die jetzt schon schmerzen. Doofe Schwellung, die sich schon zeigt. Ich hätte es ihm schon lange erzählen müssen. Es ist unser Baby.

»Ich weiß, aber das wirst du noch«, erwidert sie beruhigend. »Sieh mich an.« Langsam tue ich, was sie sagt, und sehe in ihre klaren, liebevollen grünen Augen. »Ich kenne Niall. Er ist immer ein Typ, der zu seinem Wort steht. Ein Fels in der Brandung, wenn du so willst. Und ich bin mir hundertprozentig sicher, dass sich nichts an seinen tiefen Gefühlen, die er doch schon für dich hat, ändern wird, sobald er von der Schwangerschaft erfährt.«

»Er ist bei dir?« Sie drückt mich kurz und atmet tief ein und aus.

»Ich habe eine kleine Überraschungsparty für dich geplant«, sagt sie, und mein Herz geht auf. »Wirklich?«

»Klar. Du hast in den letzten Wochen schwer daran zu knabbern gehabt, da wollte ich dich etwas aufheitern.«

»Ach.« Ich nehme meine beste Freundin fest in den Arm und flüstere ihr ins Ohr, wie lieb ich sie habe. »Danke.«

Die Tränen in ihren Augen lassen auch meine feucht werden. »So.« Sie schüttelt sich und grinst mich an. »Schluss mit dem Geheule. Dort drin sind viele Menschen, die dir zum Geburtstag gratulieren wollen und vielleicht auch mehr.«

Ich nehme einen tiefen Atemzug und wappne mich für das, was nun kommt. Ich gebe mir Mühe, überrascht zu wirken, was mir allerdings misslingt. Es sind viele Freunde und Familie anwesend, und auch wenn ich es gewusst habe, kommt mir der Raum ziemlich klein vor. Die Panik ist trotz Jennas Worten wieder da, und wie automatisch suchen meine Augen den Mann, nach dem ich mich den ganzen Tag gesehnt habe. Trotz der Übelkeit. Als ich ihn entdecke, ist es wie ein Schalter, der sich umlegt, wie Balsam legt sich sein Lächeln um meine Seele, wärmt und hüllt mich ein.

Ich laufe zu ihm, werfe mich in seine Arme und zeige ihm, wie sehr ich ihn vermisst habe und wie froh ich bin, dass er endlich da ist. Will ihm sagen, dass ich ihn liebe, doch ich habe zu große Angst davor, diese Worte auszusprechen. Als er mich schließlich küsst, sind die Zweifel und Ängste wie weggeweht, als würde alles gut werden, wenn er nur an meiner Seite bleiben würde. Faye zwinkert mir zu, als ich sie begrüße und kurz drücke.

»Mum kocht regelrecht. Ich wünsche dir viel Glück«, flüstert sie amüsiert.

»Ich weiß, aber es gibt Dinge, die ich mir nicht von ihr verbieten lasse.«

»Ich hoffe, er ist es wert«, sagt sie laut genug, dass er es hören kann. Dieses kleine Biest!

»Oh ja. Goldwert«, gebe ich Kontra und ernte einen erstaunten Blick von Charly, die wie immer neben ihrer Zwillingsschwester steht.

»Kylie. Hast du einen Moment?« Es ist meine Mutter. Gelassen drehe ich mich um und stelle mich ihrem Zorn, der mich schon den ganzen Abend verfolgt. Dad habe ich begrüßt, bin ihr aber aus den Weg gegangen. Nialls Arm liegt noch immer um meine Taille, und genau darauf scheint sich ihr Blick gebrannt zu haben.

»Hey Mum. Es ist gerade schlecht.«

»Oh, ich brauche nicht lange.« Oh nein. Sie wird sicher keine große Predigt halten, sondern elegant explodieren.

»Geh ruhig. Ich sehe später nach dir«, flüstert Niall und küsst meine Stirn. Meine Mutter hätte fast die Zähne gefletscht, doch sie kann sich beherrschen, gerade noch.

»Na schön.«

Ich lasse Mum den Vortritt und folge ihr zu Philips Büro. Sie ist so zornig wie noch niemals zuvor. Ich bin derart überrascht darüber, dass ich nicht mal die Tür hinter mir schließe.

»Kylie, ich verlange, dass du die Beziehung zu diesem Mann beendest!«, zischt sie wie eine Schlange, die bereit ist, ihr Gift zu versprühen.

»Den Teufel werde ich tun!«, brülle ich, und es ist mir egal, wie laut ich werde. Die Musik übertönt sowieso unsere Stimmen.

»Sei doch vernünftig! Dieser Mann kann dir nicht das Wasser reichen.«

»Ach, und Mitchell schon oder was?«

Sie verzieht das Gesicht, als der Name dieses Schweins fällt. »Ich habe mich doch entschuldigt für letztes Mal, Kylie. Ich wusste nichts von alldem. Weil du ja nicht mit mir redest!«

»Wundert es dich? Du brichst in meine Wohnung ein, lässt meine Sachen in dein Haus bringen, damit du mich und Niall im Augen behalten kannst. Du schreibst mir vor, was ich anziehen soll, wie ich leben soll. Aber ich will das alles nicht mehr.«

»Wenn du dich von ihm trennst, verspreche ich nichts dergleichen wieder zu tun. Du kannst wohnen, wie du es für richtig erachtest, aber bitte lass ihn fallen.«

»Ihn fallen lassen? Hörst du dir überhaupt zu? Ich liebe diesen Mann, Mutter! Und ich werde mich sicher nicht von ihm abwenden, nur weil du ein Problem damit hast.« Die Wut, die mich erfüllt, lässt meinen ganzen Körper beben. Meine Mutter ist ebenfalls auf hundertachtzig. Es ist, als würde ein Tsunami auf einen Wirbelsturm treffen. Keiner von beiden bereit nachzugeben.

»Lieben? Meine liebe Tochter. Du denkst doch nicht ernsthaft, dass er wirklich an dir interessiert ist? Er will doch nur an dein Geld und deinen Titel. Menschen wie er sind unserer Aufmerksamkeit nicht wert.« Das sind die oberflächlichsten Worte, die ich je vernommen habe. Wie kommt sie auf diesen Bullshit?

»Vielleicht solltest du dich mit Oliver Cornell treffen. Seine Familie hat …« Und wieder brabbelt sie den Stammbaum und

Lebenslauf eines weiteren Adeligen in meinem Alter runter, und ich weiß, dass ich sie nur mit der Wahrheit zum Verstummen bringen kann.

«Mutter!«, brülle ich und nehme all meinen Mut zusammen. Sie zuckt bei meinem scharfen Ton zusammen und hält endlich die Klappe. »Ich bin schwanger, und Niall ist der Vater!«

Jemand saugt die Luft tief in seine Lungen, dass es selbst die Musik übertönt, doch dieser Laut kommt nicht von meiner Mutter oder mir. Ich drehe mich zur halb offenen Tür und sehe in Nialls panisch geweitete Augen, die mich entsetzt anstarren.

»Was?!«, kommt es gleichzeitig aus dem Mund meiner Mutter und Nialls.

»Niall. Ich kann das erklären!« Doch er hört mich nicht mehr, sondern sieht nur auf meinen gewölbten Bauch, meine Schenkel, überall dorthin, wo ich zugenommen habe, und versteht. Ich mache einen Schritt auf ihn zu, doch er dreht sich nur um und geht. »Warte!«, rufe ich ihm nach und glaube den Boden unter den Füßen zu verlieren. So war das nicht geplant, ich wollte es ihm schonend beibringen und nicht einfach rausbrüllen.

Eine Hand legt sich um meinen Ellbogen, und die Krallen meiner Mutter bohren sich in mein Fleisch. »Bitte sag, dass das nicht wahr ist!« Sie flüstert mit tränenerstickter Stimme, doch die Angst, dass Niall mich nun verlassen wird, lässt mich kein Mitgefühl für sie entwickeln.

»Es ist aber die Wahrheit, und eines kann ich dir versprechen, mein Kind wird niemals so kalt werden wie du!«, werfe ich ihr vor und renne aus dem Büro, sehe gerade einen wütenden Niall, der Philip an der Schulter packt und zwingt, sich zu ihm umzudrehen.

»Du hast es gewusst, oder?«, knurrt er aufgebracht. Alle Muskeln unter seinem weißen Hemd sind angespannt, und er sieht aus wie der rasende Hulk. Ein Berg von einem Mann, der außer sich ist.

»Du weißt es?« Das war die falsche Antwort! Niall packt Phil am Kragen und zieht ihn in das Zimmer, das am nächsten ist. Sofort ist Jenna an meiner Seite und legt den Arm um mich, wieder zittere ich.

»Werden sie sich jetzt prügeln?«, frage ich ängstlich, wobei ich mehr Furcht habe, Philip könnte zu Kleinholz verarbeitet werden, doch Jenna ist erstaunlich gelassen, auch wenn die Gäste tuscheln und zum Stillstand gekommen sind.

»Schon möglich, aber das brauchen die beiden.«

»Wie bitte?«

Jenna lächelt. Hier inmitten meines Worst-Case-Szenarios grinst sie! »Die beiden kennen sich ihr Leben lang und lösen auf diese Art ihre Probleme.«

»Aber …«

»Liebes, du musst verstehen, dass Niall schockiert ist. Ich schätze mal, du hast es ihm nicht schonend beigebracht, sonst wäre er nicht so drauf.«

»Nein, ich habe es meiner Mutter entgegengebrüllt, als sie mir wieder einen Lord andrehen wollte.«

»Fuck!« Jenna spricht genau meine Gedanken aus. Ich will noch etwas sagen, doch als Niall die Tür aufreißt und mich wütend anfunkelt, lässt mich das in Tränen ausbrechen. Ich löse mich von Jenna, ignoriere ihre Rufe und laufe aus der Wohnung. Ohne Jacke, ohne Tasche, aber mit einem gebrochenen Herzen. Zum Glück steht ein Taxi vor dem Wohnhaus, in das ich einsteige. Ich brauche eine Weile, um mein Schluchzen abebben zu lassen, ehe ich dem Fahrer die Adresse nenne, zu der er mich bringen soll.

Die Bilder der Galerie hatten immer schon eine magische Wirkung auf mich. Es sind die Farben in all ihren Schattierungen, die mich begeistern. Das Talent der Künstler, die mit ein paar

Pinselstrichen mehr erzählen können, als es hundert Worte je könnten. Die Heels habe ich schon längst ausgezogen, weil meine Füße immer mehr wehgetan haben. Das knielange, hochgeschlossene Seidenkleid spannt etwas über meinem Bauch. Erschöpft setze ich mich in meine Lieblingsecke, aus der ich fast die ganze Galerie überblicken kann. Der Parkettboden ist hart, und jeder Muskel in meinem Körper schmerzt. Eine Weile versuche ich die Bilder zu betrachten, bis meine Sicht verschwimmt und mir klar wird, dass ich weine.

Vielleicht ist es die Panik, die mich ergriffen hat, seit ich die Schwangerschaftsbücher gelesen habe, oder noch die Aufregung von der Party, aber ich fühle mich einfach am Ende meiner Kräfte. Mir ist klar, dass Nialls Reaktion völlig verständlich ist, doch der vernichtende Blick, den er mir zugeworfen hat, war zu viel für mich. Ich ziehe meine Knie an die Brust, bette meinen Kopf darauf, und dann öffnen sich alle Schleusen. Der ganze Tag war schon aufreibend, dann der Streit mit meiner Mutter und die Angst vor dem, was mich bei der Geburt erwartet.

Schließlich strecke ich die Füße aus, lehne mich gegen die Wand und betrachte meinen Bauch. In einem der Bücher steht, dass man mit dem Baby reden sollte, weil das Kind bereits jetzt auf die Stimme und Berührungen reagiert.

»Das ist ein ganz schönes Chaos, was?«, schnaube ich lächelnd, als wäre das alles ein schlechter Witz. Meine Hand lege ich über meinen Bauch, schenke mir und dem Baby trotz der Kälte des Bodens Wärme. »Weißt du, ich habe mir noch nie Gedanken darüber gemacht, wann ich Mutter werden will. Habe zwar mein Leben und meine Karriere in meinem Kopf akribisch durchgeplant, aber du warst eine ziemliche Überraschung.«

Lächelnd streichle ich über meinen Bauch, ehe ich das erste ernste Gespräch mit meinem Kind führe. Auch wenn es völlig verrückt aussieht, dass ich hier in einer leeren Galerie mit meinem Bauch rede, fühlt es sich wunderbar an. Als würde ich tatsächlich spüren, dass es mir zuhört.

»Es tut mir leid, dass ich dich anfangs nicht wollte. Weißt du, damals schien es mir ein leichter Ausweg zu sein, aber ich bin mir sicher, hätte ich es getan, hätte ich es ewig bereut.« Die Worte kommen kaum durch den Kloß, der sich in meinem Hals gebildet hat. »Aber als ich dein kleines Herz schlagen gehört und dich auf diesem Ultraschall gesehen habe, wusste ich, dass ich dich niemals wieder hergeben würde.« Wieder kullert eine Träne über mein Gesicht, doch der Schmerz ist fast verblasst. »Ich werde die beste Mutter auf der Welt sein. Zumindest werde ich es versuchen. Aber eines verspreche ich dir, du wirst niemals den Schmerz durchleiden, den ich erdulden musste. Du wirst dir deinen Partner oder deine Partnerin selbst aussuchen, wenn du alt genug dafür bist. Du wirst nicht im Luxus aufwachsen und den Umgang mit Geld lernen. Ich werde, wenn es sein muss, Mommy und Daddy für dich sein und dich beschützen.«

»Das musst du nicht. Es hat doch schon einen Vater.« Erschrocken keuche ich auf und reiße den Kopf hoch. Mitten in der Galerie steht Niall, die Hände tief in den Taschen seiner Jeans vergraben, und das Haar ist ein wildes Durcheinander, als wäre er die ganze Nacht mit den Fingern hindurchgefahren. Langsam, fast zögerlich kommt er auf mich zu. Innerlich verkrampfe ich mich, sehe noch immer den tobenden Niall vor mir, der nichts mit dem Mann gemein hatte, in den ich mich verliebt habe. »Darf ich?«, fragt er sanft und deutet auf den Platz neben mir. Ich nicke perplex, die Hand noch immer schützend über meinem Bauch.

»Wie hast du mich gefunden?«, frage ich neugierig, denn mir will nicht in den Kopf, wie er ausgerechnet hierhergekommen ist.

»Ich war in deiner Wohnung, deinem Lieblings-Café und sogar vor Bloomingdale's. Erst später erinnerte ich mich an das, was du mir damals in Kent erzählt hast. Dass du, wenn dir die Welt zu groß erscheint und du einen Platz der Ruhe brauchst, hierherkommst.«

Es rührt mich, dass er sich daran erinnert, dass er anders ist als die anderen Männer, die meist nur mit einem Ohr zuhören. »Das Schloss ist mit einem Code geschützt«, meine ich skeptisch, bis es klick macht. »Jenna. Natürlich«, schlussfolgere ich, und er nickt schließlich. Dann wird es still, es ist diese erdrückende, peinliche Stille. Er kennt nun die Wahrheit und ist ausgerastet. Es hat mich erschrocken und mein Bild von ihm verändert. Ich war mir hundertprozentig sicher, dass er verständnisvoller reagieren würde. Um ihm nicht in die Augen zu sehen, die nun so hell sind wie flüssiges Karamell, blicke ich auf meine Füße.

Niall seufzt, kommt auf mich zu und setzt sich neben mich. Wieder Stille, als müsste er sich erst überlegen, wie er das Gespräch anfangen soll. »Es tut mir leid«, flüstert er, und seine Worte klingen ehrlich, ohne einen wütenden Unterton. Weil ich mich nicht stark genug fühle, um ihm in die Augen zu sehen, blicke ich auf meinen Bauch, über den ich noch immer zärtlich streiche. »Ich habe dich und deine Mutter schreien gehört, und da du von Anfang an durch den Wind warst, wollte ich nach dir sehen. Ich bin gerade an der Tür erschienen, als du gesagt hast, dass du schwanger bist.« Wieder keine Wut zu hören oder zu spüren, als hätte ich mir den rasenden Niall auf der Party nur eingebildet. Da ich noch immer nichts sagen kann, redet er einfach weiter. »Es war, als würde mich ein Bulldozer überrollen und mir die Luft zum Atmen rauben. Es hat mich gekillt, dass ich es in einem Streitgespräch zwischen dir und deiner Mutter erfahren habe und dass es jeder gewusst hat außer mir.«

»Wie meinst du das?«

»Philip hat heute Mittag etwas angedeutet, dass sein bester Freund ein Recht darauf hätte, es zu erfahren. Ich wusste, dass er mich meint, aber er hat sich herausgeredet, dass es sich um Lex handelt. Wie dem auch sei. Ich habe ein Ventil für meine Wut darüber gebraucht, wie ich es erfahren habe, und für meine Angst. Deshalb habe ich Philip in den Arsch getreten.«

»Ich habe gehört, das tust du öfter.« Endlich bringe ich den Mut auf, ihm in die Augen zu sehen, und wundere mich erneut, wie er es schafft, mein Herz zum Rasen zu bringen. Nur weil er hier neben mir sitzt und so verführerisch nach Niall duftet.

»Wir sind wie Brüder, wir zicken nicht rum, sondern hauen uns in die Fresse, und dann ist alles wieder gut.« Auch wenn wir noch immer nichts geklärt haben und ich noch immer verletzt bin, muss ich unweigerlich lachen. Plötzlich legt Niall seine Hand ebenfalls auf meinen Bauch und sucht meinen Blick – und das, was ich in seinen Augen sehe, lässt mein Herz schmelzen.

Kapitel 16

Niall

Das Eis, das sich über uns gelegt hat, schmilzt dahin, als ich in ihre Augen sehe.

»Es tut mir leid«, flüstere ich erneut mit belegter Stimme. Meine Hand ruht auf ihrem gewölbten Bauch, und ich frage mich noch immer, wie dumm ich sein konnte, nichts gemerkt zu haben. Mir ist doch aufgefallen, dass sie zugenommen hat, dass sie oft auf die Toilette muss, und als ihr Vater mir gratuliert hat, hätte es klick machen sollen, aber weit gefehlt. Stattdessen habe ich mich aufgrund dieses Schocks wie ein wilder Gorilla aufgeführt, habe Kylie vertrieben und sie verletzt. Dabei habe ich mir selbst geschworen, dass das nie passieren würde.

Wieder sehe ich auf ihren Bauch. Da drin. Unter ihrem Herzen wächst mein Kind. Unser Baby.

»Ich werde Vater«, murmle ich und komme mir wie ein Idiot vor. Natürlich weiß sie das schon, aber ich muss es aussprechen, es von mir selbst hören, sonst kann ich es nicht glauben. Kylie kichert über meine plötzliche Schüchternheit, wird dann aber wieder ernst.

»Ich muss mich auch bei dir entschuldigen, Niall.« Nun werde ich aber hellhörig, bis jetzt hat Kylie sich nie bei mir entschuldigt, auch wenn ich im Recht war.

»Wofür?« Mir will einfach nicht in den Kopf, was sie falsch gemacht haben könnte, wenn ich doch derjenige war, der alles vermasselt hat.

»Ich weiß es schon seit Wochen, war ebenso durch den Wind wie du. Nach langer Überlegung habe ich mich damals für eine Abtreibung entschieden.«

»Was?«, frage ich entsetzt, und ein Stich durchfährt meine Brust. Sie muss ganz schön verzweifelt gewesen sein, wenn sie das in Betracht gezogen hat.

»Ich hatte Angst und konnte mir nicht vorstellen Mutter zu sein. Ich wollte es nicht, also habe ich einen Termin in der Klinik vereinbart und bin dann mit Jenna hingefahren.«

»Wann?«

»Gleich nachdem sie aus den Flitterwochen zurückgekommen ist.« Das war die Zeit, in der Jane und ich kaum aus dem Bett gekommen sind. Ich habe rumgevögelt, während die Frau, die ich geliebt habe, voller Angst und Unsicherheit war. Die Frage, wie sie so eine wichtige Entscheidung fällen konnte, ohne mir Bescheid zu sagen, brennt mir auf der Zunge, doch ich lasse sie ausreden, es muss sie Kraft kosten, sich das alles von der Seele zu reden. »Bevor der Eingriff stattfinden sollte, hat die Ärztin einen Check gemacht, und ich habe überallhin gesehen, außer auf das Ultraschallbild vor meiner Nase.« Ihre ernste Miene wird durch ein Strahlen ersetzt, das ich so an ihr noch nie gesehen habe. »Dann hörte ich den Herzschlag des Babys und habe den Mut gefunden, auf den Bildschirm zu sehen, und da war es. Unser Kind. So vollkommen, so wunderschön, selbst als kleines Gummibärchen.« Unser Kind. Sie sagt es mit solch einer Selbstverständlichkeit, mit solchem Stolz, dass mir ganz warm ums Herz wird. Sie hatte Zeit, sich an ihre Situation zu gewöhnen, aber für mich fühlt es sich noch immer an, als hätte jemand Eiswasser über mich gegossen. Ich zittere und fühle mich rastlos.

»Und doch hast du es mir nicht gesagt.« Nun ist es raus, der Satz, der mir schon seit einer halben Stunde auf der Seele lastet.

»Ich habe es versucht, damals in der Küche meiner Eltern, dann rief dich Nikki an, und du warst weg. Gestern Abend wollte ich dir bei einem Tee auf der Couch alles erzählen, doch die Müdigkeit war stärker als mein Wille.«

Kylie macht Anstalten sich zu erheben, also stehe ich auf und reiche ihr meine Hand. »Lass mich dich nach Hause fahren, dann reden wir weiter, ja?«

Ich bringe sie nach Hause und nehme ihre Einladung an, bei einer Tasse Tee unser Gespräch fortzuführen. Den ganzen Weg über war es still, und sie sagt nichts, als sie das Getränk vorbereitet und vor uns auf dem Couchtisch abstellt. Nach einem tiefen Atemzug, der sich schwer anhört, als müsste sie Mut sammeln, fährt sie schließlich fort.

»Wenn du nichts mit dem Baby zu tun haben willst, ist das auch in Ordnung. Wir beide haben weder drüber geredet noch es geplant, es war einfach Schicksal. Es ist sicherlich ein Schock für dich, war es für mich auch, aber ich will dieses Baby, mehr als alles andere auf der Welt. Ich werde vielleicht nicht die perfekte Mutter sein, aber ich werde alles tun, um meinem Sohn oder meiner Tochter ein glückliches Leben zu bieten.«

Ihre Worte berühren mich auf einer Ebene, die ich kaum fassen kann. Diese Frau, deren Mutter eher kalt auf mich wirkt, strahlt eine solche Willensstärke und Liebe für ihr Kind aus, dass es mir unmöglich ist, sie nicht anzustarren. Ich musste nie eine Entscheidung treffen, denn für mich ist es selbstverständlich, dass ein Kind nichts an meinen Gefühlen für sie ändern wird. Vor ein paar Tagen habe ich selbst darüber nachgedacht, wie meine Zukunft mit Kylie aussehen würde, und da spielten Kinder eine große Rolle. Ich wollte immer schon Vater werden, wenn mir die Richtige über den Weg läuft, und bei Kylie fühlt sich alles richtig an.

»Ich werde immer für dich da sein, das verspreche ich. Natürlich muss ich das alles erst einmal verdauen …« Es ist erstaunlich, wie leicht mir diese Worte über die Lippen kommen, obwohl ich eine Scheißangst habe, weiß ich, dass ich die richtige Entscheidung treffe. Begleitet von wildem Herzklopfen, nehme ich ihre Hand und drücke sie sanft. Wie weich und perfekt sie sich in meinen großen Händen anfühlt. Sie mag zwar zerbrechlich und zart aussehen, aber diese Frau ist die stärkste Person, die ich jemals kennenlernen durfte. »Aber ich will das Baby, dich und ein Leben mit dir. Wenn ich mit dir zusammen bin, fühle ich mich, als wäre die Welt ein besserer Ort, als würde meine rastlose Seele endlich zur Ruhe kommen.« Ich liebe diese Frau, sage es aber nicht, weil ich einfach Schiss habe, sie zu vergraulen. Kylies Augen füllen sich mit Tränen, doch sie sitzt noch immer stocksteif da und sieht mich an. »Unser Baby wird die schönste Mutter und den stolzesten Vater haben. Ich bin da. Immer.«

Ein Schluchzen entgleitet ihrer Kehle, in dem Moment löse auch ich mich aus meiner steifen Haltung, die ich das ganze Gespräch über gehabt habe. Die Unsicherheit, das Verheimlichen und die Wut sind fort und lassen für nichts anderes Raum als Liebe. Ich ziehe Kylie auf meinen Schoß und nehme sie in den Arm, drücke sie fest und doch behutsam an meine Brust. Ihr herrlicher exotischer Kiwiduft erfüllt meine Nase und lässt mich die Augen schließen. Hier bin ich zu Hause. Diese Frau ist alles, was ich brauche. Kylie weint noch immer, schluchzt meinen Namen, was mein Herz schmelzen lässt. Ich lasse ihr die Tränen. Sie muss Angst vor meiner Reaktion gehabt haben, was selbstverständlich ist, und ich habe mich wie ein Vollidiot aufgeführt. Aber jetzt bin ich für sie da, und nichts wird mich von ihr fernhalten können.

Eine ganze Weile schmiegen wir uns aneinander, und als wir beide müde werden, legen wir uns nebeneinander auf die gemütliche Stoffcouch, halten einander fest und fallen in einen tiefen Schlaf. In dieser Nacht träume ich von meinem Dad und dem Moment, in dem er uns verlassen hat. Spüre die Verzweiflung, die Tränen und den Schmerz, den sein Verschwinden mit sich getragen hat. Wie damals laufe ich seinem alten Volvo nach, bis meine Füße schmerzen und ich erschöpft auf die Knie falle. Plötzlich höre ich eine weibliche Stimme, die meinen Namen flüstert. Ich kenne sie und bin ich wieder erwachsen. Trage einen Anzug und sehe auf einen kleinen Jungen, der mit offenen Armen auf mich zuläuft. Bevor ich ihn an mich drücken kann, wache ich auf.

»Hey«, haucht Kylie an meinem Ohr und sieht zu mir hoch. Sie liegt neben mir, die Hand auf meiner Brust, und ihre bernsteinfarbenen Augen sehen besorgt aus. »Geht's wieder?«

Ich nicke, fahre mit der linken Hand übers Gesicht, fühle die Stoppeln an meinen Wangen und dem Kinn. Ein kratzendes Geräusch folgt meiner Bewegung, und ich verziehe die Miene. Ich muss mich dringend rasieren.

»Wehe dir«, knurrt Kylie, und ihre Augen werden dunkel.

»Was?«

»Rasieren kommt gar nicht infrage.«

Auch wenn mein Herz von dem Traum noch immer wild schlägt, schmunzle ich. »Ach ja? Gefällt dir das?« Ich zieh sie auf mich – genau so, dass ich ihr direkt in die Augen sehen kann. Kylie keucht überrascht auf, hat aber nichts dagegen. Ihre Finger gleiten zu meinen Wangen, über die sie zärtlich streichelt.

»Ich liebe es, wie sich diese Stoppeln auf meiner Haut anfühlen«, schnurrt sie und sieht mich herausfordernd an.

»Und ich dachte immer, ihr Frauen liebt eine Haut glatt wie ein Babypopo.«

»Ich weiß zwar nicht, mit welchen Frauen du bis jetzt zu tun hattest, und ich will es sicher nicht wissen. Aber ich liebe es, noch am nächsten Tag zu spüren, wo du dich ausgetobt hast.« Ihre Worte haben eine unglaubliche Wirkung auf meinen Körper. Mir wird heiß, mein Schwanz wird hart, und ich kann es kaum erwarten, dass sie meinen Namen stöhnt.

»Na, dann lass ich dir mal eine Kostprobe da, was dich ab heute Nacht immer erwarten wird.« Dann küsse ich sie. Ihre Lippen, die Brüste, ihre Scham und jeden Winkel ihres Körpers. So lange, bis sie zweimal kommt und erschöpft einschläft.

Als mein Wecker um fünf Uhr läutet, hätte ich zum ersten Mal in meinem Leben am liebsten auf die Snooze-Taste gedrückt. Kylie murmelt etwas an meiner Brust, was ich nicht verstehen kann, und schmiegt ihren nackten Körper an meinen, der sofort wach ist. Es hat etwas Heißes an sich, dass sie völlig entblößt ist und ich komplett angezogen bin. So gerne ich meinen Kopf zwischen ihren Schenkeln vergraben und ein gutes Frühstück genießen möchte, muss ich in meine Wohnung, um zu duschen und mich anzuziehen. Gerade als ich mich von diesem schlafenden Engel lösen will, vibriert mein Smartphone erneut, doch es ist nicht der Wecker, sondern eine Nachricht von meinem besten Freund.

Philip: Hey, du Arsch. Ich hoffe, du hast dich eingekriegt und alles mit Kylie besprechen können, denn ich brauche dich. Jetzt. Meiner Mom geht es nicht gut. Wir treffen uns um sechs am Flughafen.

Sofort setze ich mich auf, vielleicht zu hastig, weil Kylie plötzlich die Augen öffnet und mich anblinzelt. »Alles klar?«, fragt sie verschlafen und reibt sich über die Augen. Die Decke, die auf der Couch gelegen hat und mit der ich uns in der Nacht zugedeckt habe, gleitet von ihrem Körper und entblößt ihre prallen, perfekt rosigen Brüste.

»Irgendetwas ist mit der Königin. Phil und ich fliegen nach Galen.«

»Oh«, meint sie etwas traurig, aber ich weiß nicht, was sie traurig stimmt, der Umstand, dass Phils Mutter etwas geschehen sein könnte oder dass ich fort muss. Sie steht auf, als ich meine Schuhe anziehe und zu meinem Mantel eile. Kylie ist noch immer nackt und steht selbstverständlich und vollkommen vor mir. Wir haben einen Grat an Vertrauen erreicht, an dem es keine Scham gibt.

»Pass auf dich auf«, haucht sie mit belegter Stimme.

»Ich bin bald wieder bei euch«, flüstere ich und küsse sie auf die noch immer geschwollenen Lippen. Dann gehe ich in die Hocke und streichle über ihren Bauch. Nun ist es Kylie, die mich am Kragen packt, gegen die Wand drückt und ihre Lippen auf meine presst. Ihr Kuss ist hungrig und vielleicht ein wenig verzweifelt.

»Damit du mich nicht vergisst«, flüstert sie, als sie mich schwer keuchend loslässt. In diesem Moment sieht sie wunderschön aus, das Haar zerzaust, was auf meine Kappe geht. Die Wangen gerötet vor Lust, die auch mich erfüllt, und die Augen so klar, so warm wie noch nie zuvor. In meiner Brust wird es warm und eng zugleich. Es schmerzt, sie wieder allein zu lassen, nicht jeden Tag mit ihr aufzuwachen, aber ich will, dass sie weiß, dass ich jede Sekunde an sie denken werde.

»Ich liebe dich«, raune ich, und keine Worte haben sich je richtiger angefühlt.

Kylie hält den Atem an, und ihre Arme um meinen Nacken versteifen sich kurz. Sie blickt kurz zur Seite und dann wieder in meine Augen. Ich weiß, dass sie ebenso empfindet wie ich, das spüre ich, deshalb erwarte ich keine Antwort, sondern küsse sie erneut. Zärtlicher, weicher, als müsste ich ihr auch mit meinen Lippen beweisen, wie tief meine Gefühle für sie gehen.

»Mach's gut«, flüstere ich schließlich und löse mich mit schwerem Herzen von ihr. Kylie lächelt mich einfach nur an, noch immer sprachlos von meinem Liebesgeständnis. Plötzlich scheint sie sich an etwas zu erinnern und eilt zu ihrer Handtasche, die auf dem Küchentresen steht. Sie zieht einen Umschlag daraus und reicht ihn mir.

»Mach es später auf«, flüstert sie und küsst mich auf die Wange. Als sie die Tür hinter mir schließt, lege ich den Hinterkopf sacht darauf und atme tief durch, brauche einen Moment, um mich zu sammeln. Dann höre ich einen dumpfen Schlag hinter mir, als würde Kylie das Gleiche tun wie ich. Ich lächle breit und löse mich von ihrer Tür.

Im Aufzug öffne ich den Umschlag, auf dem mein Name steht, und ziehe ein schwarz-oranges Foto heraus. Zuerst fällt es mir schwer, etwas darauf zu erkennen, aber nur kurz. Denn das, was ich nun sehe, lässt meine Augen feucht werden. Es ist das Ultraschallbild unseres Kindes. Man kann schon die Gesichtszüge erkennen, und es sieht fast so aus, als würden sich die Mundwinkel heben, als würde es mich anlächeln. Ich lächle, und ein Schluchzen bahnt sich an die Oberfläche. Ich werde Vater, und trotz des Schocks, der Angst, die ihre Klauen nach mir ausstreckt, ist dieses Bild das Schönste, was ich jemals gesehen habe. Zwar bin ich traurig, dass Kylie und ich nur zwei Tage miteinander hatten, bevor mein Job mich wieder von ihr fortreißt, aber ich weiß, dass ich bald wieder bei ihr sein werde. Ihr und unserem Baby.

Kapitel 17

Kylie

Zwei Wochen ist Niall nun schon in Galen, da die Königin einen Schwächeanfall hatte. Jenna und ich sind beide betrübt darüber, unsere Männer, wie wir sie gerne nennen, nicht zu sehen. Niall lässt keinen Zweifel daran, dass seine Worte ernst gemeint waren. Jeden Tag bekomme ich mindestens einen Anruf oder eine Nachricht, in der er mir sagt, wie sehr er mich vermisst und was er alles mit mir anstellen würde, sollte ich in seiner Nähe sein – und auch wenn ich diese Chats, das Geplänkel mit ihm liebe, ist er doch nicht da.

Während Jenna mit ihrer Schwester auf eine Filmpremiere geht, treffe ich mich heute Abend mit Carrie, die kurz vor der Entbindung steht. Morgen ist mein Kontrolltermin, und die Vorfreude darauf lässt mich fast schweben. Ich befinde mich in der zwanzigsten Schwangerschaftswoche, mitten im zweiten Trimester – und auch wenn ich dachte, die Zeit würde magisch werden, voller Vorfreude und Glück, meint es das Schicksal nicht so gut mit mir. Die Übelkeit will einfach nicht vergehen. Könnte ich brechen, wäre das ein Silberstreif am Horizont, doch ich kann es einfach nicht. Es ist eine andere Art von Unwohlsein, das sich über den ganzen Tag erstreckt.

Zusätzlich habe ich schon zehn Kilo zugenommen, wobei das meiste Wasseransammlungen sind. Meine Füße sind derart geschwollen, dass ich keine Heels mehr tragen kann, geschweige denn Stiefel. Meine Schwestern sind zwar jeden Abend bei mir, versuchen mich abzulenken, aber meine Laune können selbst die meist gut gelaunten Zwillinge nicht heben. Ich vermisse Niall, mein altes Leben, das sich um Partys, Fashion-Shows und stundenlange Shoppingtrips gedreht hat. Jetzt verbringe ich meine Abende damit, Tee zu trinken, meine Schwangerschaftsbücher zu lesen und auf einen Anruf oder eine Nachricht von Niall zu warten.

Es ist ein erbärmliches Dasein, das ich so nie geplant habe, also werde ich heute Abend so richtig auf den Putz hauen. Habe mich geschminkt, obwohl ich bei meiner reinen Haut kaum Make-up brauche, habe nach stundenlanger Onlinesuche endlich ein Kleid gefunden, das meinen großen Bauch kaschiert, so gut es geht. Dazu habe ich mir bei Bloomingdale's flache, aber modische Schuhe gekauft, die perfekt zu dem türkisen Kleid, das mir bis über die Knie geht, passen. Meine Haare trage ich locker hochgesteckt und lege nur wenig Schmuck an. Mein Kleid ist schon Hingucker genug.

Ich fühle mich trotz der Gewichtsprobleme und des Unwohlseins gut und freue mich auf einen schönen Abend mit meiner Freundin. Carrie und ich treffen uns in einer angesagten, aber gemütlichen Bar, die ich noch nicht kenne. Was ein paar Wochen alles ausmachen! Sonst bin ich über die neuen Lokale bestens im Bilde. Ich habe das Gefühl, dass ich völlig weg vom Fenster bin. Selbst auf Social Media bin ich kaum unterwegs gewesen, weiß nicht, was meine Freunde, die auf der ganzen Welt verteilt sind, so treiben. Aber heute Abend werde ich das Leben genießen, wo ich nur kann. Denn in zwanzig Wochen kommt das Baby, und dann ist an Ausgehen oder Schlaf eine Weile nicht zu denken.

»Oh, mein Gott«, kreischt Carrie, als sie mich erblickt, und erntet einige Blicke von den anderen Gästen, aber ich ignoriere das, und wir versuchen uns zu umarmen, was bei unseren

Bauchumfängen ein Ding der Unmöglichkeit ist. Mittlerweile habe ich eine kleine Kugel bekommen. »Du siehst ja hammermäßig aus. Da komme ich mir wie ein gestrandeter Wal vor.« Sie deutet auf ihren großen Babybauch.

»Ach Quatsch. Du siehst auch klasse aus. Und vor allem kurz vorm Platzen«, kichere ich und lege meine Hand auf ihren Bauch.

»Ja, unser kleiner Prinz lässt sich etwas Zeit. Der Termin wäre diese Woche, aber es ist so gemütlich, dass er noch die Aussicht genießt.«

Lächelnd setzen wir uns einander gegenüber, Carrie trägt Leggins und ein weites schwarzes Umstandshirt, das mit Pailletten besetzt ist, kein Make-up, keinen Schmuck, als wäre ihr Bauch das beste Accessoire. Wie immer sieht sie natürlich schön aus. Von meinem Sitzplatz aus habe ich freie Sicht auf die Bar, wo schon etwas Gedränge herrscht, Carrie jedoch hat einen herrlichen Blick auf den ganzen Raum.

»Erzähl. Wo drückt der Schuh? Du hast am Telefon traurig geklungen.«

»Ach, vergiss es. Ist nicht so wichtig«, weiche ich aus, auch wenn ich es nur halbherzig meine. Ich würde gerne ihre Meinung zu meinen Problemen wissen, aber ich war auch früher schon nicht der Typ, der jedem seine Ängste offenbart. Es fühlt sich noch immer merkwürdig an, mit anderen über meine Gefühlswelt zu sprechen. Selbst bei meinen Schwestern habe ich mich stets bedeckt gehalten, nur Jenna wusste Bescheid, wie es in mir aussah. Seit der Schwangerschaft oder, besser gesagt, seit ich in Galen war, habe ich all diese neuen Menschen kennen und lieben gelernt. Philip und seine Familie, Jennas andere Freunde und Niall.

»Aber ich will es wissen. Vielleicht kann ich ein paar deiner Fragen beantworten. Immerhin kenne ich mich schon aus.« Ich seufze auf und nicke mit einem erleichterten Lächeln. Vielleicht tut es wirklich gut, sich alles von der Seele zu reden, denn auch wenn Jenna immer für mich da ist, weiß sie nicht genau, was ich durchmache. Der Kellner erscheint, und wir bestellen uns beide einen alkoholfreien Cocktail. »Also. Ich höre«, meint Carrie beharrlich, sieht mich abwartend an und lehnt sich entspannt zurück.

»Mir ist ständig schlecht. Selbst jetzt, wenn der Raum nach exotischen Getränken oder Gewürzen riechen würde, könnte ich es nicht genießen.« Carrie kichert, nickt aber verständnisvoll. Sie will mich nicht unterbrechen, also rede ich weiter. »Ich habe schon zehn Kilo mehr auf den Rippen, sehe aber aus, als wären es fünfzig. Meine Füße sind geschwollen, meine Oberschenkel doppelt so groß, und ich muss ständig pinkeln.« Ich rede mir meinen Frust von der Seele, und meine Freundin hört aufmerksam zu. Sie gibt mir das Gefühl, nicht allein zu sein, indem sie sagt, dass sie exakt durch das gleiche Szenario gegangen ist. Viele Schwangerschaften sind anders, aber es wird eine Zeit kommen, in der ich es genießen könnte, meint sie. Ich versuche ihr zur glauben, auch wenn es mir schwerfällt.

»Was ist mit Niall?«, fragt sie, nachdem wir jede meiner Fragen durchhaben und ich dreimal auf der Toilette war. Meine Schulter fühlt sich nun leichter an, als würde ich nicht mehr eine ungeheure Last durch die Gegend schleppen. Auch die Ängste vor dem weiteren Verlauf der Schwangerschaft sind weniger geworden.

»Er weiß es«, flüstere ich lächelnd und denke an unser Gespräch, das so falsch angefangen und romantisch geendet hat. Es ist diese Art von Grinsen, das man nur bei verliebten Teenies sieht, und Carrie zählt eins und eins zusammen.

»Na endlich!«, ruft sie aus, und wieder ist da der Blick der anderen Gäste, der auf ihr ruht, doch sie lässt sich nicht aus der

Ruhe bringen. Ich weiß allerdings nicht genau, was sie mit ihrer Aussage genau meint. »Endlich habt ihr zueinandergefunden, es war schrecklich, euch zu sehen, zu wissen, dass ihr zusammengehört, obwohl ihr zu blind dafür wart.«

»Ja, vielleicht haben wir etwas länger gebraucht als normale Menschen, aber dafür sind wir nun beide bereit.« Es sind große Worte, die ich da spreche, aber ich spüre es, dass das mit uns richtig ist.

»Wie hat er auf die Schwangerschaft reagiert?«

»Na ja. Zuerst ist er ausgerastet, hat sich mit Philip auf meiner Geburtstagsparty geprügelt und mich so wütend angesehen, dass ich von meiner eigenen Feier geflüchtet bin.«

»Mist! Da habe ich die ganze Action verpasst. Verdammte Grippe! Ich wäre gerne gekommen.«

»Glaub mir, es war nicht so prickelnd, dem Vater meines Kindes dabei zuzusehen, wie er Philip packt und ins Zimmer zerrt.«

»Oh. Das klingt nicht gerade toll, das tut mir leid.« Sie streichelt über meinen Handrücken.

»Danke, aber der Abend war kein totaler Reinfall. Niall hat mich später gefunden, als ich mich in der Galerie versteckt habe. Wir haben geredet und die Nacht miteinander verbracht.«

Ihre traurige Miene hellt sich augenblicklich auf. »Ihr hattet Sex? Wie schön. Das ist in der Schwangerschaft sehr wichtig. Wenn du glücklich bist, ist es das Baby auch.«

»Nein. Wir haben nicht miteinander geschlafen, aber alles andere.« Ich erröte leicht. Ich! Die Frau, die in ihrer wilden Jugend an einem Abend zwei Kerle aufgerissen hat. Carrie nippt an ihrem Cocktail.

»Das ist toll. Ich finde ja Niall ist …« Ihr Lächeln gefriert in ihrem Gesicht, als sie den Blick schweifen lässt und etwas hinter mir ihre Aufmerksamkeit erregt. Schnell sieht sie zu mir und müht sich zu einer freundlichen Miene.

«Was ist los?« Ich will gerade nach hinten blicken und die Ursache für ihre Reaktion erfahren.

»Nicht!«, flüstert Carrie und greift nach meiner Hand. Ihr alarmierter Ton überrascht und erschreckt mich zugleich. »Dreh dich noch nicht um, okay? Warte noch einen Moment.«

»Weshalb? Carrie, du machst mir Angst.« Ihre Kiefer mahlen, als sie erneut hinter mich sieht. So kenne ich die bodenständige und sonst ruhige Frau gar nicht.

»Hinter dir sitzt Niall mit einer Rothaarigen, und ich hoffe mal, dass sie seine Schwester ist, denn sonst …« Nikki ist brünett, soweit ich mich erinnere, da er sonst nur Brüder hat, kann es nicht sie sein.

«Du musst dich irren, er ist noch in Galen.« Trotz ihrer Bitte drehe ich mich um und suche den Raum nach einem Mann ab, der Niall ähnlich zu sehen scheint. Ich brauche nicht lange zu suchen, finde ihn zwei Tische weiter – und auch wenn ich mir gerne einreden möchte, dass das nur ein guter Doppelgänger ist, erkenne ich doch die Wahrheit. Es ist Niall, der über den Tisch greift und die Hand einer Rothaarigen ergreift und auf sie einredet. Sein Lächeln wirkt zaghaft, aber echt. Ich könnte mir jetzt einreden, dass es nicht so ist, wie es den Anschein hat, doch es wäre eine glatte Lüge. Das ist ein Date!

Wut überkommt mich, und ich bin kurz davor, aufzustehen und auf die beiden zuzugehen, ich will mich nicht ducken, mich nicht verstecken, aber mein Herz, das ich für diesen Mann zum ersten Mal in meinem Leben geöffnet habe, bricht und baut aus den Trümmern eine Mauer auf, die unüberwindbar werden soll. Dieser Schmerz, der meinen Brustkorb befällt, lässt mich kaum atmen. Meine Hände verkrampfen sich um den Tisch. Niall hält noch immer die Hand dieser Frau, was mich rotsehen lässt. Ihr Gesicht erkenne ich nicht, aber ihr wohlgeformter Körper ist noch ein Grund mehr, sie zu hassen und ihn ebenfalls.

»Entschuldige, ich muss gehen.« Ich bin nicht mehr die alte Kylie, die sofort eine Szene machen würde, ich bin nun verletzlicher und zu stolz, um ihn sehen zu lassen, dass ich kurz davor bin, in Tränen auszubrechen.

»Warte. Ich komme mit dir.« Carrie bezahlt die Rechnung und will mich begleiten.

»Nein!«, sage ich bestimmt, und sie erstarrt, ich muss mich wie die alte Version von mir anhören – die, die keinen an sich ranlassen wollte außer ihrer besten Freundin. »Bitte nicht. Ich möchte allein sein«, sage ich versöhnlicher. Meine Freundin nickt, wirft ihr schokoladenbraunes Haar über die Schulter.

»Bitte melde dich, sobald du zu Hause bist. Okay?«

»Mach ich. Danke.« Ich erhebe mich etwas umständlich, ziehe meine Jacke an und versuche so unauffällig wie möglich von hier wegzukommen, doch es wäre zu schön, um wahr zu sein. Gerade als ich ein letztes Mal zu diesem Mann sehe, der mir gesagt hat, dass er mich liebt und trotzdem Dates mit anderen Frauen hat, sieht er auf und erblickt mich.

Niall verstummt, und alle Farbe weicht aus seinem Gesicht, doch als eine verräterische Träne sich aus meinen Augen stiehlt, steht er sofort auf, um zu mir zu kommen. Panik breitet sich in mir aus, denn das Letzte, was ich jetzt will, ist, mit ihm zu reden. Sein Date lässt er einfach stehen und eilt zu mir, doch ich laufe aus der Bar, und zu meinem Glück fahren ein paar Taxis vorbei. Ich winke ihnen zu, und eins davon bleibt tatsächlich stehen. Ich steige außer Atem ein und nenne schnell meine Adresse, woraufhin der Fahrer den Wagen startet. Das Auto fährt gerade los, als Niall hinaus in die Kälte stürmt und mich entdeckt. Seine Lippen formen meinen Namen; als er dem Taxi nachläuft, sehe ich weg, will nicht in sein gequältes Gesicht sehen, denn es sieht fast echt aus. Die Heimfahrt ist die reinste Hölle, da ich die Tränen zurückhalte, weil ich nicht vor einem fremden Taxifahrer heulen will. Noch nie habe ich öffentlich Tränen vergossen, außer den Freudentränen auf Jennas Hochzeit – nicht mal, als ich halb nackt aus Mitchells Apartment geflohen bin.

Erst als ich in meine Wohnung komme, die Schuhe von meinen Füßen schleudere, mich erschöpft und zutiefst gedemütigt auf die Couch sinken lasse, lasse ich die Tränen zu, die mein Make-up ruinieren. Ich blicke an mir hinab, auf das überteuerte Kleid, auf dem die schwarze Mascara schwarze Punkte auf dem hellen Stoff hinterlässt. Zu der Traurigkeit breitet sich eine ungeheure Wut in mir aus. Ich gehe ins Badezimmer und sehe auf die blasse Frau im Spiegel, die ich sein soll. Auch wenn ich mir Mühe mit meinem heutigen Outfit gegeben habe, erkenne ich mich nicht wieder.

Das glamouröse Mädchen, das ich früher war, ist nicht mehr da, obwohl ich ihr noch immer nachtrauere, sie zurückhaben will. Denn nun haben andere Dinge Vorrang als früher. Anstatt Partys genieße ich die Filmabende mit Freunden und meinen Schwestern, mit denen meine Beziehung immer besser wird. Statt auf Fashion-Shows gehe ich nun gerne durch Möbelgeschäfte, auf der Suche nach einem antiken Babybettchen. Zwar habe ich meinen sozialen Status eingebüßt, aber dafür bin ich glücklich, oder ich war es, bis ich Niall mit einer anderen gesehen habe.

Ich löse meinen Haarknoten, pfeffere das Kleid in den Wäschekorb, ziehe mir eine Umstandsyogahose und ein weites Shirt an. Ich wasche mein Gesicht und entferne das Make-up vollständig. Und als ich meine milchig weiße Haut betrachte, sehe ich mich. Die Frau, die Mutter, die ich sein möchte. Die Frau, zu der ich eigentlich immer werden wollte, eine, die sich nichts von ihrer Mutter sagen lässt und ihr Leben lebt. Auch wenn ich traurig, wütend und verletzt bin, stiehlt sich doch ein Lächeln in mein Gesicht, da ich nun endlich weiß, wer ich bin.

»Kylie! Bitte mach auf«, höre ich Niall rufen, gefolgt von Klopfen an der Tür. Ich erschrecke so sehr, dass mir das Wattepad aus den Fingern gleitet. Mein Herz hämmert wie wild gegen meine Brust, teils aus Wut, teils aus Sehnsucht, aber ich denke nicht dran aufzumachen. Der soll mal schön bleiben, wo der Pfeffer wächst. Ich bin Kylie Blair-Woodward, und ich lasse mich nicht für dumm verkaufen, dafür bin ich einfach zu stolz.

»Verschwinde!«, brülle ich aus dem Badezimmer und trage meine Nachtcreme heftiger auf als sonst.

»Bitte. Ich will dir alles erklären.«

»Egal was du sagst, es wird nichts daran ändern, dass ich nichts mehr mit dir zu tun haben will«, zische ich dann die Haustür an, als ich aus dem Badezimmer trete. Ich will ins Schlafzimmer gehen und die Tür zuknallen, aber als wäre Niall ein Magnet, zieht es mich zur Tür. Ich höre seinen keuchenden Atem, als wäre er hierhergerannt. Ich lege meine Hand auf die Haustür, fühle mich schrecklich. Einerseits vermisse ich ihn, dass es körperlich wehtut, andererseits lasse ich nicht mit mir spielen, also siegt die Wut.

»Ich werde hier nicht weggehen, bis du mir zugehört hast.«

Niall war immer ein Mann, der zu seinem Wort gestanden hat, zumindest habe ich das früher gedacht. Ich glaube ihm, wenn er sagt, dass er die ganze Nacht vor meiner Tür stehen würde. Aber ich habe Nachbarn und muss ihn so schnell wie möglich loswerden. Ich hoffe ja, dass meine Schwestern schon die Stadt unsicher machen und dieses Drama nicht mitbekommen.

»Na gut!«, knurre ich fuchsteufelswild, als ich wieder an die Rothaarige mit dem perfekten Körper denke und wie er ihre Hand berührt hat. »Du willst reden? Schön! Richtig oder Falsch? Bist du früher aus Galen angereist und hast mich belogen?«

»Ich wollte dich überraschen und …«, setzt er an, doch das wäre ja noch schöner.

«Richtig oder Falsch, Niall!«, zische ich wie eine Furie, aber das ist mir egal. Ich habe langsam keine Geduld mehr.

»Richtig«, sagt er schließlich, als würde er alles tun, damit ich mich nicht von ihm abwende, dass ich ihn nicht verlasse.

»Hast du mit dieser Frau geschlafen?«

»Nein!«, sagt er wie aus der Pistole geschossen.

»Ich habe das nicht auf heute Abend bezogen. Hattest du mal was mit ihr?« Das Warten auf eine Antwort kommt mir wie eine Ewigkeit vor.

»Ja, das hatte ich, aber das war, bevor ich von dem Baby erfahren habe.«

Der Gedanke, dass Niall mit dieser Frau geschlafen hat, lässt mich vor Schmerz nach Luft schnappen. Ich habe immer gedacht, er wäre ein anständiger Kerl, nicht ein Arsch, der seinen Schwanz in jeder Frau versenken möchte. Ich dachte, dass er anders ist, doch sie sind alle gleich.

»Geh«, flüstere ich kraftlos und lehne die Stirn gegen die Tür, schließe die Augen und lege meine Hand über mein schmerzendes Herz in der Hoffnung, es würde mich nicht in die Knie zwingen wollen.

»Ich kann nicht«, flüstert er dicht an der Tür, als würde er mir genau gegenüberstehen.

»Ich habe dir nicht gesagt, dass ich heute gelandet bin, weil ich dich morgen früh überraschen wollte.«

»Das glaube ich dir. Du wolltest mit dieser Frau mit dem heißen Körper schlafen und dir bei mir einen Nachschlag holen, aber da hast du dich geschnitten, McKenna! Ich bin keine Frau für halbe Sachen.«

»Das weiß ich doch! Lass mich bitte ausreden.« Ich verstumme, obwohl er es nicht verdient hat, aber wenn ich jetzt einfach gehe, werde ich es bereuen, das weiß ich. »Jane und ich haben uns in den Flitterwochen von Phil und Jenna kennengelernt. Das war, nachdem du mir gesagt hast, dass ich nur ein Fick für dich war. Ich war wütend und einsam. Wir begannen eine Affäre, ohne darüber zu reden, was wir füreinander sind. Danach haben wir uns nur ab und zu getroffen, doch als das mit dir und mir ins Rollen gekommen ist, habe ich sie schlichtweg vergessen. Ich wollte dich so sehr, Kylie, dass ich alles ausgeblendet habe.«

Ich schließe die Augen, blinzle die Tränen weg, die erneut über mein Gesicht perlen.

»Letzte Woche hat sie sich wieder und wieder gemeldet, und ich habe nur geantwortet, dass ich mit ihr reden möchte. Ich wollte es ihr schonend beibringen, dass ich mich für eine andere Frau entschieden habe. Ich würde das nie übers Telefon machen, das hat sie nicht verdient. Sie hat wegen der Zurückweisung geweint. Als ich sie aufmuntern wollte, hast du uns entdeckt, und ich bekam Panik, weil ich wusste, dass du es falsch verstehen würdest. Also bin ich dir nachgelaufen, da ich dich nicht verlieren will. Bitte glaub mir, ich habe es ernst gemeint, als ich dir gesagt habe, dass ich dich liebe. Dich und unser Baby.« Mein Herz schmilzt, als er *unser Baby* sagt – mit solcher Wärme in seiner Stimme. »Ich trage das Ultraschallbild immer mit mir herum und sehe es mir jeden Tag an, denn so ein Gefühl in mir habe ich noch nie gespürt, wie wenn ich es betrachte.«

Eigentlich sollte ich gehen, ihn einfach mit der Tür sprechen lassen, aber ich kann nicht, denn auch wenn ich ihn gerne hassen will, kann ich es nicht und darf es auch nicht.

»Ich überlege, wie sie oder er aussehen wird, ob ich ein guter Vater sein werde und wie ich dich unterstützen kann, damit auch du zur Ruhe kommen kannst. Ich will das, Kylie. Diese Zukunft mit dir, eine Familie gründen und mit dir alt werden.«

Noch immer weine ich stumm, finde keine Worte mehr. Seinem Atem lauschend lege ich die Hand auf meinen Bauch, und dann spüre ich es. Zum ersten Mal spüre ich einen Tritt gegen meine Bauchdecke. Ich bin so überrascht, überwältigt von diesem Gefühl und gleichzeitig so traurig, dass ich diesen Moment nicht mit Niall gemeinsam erleben darf, dass ich mich einfach umdrehe und den Mann, der mir das Herz gebrochen hat, vor meiner Tür stehen lasse.

Kapitel 18

Niall

Ich höre die Tür dumpf ins Schloss fallen und weiß, dass ich verloren habe. Kylie will mir nicht mehr zuhören, will nichts mehr mit mir zu tun haben. Wäre ich ein klügerer, ein besserer Mann, hätte ich diese Überraschungsscheiße gelassen und ihr reinen Wein eingeschenkt, aber ich wollte diese Sache mit Jane schnell über die Bühne bringen. Das mit uns war nie etwas Ernstes, sie war eher der Lückenbüßer, der sich aber mehr erhofft hat. Jane hat es verdient, dass ich mich persönlich von ihr trenne.

Ich sinke erschöpft zu Boden, lehne mich mit dem Rücken gegen ihre Haustür und starre an die Wand vor mir. Viele Gefühle wirbeln durch mich hindurch. Ich bin wütend auf mich selbst, enttäuscht, dass Kylie mir nicht glaubt, und verzweifelt, weil ich Angst habe, dass ich sie für immer verliere. Diesen Abend habe ich mir definitiv anders vorgestellt. Ich wollte meine Süße überraschen, sie küssen und verwöhnen, bis wir uns nah sind, dass kein Laken mehr zwischen uns passt, und wir uns lieben können wie damals in Galen. Doch nun sitze ich auf dem kalten Boden, höre dumpf in einer Wohnung Weihnachtssongs und verfluche die ganze Welt.

Plötzlich öffnet sich die gegenüberliegende Tür und sehr hohe High Heels erscheinen im Sichtfeld neben mir. Ich hebe den Kopf und erblicke Kylies Schwester Faye, die mich verwundert ansieht. »Was zum Henker, machst du denn da?« Charmant wie immer, die Woodward-Mädels.

»Ich hänge ab. Sieht man das nicht?«, schnaube ich genervt, fühle mich nicht mal schuldig, Kylies Schwester anzuschnauzen. Sie verdreht die Augen, was in ihrem edlen und doch freizügigen Outfit eher komisch aussieht. Gleich hinter ihr betritt auch Charly den Flur und sperrt die Wohnung ab.

»Niall? Hat dich dein Frauchen vor die Tür gesetzt?«, kichert die jüngere, aber nicht weniger hübsche Schwester. Im Gegensatz zu Faye, die wie ein Filmstar aussieht, trägt Charlotte Lack und Leder. Ein Rockstar mit blonden Haaren. Da ich ihnen nicht antworte, seufzen beide fast gleichzeitig auf und lassen sich links und rechts von mir zu Boden gleiten.

»Erzähl mal. Was ist los?« Nun ist Fayes Stimme versöhnlicher, mitfühlender, ein Ton, den ich so nicht von ihr kenne. Langsam wende ich mich den beiden zu. Keine der Woodward-Ladys belächelt mich und meine Situation, eher sehe ich ernsthafte Sorge in ihrem Blick. Sogar in Fayes.

Auch wenn die beiden vielleicht die Letzten sind, mit denen ich darüber sprechen sollte, gebe ich mir einen Ruck und erzähle ihnen von diesem Tag, der eigentlich gut angefangen, aber schrecklich geendet hat. Charly ist die Erste, die das Wort ergreift, nachdem es eine Weile still war.

»Durch die Schwangerschaft ist Kylie viel feinfühliger geworden. Ich glaube dir, finde es richtig, dass du dich persönlich von dieser Jane trennen wolltest, doch du hättest es Kylie sagen sollen. Dann wäre sie trotzdem eifersüchtig, aber es hätte sie nicht so kalt erwischt.«

»Sie hat keinen Grund, eifersüchtig zu sein. Ich will niemand anderen als eure Schwester und unser Baby.«

»Du nimmst die Schwangerschaft ziemlich locker auf«, meint Faye und inspiziert, ihre manikürten Nägel, doch ihr Zweifel ist in ihrer Stimme zu hören.

»Natürlich war es ein Schock für mich, aber seit ich Kylie kenne, habe ich selbst daran gedacht, eine Familie mit ihr zu gründen. Dass es so schnell geht, hätte ich allerdings nicht erwartet.«

»Das hat keiner von uns«, sagt Charly und vergräbt ihre Hände in den Taschen ihrer Lederjacke. »Kylie war immer unser Vorbild, auch wenn wir es nie zugegeben hätten. Wir haben zu ihr aufgesehen, weil sie trotz Mums Einwänden ihren Weg gegangen ist. Sie hat sich ein Leben aufgebaut, während wir in Saus und Braus gelebt haben«, meint Faye, und ihre Bewunderung höre ich deutlich heraus. Sie scheint ja doch nicht so ein harter Brocken zu sein, wie alle glauben.

»Ja, eure Mum ist echt eine Persönlichkeit«, sage ich und lege meinen Unterarm auf meine angewinkelten Knie.

»Ja, sie ist anstrengend, aber in achtzig Prozent der Fälle meint sie es gut.«

»Was wir dir sagen wollten«, meint Charly und lenkt das Thema wieder zu Kylie und mir. »Unsere Schwester verliebt sich nicht so leicht, wobei ich mir sicher bin, dass du der Erste bist, der solche Gefühle in ihr geweckt hat. Gib ihr etwas Zeit, und rede dann mit ihr. Wir glauben dir – und sie wird es auch.« Die aufbauenden Worte lassen mich wieder freier atmen. Schüren Hoffnung in mir, an die ich mich klammere wie ein Ertrinkender an einem Strohhalm.

»Danke«, murmele ich, als die beiden Mädels sich wieder erheben und den Hintern abklopfen, um den nicht vorhandenen Staub loszuwerden. Beide stehen nun vor mir, sehen auf mich hinab, und in beiden sehe ich etwas von Kylie. Faye hat den Stolz und Charme, Charlotte die Intelligenz und Kühle. Ihre Haltung hat nichts Arrogantes an sich, sie scheinen sich damit sofort abgefunden zu haben, dass ihre Schwester in einen Bodyguard verliebt ist.

»Mach, dass du nach Hause kommst. Schlaf ein wenig, und warte ab. Sie wird schon zur Vernunft kommen und dich ausreden lassen.« Es ist Faye, die mich mit einer scheuchenden Bewegung loswerden will. Ich lächle beide dankbar an und folge ihnen hinaus in die kalte Winternacht.

In meiner Wohnung ist an Schlaf nicht zu denken. Es ist, als hätte sich das Bild der weinenden Kylie für immer in mein Gedächtnis gebrannt. Selbst nach einem intensiven Work-out, bei dem ich fast meine gesamte Körperflüssigkeit durchs Schwitzen losgeworden bin, fühle ich mich noch immer mies und einsam. Die Dusche entspannt schließlich meine verkrampften Muskeln, und auch mein erhitztes Gemüt kommt ein wenig zur Ruhe. Nach einem Mitternachtssnack schnappe ich mir mein Handy und meinen Laptop und krieche etwas erschöpft in mein zu großes Bett.

Das Smartphone lasse ich bewusst auf dem Nachtkästchen, da sonst die Versuchung, Kylie zu schreiben, zu stark wäre, also starte ich den Laptop und tippe »Schwangerschaft« bei Google ein. Ich weiß nicht, was ich suche, also klicke ich mich durch die Seiten. In den meisten Artikeln wird mit Bildern oder sogar Videos erklärt, was in den jeweiligen Schwangerschaftswochen im Bauch der werdenden Mutter vor sich geht. Einiges verstehe ich nicht, vieles erschreckt mich, und als ich mich so durch die Wochen wühle und schließlich zur Geburt komme, bin ich mir nicht sicher, ob ich einen Scotch oder etwas Stärkeres brauche.

Was Frauen alles mitmachen müssen, bis sie das Kind in den Armen halten dürfen, ist bewundernswert und etwas eklig. Ich habe mich noch nie mit diesem Thema auseinandergesetzt, habe aber früher gedacht, dass der Bauch einfach dicker wird und irgendwann das Baby aus dem Bauch ploppt. Doch ich habe mich geirrt. Sehr sogar. Nun sehe ich vieles anders, habe einen enormen Respekt vor allen Müttern. Ein paar Stunden lese ich mich durch Berichte und welche Komplikationen auftauchen könnten, um für jede Eventualität vorbereitet zu sein. Irgendwann bin ich ausgetrocknet und hole mir eine Flasche Wasser aus dem Kühlschrank, die ich sofort leere.

Diese Recherche hat mich in vielerlei Hinsicht wachgerüttelt. Erstens werde ich morgen meine Mom anrufen und ihr sagen, wie lieb ich sie habe und vermisse. Immerhin war ich ein dicker Brocken, als ich auf die Welt gekommen bin. Das hat sie mir in meiner Kindheit öfter gesagt, und nun wird mir auch klar, warum. Das mussten ungeheure Schmerzen gewesen sein. Zweitens nehme ich mir fest vor, mehr über das Thema »Babys« zu erfahren, und bestelle mir einige Bücher für Väter. Sogar einen Band mit dem Titel *Vaterschaft für Dummies*. Drittens schwöre ich mir selbst, dass, egal wie es mit Kylie oder mir weitergeht, ich immer für sie da sein werde. Sie zu Arztterminen begleiten und ihre Hand halten werde, wenn sie Schmerzen hat.

Weil ich ihr nichts von Jane und meiner Rückkehr gesagt habe und mich das schlechte Gewissen plagt, beschließe ich Kylie ein Geschenk zu besorgen. Nach zwei Stunden unruhigen Schlafs wache ich trotzdem fit um fünf Uhr früh auf. Der Schlafmangel wird sich sicher erst am Nachmittag bemerkbar machen. Nach einer kurzen Dusche, ziehe ich mich an und lese ein wenig in der Zeitung, als plötzlich jemand an der Tür klopft. Ich runzle die Stirn, da ich niemanden erwarte und Phil generell immer Bescheid sagt, bevor er herkommt.

»Brüderchen!«, kreischt Nikki gut gelaunt und fällt mir um den Hals. Verwirrt blicke ich auf die offene Tür, bin zu überrumpelt, um überhaupt etwas zu sagen.

»Was machst du hier?«, frage ich dann vielleicht eine Spur zu kühl, was meinen kleinen Sonnenschein nicht aus der Ruhe bringt.

»Ich habe es zu Hause nicht ausgehalten und bin in ein Flugzeug gestiegen, um dich zu besuchen.«

»Versteh mich nicht falsch, ich freue mich, dass du da bist, aber solltest du dich nicht ausruhen? Immerhin hast du Schreckliches ...«

»Bitte! Niall!«, fleht meine Schwester verzweifelt, und dieser Laut bricht mir fast das Herz. »Bitte behandle du mich nicht auch noch wie ein rohes Ei. Ich halte das nicht mehr aus!« Tränen schimmern in ihren Augen, und mit einem Mal bin ich hellwach und etwas besorgt. »Ja, ich wurde fast sexuell missbraucht, aber ich habe mich gewehrt und habe es geschafft zu fliehen. Diese Erfahrung wird mich nicht brechen, aber euer aller Verhalten wird es.«

»Ach, Kleines.« Ich ziehe sie in meine Arme und drücke sie fest an mich. Dann beginnt sie zu weinen, was mich mehr als der Schreck damals trifft, als sie mich angerufen hat. Selbst als ich nach Galen geflogen bin, um mich um sie und dieses Arschloch zu kümmern, hat sie nie Tränen vergossen. Mir war nicht bewusst, dass ihre Familie und ich sie mit unserer Sorge ersticken. Ich ziehe sie in die Wohnung und setze mich mit ihr auf die Couch, ohne sie loszulassen. Lange halte ich sie, gebe ihr die Kraft, die sie nun braucht, um wieder frei zu atmen. Als sie sich schniefend von mir löst und zu mir aufsieht, kann ich mir ein Grinsen nicht verkneifen.

»Was ist?«, fragt sie, doch als ihr Blick auf mein ehemals weißes Shirt fällt, versteht auch sie, dass ihr Make-up verronnen ist und sie ziemlich lustig aussieht. Ihr Kichern erleichtert mich, es ist ein Schritt in die richtige Richtung.

»Geht's wieder?«, frage ich und bemühe mich, nicht besorgt zu klingen.

Sie nickt nur und löst sich vollständig von mir. »Entschuldige, dass ich dich so überfalle, aber ich habe es zu Hause nicht mehr ausgehalten. Dad dreht durch, durchforstet Brandons Vergangenheit, um etwas zu finden, um ihn vor Gericht zu stellen, aber das will ich nicht. Er behandelt mich wie ein Baby und sperrt mich im Haus ein.«

»Das tut mir leid, Nik.«

Sie atmet tief durch und fährt sich durch das lange brünette Haar. »Aber genug von mir. Ich möchte nicht mehr über Dad oder die Sache mit Brandon sprechen. Also, Brüderchen, wie läuft es so mit Kylie?« Ihre Tränen sind versiegt, und sie ist wieder der gut gelaunte Sonnenschein. Ich frage mich immer, wie sie ihre Gefühle so leicht verbergen kann. Wie sie es schafft, so stark zu sein und ihre Emotionen wie auf Knopfdruck zu wechseln. Sie möchte wissen, was mit Kylie und mir ist. Ich weiß es selbst nicht. Nicole weiß noch nichts von dem Baby, weil ich es ihr nicht am Telefon sagen wollte. Das ist etwas, was man persönlich erzählen muss. Immerhin ist es eine gute Nachricht.

»Ich werde Vater.«

»Du wirst was?«, kreischt sie und hebt die Brauen ungläubig. Sie sitzt nun kerzengerade da und scheint erstarrt zu sein.

»Kylie ist schwanger.« Noch vor Kurzem bekam ich Schüttelfrost, sobald ich diese drei Worte nur dachte, aber mittlerweile habe ich es verdaut. Wenn da nicht dieses blöde Missverständnis wäre.

»Ich brauche einen Wodka oder Kaffee, je nachdem was du dahast«, keucht sie, sobald sie meine Neuigkeit in ihrem ganzen Ausmaß verstanden hat. Ich lache und gehe zur Kaffeemaschine, sie jedoch bleibt sitzen, ich glaube ihre Füße würden sie gerade nicht tragen können. »Wie ist das passiert?«, fragt sie nun und erntet von mir einen verwirrten Blick. »Ich meine, ich weiß, wie das passieren kann, aber ich dachte immer, du passt gut auf.«

»Habe ich auch. Kylie verhütet mit der Pille, und wir haben auch ein Kondom benutzt, aber das ist gerissen, und die Pille funktioniert auch nicht zu einhundert Prozent. Es ist einfach alles passiert, was im Normalfall nicht passieren sollte.«

»Und wie geht's dir damit?«

»Gut.«

»Wirklich?« Sie scheint mir nicht zu glauben, aber wer könnte es ihr verübeln! Immerhin habe ich nie vorgehabt, mich an eine Frau zu binden, geschweige denn Vater zu werden.

»Sie ist *die eine*, Nikki. Mit all den Frauen zu schlafen war toll, und mein Job hat mich auch ausgefüllt, aber erst seit ich Kylie kenne, fühle ich mich lebendig und angekommen. Ich fühle mich, als hätte ich es gefunden, obwohl ich nie nach etwas gesucht habe. Ich kann es schwer erklären.«

»Ich verstehe dich, Niall, und ich freue mich riesig, dass du Vater wirst. Ich habe nur nicht erwartet, dass du es so gut aufnimmst.« Mein Ausbruch auf Kylies Geburtstagsparty flackert in meinen Erinnerungen auf. Ich, wie ich Philip am Kragen ins Zimmer schleife, um meinen Frust körperlich loszuwerden. Er hat es über sich ergehen lassen, weil wir das eben so machen.

»Glaub mir. Ich habe es nicht gut aufgefasst«, schnaube ich und nehme den Becher mit frischem Kaffee, den ich meiner Schwester reiche.

»Oh nein. Bist du an die Decke gegangen?«

»Und wie! Hab Phil eine in die Fresse gehauen, und ich habe Kylie angesehen, wie man keine Frau jemals ansehen soll. Ich war verletzt, weil es jeder außer mir wusste. Das hat mich fast umgebracht.«

»Wie sieht die Lage jetzt aus?«, fragt sie mitfühlend, denn ich muss auch ziemlich fertig aussehen.

»Nicht gut«, sage ich lächelnd, doch mir ist nicht nach Lachen zumute. Ich bin ein Idiot und habe Angst, dass ich sie verloren habe.

»Was hast du getan?« Natürlich kennt sie mich so gut, dass sie weiß, dass ich etwas ausgefressen haben muss, also erzähle ich es ihr. Alles.

Kapitel 19

Kylie

Ich fühle mich wie überfahren, als ich blinzelnd die Augen öffne, es ist noch dunkel in meinem Schlafzimmer, da ich die Jalousien heruntergelassen habe. Ich habe keinerlei Zeitgefühl, es könnte längst zwölf Uhr mittags sein, ich hätte sogar ein Erdbeben verschlafen. Ich wende den Kopf zu meinem digitalen Wecker auf dem Nachtkästchen und stöhne auf. Es ist sechs Uhr morgens. Kein Wunder, dass ich mich gerädert fühle, immerhin habe ich nur ein paar Stunden geschlafen. Gestern Nacht habe ich geweint und gelacht, als das Baby in die Vollen gegangen ist und mich getreten hat. Vielleicht hat es auch mein Gefühlschaos bemerkt und wollte mir damit sagen, dass ich langsamer machen soll und dass ich nicht allein bin. Ich habe über meinen Bauch gestreichelt und mit meinem Kind gesprochen.

Habe ihm oder ihr meine Ängste erklärt und Probleme geschildert, aber versichert, dass ich mich auf sie oder ihn freue. Es ist schrecklich für mich, nicht zu wissen, welches Geschlecht es sein wird. Ich würde gerne einen Namen suchen und mein Kind damit ansprechen. In vielen Büchern steht, dass man viel reden sollte, damit sich das Baby an die Stimme der Mutter gewöhnt. Anfangs kam ich mir doof dabei vor, doch gestern Nacht, als die Tritte zugenommen haben, habe ich spüren können, dass es mir so Mut und Kraft geben wollte.

Ächzend schwinge ich die Beine aus dem Bett und setze mich auf. Je größer der Bauch wird, desto schwieriger werden alltägliche Dinge, wie aus dem weichen Bett aufzustehen, sich die Schuhe zuzubinden oder sich in große Menschenmengen zu begeben. In zwei Stunden habe ich einen Termin bei der Frauenärztin, eigentlich sollte ich mich darauf freuen, aber es fällt mir schwer, weil ich ständig an Niall denken muss. Etwas in mir will ihm glauben, da er bis jetzt stets ehrlich zu mir war. Zumindest denke ich, dass er das war. Aber es sieht Niall ähnlich, dass er sich persönlich von jemandem trennen will, weil der ein guter Mann ist. Genau deshalb habe ich mich ja auch in ihn verliebt. Weil er bodenständig, ehrlich und aufmerksam ist. Eben weil er so anders ist als die Typen, denen ich bis jetzt begegnet bin, ist es mir nicht schwergefallen, mein Herz an ihn zu verlieren.

Ein anderer wäre schreiend davongelaufen, wenn er erfahren hätte, dass sein One-Night-Stand ein Baby von ihm erwartet, aber Niall nicht. Er ist ein Mann, der deine Hand hält und dir beisteht. Mit schwerem Herzen stehe ich auf, öffne die Jalousien und schlurfe ins Bad, um mir kaltes Wasser ins Gesicht zu schütten. Es dauert eine Weile, bis ich wieder wie ein Mensch aussehe, denn ich sehe genauso aus, wie ich mich fühle.

Ich komme eine halbe Stunde früher bei der Ärztin an, wo mich die Sprechstundenhilfe mit einem strahlenden Lächeln begrüßt. Ich versuche es zu erwidern, doch es funktioniert nicht richtig. Im Warteraum ist es schlimmer als sonst, es scheint, als wären alle schwangeren Frauen mit ihren Lebensgefährten hergekommen. Es bringt mich fast um, wie liebevoll sie mit ihren Partnerinnen umgehen. Manche streicheln zärtlich über die Bäuche oder sind einfach nur da und halten deren Hand. Ein Paar sieht sich gerade Ultraschallfotos an, und mir kommen wieder Nialls Worte von gestern in den Sinn, als er gestanden hat, dass er sich das Bild ständig ansieht. Mein Herz wird schwer, wenn ich mir sein liebevolles Lächeln vorstelle, mit dem er mich und sicher auch das Foto betrachtet. Obwohl mein Kopf mir sagt, dass ich ihn vergessen soll, ihn nur als Vater meines Kindes sehen sollte und nicht mehr, will mein schwaches und weich gewordenes Herz nicht hören, sondern fühlt. Zu viel. Um nicht in Tränen auszubrechen, wende ich mich ab und greife nach meinem Smartphone.

Heute Morgen habe ich auf eine Nachricht von Niall gehofft, doch außer einer Nachricht von Jenna, die mir viel Glück für heute wünscht und sich wieder entschuldigt, dass sie nicht dabei sein kann, habe ich nichts erhalten. Also gehe ich wieder in die Galerie und sehe auf das Foto von dem schlafenden Niall, der so schön aussieht, dass es wehtut. Ich weiß, ich quäle mich gerade selbst, sollte nicht an ihn denken, sondern mich darauf freuen, gleich mein Kind auf dem Ultraschall zu sehen, aber die Freude lässt auf sich warten. Da ist nur Sehnsucht nach Niall McKenna, dem Bodyguard, der mein Herz vom ersten Moment an berührt hat.

»Miss Blair-Woodward. Sie können schon zur Frau Doktor hineingehen«, teilt mir die junge Frau am Empfang mit, und ich erhebe mich, recke das Kinn und versuche Niall nicht zu vermissen.

»Guten Morgen. Wie geht's Ihnen heute?«, fragt mich die füllige Frau freundlich und reicht mir ihre Hand.

Ich schüttle sie kurz, ehe ich mich setze. »Ehrlich gesagt geht's mir elend. Mir ist ständig übel, aber ich kann nicht brechen.«

Sie nickt nur und tippt etwas in ihren Computer. »Gegen die Übelkeit könnte ich Ihnen Tropfen verschreiben, die das eindämmen. Sie sind homöopathisch und schaden dem Baby nicht.« Sie nimmt mir die Frage aus dem Mund, die ich gerade stellen wollte. »Sonst noch Beschwerden?«, fragt sie freundlich und rollt mit ihrem Stuhl zu mir, um meinen Blutdruck zu messen.

»Na ja, die Wasseransammlungen sind jetzt schon gewaltig, dabei habe ich erst Halbzeit. Sie haben nicht auch zufällig magische Tropfen, die die überschüssigen Pfunde verschwinden lassen?«, frage ich scherzhaft und versuche nicht zu hoffnungsvoll zu klingen.

»Da muss ich Sie enttäuschen. Leider reicht meine Magie dafür nicht aus. Aber ich empfehle öfter die Füße hochzulegen, ein Fußbad mit Meersalz und möglichst bequeme Schuhe, da sich das Wasser am meisten an den Füßen beziehungsweise Knöcheln festsetzt.«

Ich nicke erneut, wusste ja von Anfang an, dass ich nichts dagegen ausrichten kann.

»Also, wenn Sie keine Fragen mehr haben, würde ich sagen, sehen wir uns mal den kleinen Schatz an, oder?« Meine Miene hellt sich auf vor Freude, als ich den Unterleib frei mache und zum Untersuchungsstuhl gehe. Etwas nervös sehe ich auf das Display neben mir, als sie meinen Unterleib untersucht, ein Gel auf meinen Bauch aufträgt und nach dem Rechten sieht. Durch den 3-D-Ultraschall kann ich unglaublich viel erkennen. Die Gesichtszüge, die geschlossenen Augen, die kleinen Hände, die Nabelschnur, und als sie schließlich tiefer wandert, sehe ich nichts. Nichts, was auf einen Penis hindeutet.

»Ein Mädchen?«, frage ich, und die Ärztin nickt erfreut.

»Gut erkannt, Miss Woodward. Ja, Sie bekommen eine kleine Tochter.« Mit großen Augen sehe ich wieder auf den Bildschirm, und Tränen sammeln sich in meinen Augen, bahnen sich einen Weg nach draußen, auch wenn ich es nicht will, aber in letzter Zeit habe ich öfter geheult als in meinem ganzen Leben. Wir bekommen eine Prinzessin, denke ich und sehe nach rechts, wo sonst immer Jenna gestanden hat und wo ich mir Niall an meine Seite wünsche. Etwas in mir sagt mir, dass ich einen Fehler begangen habe, indem ich ihn fortgeschickt habe.

Er hat mir nie einen Grund gegeben, an ihm oder seiner Treue zu zweifeln. Niall sieht gut aus, könnte jede haben, trotzdem hat er in den vergangenen Monaten immer mich gewollt, mich regelrecht angefleht mit ihm auszugehen. Mir wird immer bewusster, dass ich ihm tief in mir glaube, nur mein Stolz stand mir im Weg. Ich habe zwar gesehen, dass er diese Frau angelächelt hat, aber auf eine andere Art, als er mich ansieht. Er hat die Wahrheit gesagt, und diese Erkenntnis trifft mich wie ein Schlag.

»Alles in Ordnung?«, fragt die Ärztin besorgt, aber ich lächle nur knapp, wische mir die Tränen von den Wangen.

»Ja, alles bestens.« Wieder sehe ich auf das Gesicht meines Kindes. Unseres Babys.

Mit dem Finger streichle ich über das zarte Gesicht und gebe ein stummes Versprechen. Ich verspreche meiner Tochter, dass ich alles dafür geben werde, das mit Niall hinzubekommen, uns dreien eine Chance zu geben, eine richtige Familie zu sein. Anders als meine Mutter werde ich ihr die Freiheit geben, ihr Leben und ihren Partner selbst auswählen zu können, etwas, was ich mir hart erkämpfen musste.

Nach dem Arztbesuch spüre ich eine Mischung aus Euphorie und Traurigkeit. Ich halte noch immer die neuen Ultraschallbilder in der Hand, obwohl es langsam zu schneien beginnt und die dicken Flocken auf dem Papier schmelzen. Weihnachten nähert sich mit schnellen Schritten, und zum ersten Mal, seit ich denken kann, habe ich keine Ahnung, wo ich die Feiertage verbringen möchte. Meine Mutter hat sich seit meinem Geständnis nicht mehr gemeldet, nur mein Dad hat mich weiterhin angerufen und mir mitgeteilt, wie sehr er sich freut, Großvater zu werden. Er meinte, Mum brauche Zeit, aber wenn ich ehrlich bin, wollte ich auch gar nicht mit ihr reden. Ich musste zuerst mein Leben ordnen, denn es ist einiges aus den Fugen geraten.

Ich erstelle mir wie so oft eine Liste im Kopf. Zuerst muss ich mit Niall reden, mich mit ihm versöhnen und für mein Verhalten entschuldigen. Dann brauche ich unbedingt ein Gitterbett, das zu mir und meiner Tochter passt. Am besten ein klassisches aus den Fünfzigerjahren, die Suche hat sich bis jetzt als schwer herausgestellt, aber ich werde nicht aufgeben, und wenn ich es aus dem Ausland bestellen muss, wäre es mir egal. Ebenso brauche ich noch einen Kinderwagen, ein Babyfon, eine Babydecke und einen Stubenwagen und und und. Während ich diese Liste stetig erweitere, tragen mich meine Füße zu einem Möbelgeschäft in der Nähe von Nialls Wohngegend, das auch eine Abteilung mit restaurierten Möbelstücken hat.

Sobald ich das Möbelhaus betrete, kommt ein Schwall Weihnachten über mich. Gleich neben dem Eingangsbereich steht ein großer Tannenbaum, der in Gold und Silber geschmückt ist. Er ist riesig und liebevoll dekoriert. Michael Bublé singt über Santa Claus, und auch wenn ich Weihnachten liebe, will sich die Weihnachtsstimmung noch nicht richtig einstellen. Dafür ist zu viel in meinem Kopf, was mich in Schach hält. Ich gehe an Weihnachtskugeln in den schönsten Farben vorbei zum Fahrstuhl und drücke auf den obersten Knopf. Zwar ist die Babyabteilung im dritten Stock, doch ich möchte zuerst die antiken Möbelstücke bestaunen, bevor ich mich unten umsehe. Die Abteilung ist groß, hat eine riesige Auswahl an Kommoden, Beistelltischen, Betten und anderen Schätzen, wobei mir jedes davon auf eine Weise gefällt, aber leider keine Spur von einem Gitterbettchen oder gar einem Kinderwagen.

Die Enttäuschung ist tief, aber ich lasse mich nicht entmutigen. Wir sind hier in New York, verdammt, und wenn ich es in der Stadt, die niemals schläft, nicht finde, wo dann? Ich begebe mich in den dritten Stock und gehe in die Babyabteilung. Bewusst gehe ich an den neumodischen Möbelstücken vorbei, noch schneller, wenn sie blau oder rosa sind. Ich habe im Grunde nichts gegen diese typischen Farben, aber mein Kind soll in keinem pinkfarbenen Zimmer aufwachsen und in ein Klischee reingepresst werden. Ich finde Gelb oder Grün schön. Letzteres ist sogar meine Lieblingsfarbe, was an meiner Liebe zu Kiwis liegen muss. Ich bin gerade in der Abteilung für Kinderwagen, als ich eine vertraute tiefe Stimme höre.

Ungläubig nähere ich mich dieser – und tatsächlich! Es ist Niall, der gerade mit einer Verkäuferin ein Modell ansieht, das nach dem Stil der Siebziger designt wurde. Das Modell gibt es in verschiedenen Farben, doch Niall starrt auf ein Blatt Papier und hört der Dame aufmerksam zu. Beide stehen mit dem Rücken zu mir, also mache ich noch einen Schritt, um besser verstehen zu können, was sie sagen.

»Welche Art von Kinderwagen ist dieses Modell genau?«, fragt er neugierig. Auch wenn wir uns gestern gehört und gesehen haben, genieße ich den Klang seiner Stimme, die mir so vertraut geworden ist.

»Dies ist ein Retro-3in1-Kombikinderwagen. Eine Gondel für Kinder bis zu acht Monaten, Buggy für Kinder ab dem achten Monat und Babyschale für Kinder bis zu dreizehn Kilogramm.«

»Entspricht es auch allen amerikanischen Sicherheitsstandards?«, will er nun wissen, und ich lächle, da ich merke, wie wichtig ihm die Sicherheit unseres Kindes ist.

»Natürlich, Sir. Der Kinderwagen erfüllt die US-Sicherheitsnorm. Die Babyschale entspricht der Zulassungsnorm. Und beide sind mit dem Fünf-Punkt-Sicherheitsgurt ausgestattet.«

So geht es stets weiter. Niall stellt eine wohlüberlegte Frage nach der anderen und überrascht mich immer wieder. Er scheint genau zu wissen, was er will, und scheint auch meinen Geschmack genau getroffen zu haben. Die Verkäuferin hat stets die richtige Antwort parat und scheint in keiner Weise genervt zu sein.

»Darf ich wissen, welche Farbe Ihre Frau oder Freundin bevorzugt? Wird es ein Mädchen oder ein Junge?«, meint sie höflich, und ich sehe selbst von hier aus, wie Niall sich versteift. Das ist eine Frage, auf die er keine Antwort hat, weil er heute nicht dabei war, weil er mich nicht fragen konnte. Ein schlechtes Gewissen macht sich in mir breit, weil ich mich ihm gegenüber so abweisend verhalten habe, obwohl ich doch tief in mir spüre, dass er mich liebt und mir nie bewusst wehtun würde.

»Ich … also … sie«, stottert er mit einem Kloß im Hals, und ich spüre seine Traurigkeit bis tief in mein Inneres. Es ist ein Gefühl, das mich fast in die Knie zwingt. Ohne lange zu überlegen, gehe ich auf ihn zu und nehme von hinten seine Hand, verhakte meine Finger mit seinen. Überrascht sieht er auf unsere Hände, ehe er den Kopf hebt und mir in die Augen sieht. Sein noch trauriger Blick weicht, als ich ihn zaghaft anlächle.

»Von der Farbe her müssen wir uns noch entscheiden«, sage ich freundlich zu der Verkäuferin. »Aber wir nehmen den Wagen.«

»Kein Problem, ich gebe Ihnen meine Karte, melden Sie sich einfach bei mir, wenn Sie so weit sind.«

»Danke«, sagen Niall und ich, wobei seine Stimme eher einem Flüstern gleicht. Sie reicht uns ihre Visitenkarte, entfernt sich, und nun wende ich mich wieder Niall zu, dem die Überraschung noch immer anzusehen ist.

»Hallo«, begrüße ich ihn. Ihm zuzuhören, wie er alles über diesen Kinderwagen erfahren wollte, hat mich mehr berührt, als er je ahnen kann.

»Hey. Das ist aber eine Überraschung. Ich dachte schon, ich muss auf Knien angekrochen kommen, damit du wieder ein Wort mit mir wechselst.« Er meint es scherzhaft, aber ein Funken Wahrheit steckt darin. Er trägt einen schwarzen Mantel, hat ihn aber aufgeknöpft, da es wirklich warm hier drinnen ist. Darunter trägt er ein weißes Hemd zu schwarzen Jeans.

Ich lasse seine Hand nicht los, als ich tief Luft hole, um zu sprechen. »Es tut mir leid, wie ich mich verhalten habe. Ich habe euch beide gesehen, und da habe ich mir alles möglich zusammengereimt, aber wenn du sagst, dass du dich wirklich nur mit ihr getroffen hast, um ihr das Ende eurer Affäre schonend beizubringen, dann glaube ich dir.«

Niall atmet erleichtert aus und verbirgt es nicht vor mir, sondern tritt noch näher an mich heran, so weit es mein Bauchumfang zulässt. »Keine Frau in meinem Leben bedeutet mir mehr als du, Kylie. Ich verspreche dir, dass ich das mit den Überraschungen ab jetzt sein lasse.«

»Gut«, flüstere ich, meine Hand noch immer in seiner. »Außer wenn es um Geschenke geht. Da lasse ich mich gerne überraschen«, lache ich, als seine Finger langsam meine Arme hochwandern.

»Und im Bett?«, raunt er und umspielt mit seinen starken Händen mein Gesicht.

»Da bin ich für alles offen«, flüstere ich, bin zu sehr in seine braunen Augen vertieft, die mich wie flüssiger Karamell in ihren Bann ziehen.

»Gut«, wiederholt er meine Antwort und streicht mit dem Daumen über meine Unterlippe. Ich seufze wohlig auf, es ist so lange her, dass Niall mich berührt hat, und ich schmelze bei dieser harmlosen Geste dahin. »Denn ich habe vor, dich sehr glücklich zu machen.«

Kapitel 20

Niall

Ein schüchternes Lächeln umspielt Kylies Gesicht nach meinen Worten, die ich hundertprozentig ehrlich meine. Die Erleichterung, dass sie mir glaubt, nicht das Vertrauen in mich verloren hat, macht mich so unsagbar glücklich, dass ich den Kopf neige und mit meinen Lippen ihre sanft streife. Es ist kein Kuss im eigentlichen Sinne, aber es fühlt sich besser an als jeder Sex, den ich bis jetzt hatte. Weil es mehr Gewicht hat, weil es mir etwas bedeutet. Mein ganzer Körper sehnt sich nach ihrer Nähe, also ziehe ich sie fest an mich und will ihr einen richtigen Kuss geben, als ich ein Räuspern hinter uns vernehme.

Ich löse mich kurz von ihren Lippen, um in die Richtung zu sehen, aus der der Laut gekommen ist, und entdecke meine Schwester, die etwas unsicher mit den Schuhen über den Teppichboden scharrt.

»Entschuldigt. Ich wollte euch nicht stören«, murmelt sie verlegen. Es ist das erste Mal, dass sie mich eine Frau küssen sieht.

»Das macht doch nichts. Ich bin Kylie.« Die Frau meiner Träume löst sich von mir und geht auf Nikki zu.

»Nicole«, antwortet diese und drückt ihre ausgestreckte Hand.

»Es freut mich riesig, dich kennenzulernen. Dein Bruder schwärmt ja in den höchsten Tönen von dir.«

Nikkis Brauen wandern nach oben, als sie sich mir zuwendet. »Na, da hoffe ich mal, dass das wahr ist und du nicht meine Peinlichkeiten breitgetreten hast.«

Ich grinse nur, denn sie weiß ganz genau, dass ich das nie tun würde. »Keine Sorge. Deine Orgie mit den Teletubbies ist und bleibt ein Geheimnis.«

»Idiot«, schnaubt sie lachend und wendet sich wieder Kylie zu. »Wie ich sehe, wächst und gedeiht mein Neffe oder meine Nichte ganz gut. Ich gratuliere euch von Herzen.« Kylie blickt stolz auf ihren Babybauch, dann zu mir und streicht sanft darüber.

»Vielen Dank, meine Liebe. Also ich freue mich ja sehr über Babysitting-Gutscheine, nur dass du es weißt«, erwidert meine Freundin scherzend und stimmt in Nikkis Lachen ein. Es scheint ihr leichtzufallen, sich mit meiner Schwester ungezwungen zu unterhalten. Früher wäre das kaum denkbar gewesen, dass sie jemandem so offen begegnet. »Keine Angst, ihr werdet mir das Kleine aus dem Arm reißen müssen, so leicht gebe ich es nicht her.«

»Du bist ja süß.«

»Ja, sie ist wie klebriger Honig, nicht mehr loszukriegen«, ziehe ich meine Schwester auf, stelle mich neben Kylie und lege meinen Arm um ihre Taille.

Kylie blickt kurz zu mir und lächelt mich warm an, ehe sie das Gespräch mit meiner Schwester fortsetzt. »Bist du mit Niall hergekommen?«

»Nein, ich habe ihn heute Morgen überfallen. Regelrecht.« Ein wissender Blick zu mir, bevor sie mir zuzwinkert. »Er war nicht gerade gut gelaunt.«

»Ich kann es mir denken«, sagt Kylie, ohne mich dabei anzusehen. »Wirst du länger in New York bleiben?«

»Ich weiß es noch nicht. Aber ein paar Tage bestimmt. Ich habe Niall nur besucht, um ihm zu sagen, dass ich zu einer Bekannten fahre, die hier in Manhattan lebt.«

»Welche Freundin?«, frage ich alarmiert, es gefällt mir nicht, dass Nikki allein in der Stadt herumstreift.

»Stella Grownings. Erinnerst du dich noch?«

»Deine Kindergartenfreundin?«

»Ja, genau die. Wir haben uns jahrelang nicht mehr gesehen und uns vor Wochen wieder auf Instagram geschrieben.«

»Wie lange willst du bleiben?« Ich weiß, dass ich mich wie ein Tyrann anhöre, aber die Angst, dass ihr noch einmal etwas Schlimmes passieren könnte, ist noch immer stark.

»Ich weiß noch nicht, aber ich melde mich. Okay?«

Auch wenn ich sie ungern gehen lasse, nicke ich und schlucke meine Worte runter, mit denen ich sie überreden wollte, doch in der Wohnung zu bleiben. Sie ist alt genug, um zu wissen, was sie tut, außerdem habe ich ihr beigebracht, sich zu wehren und Typen in den Arsch zu treten. Sonst hätte dieser Brandon sie überwältigen können und weiß Gott was mit ihr angestellt. Ich erschaudere noch immer, wenn ich mir ausmale, was alles hätte passieren können.

»Na gut, dann wünsche ich euch einen schönen Abend. Bis morgen.«

Ich will ihr nachrufen, da sie nichts von einer Übernachtung erwähnt hat, doch Kylie drückt sanft meinen Arm und hat nun meine volle Aufmerksamkeit. »Sie ist stark. Nicole wird es gut gehen.«

»Ich hoffe es. Die letzten Wochen waren schlimm.«

Wir setzen uns in Bewegung, gehen hinaus in die frische Luft. »Für dich oder für sie?«

»Eher für mich. Nikki scheint das besser wegzustecken als wir alle.«

»Das klingt doch toll. Oder siehst du das anders?«

»Nein, ich bin froh, dass sie es überwunden hat. Aber ich frage mich immer, was wäre, wenn ich ihr nicht die Selbstverteidigung beigebracht hätte. Hätte dieses Monster sie vergewaltigt?«

»Daran darfst du nicht denken. Es kann immer etwas Schlimmes passieren, Niall. So ist das Leben. Nikki hat daraus gelernt.«

»Ich hoffe es. Wenn ich bloß nicht so weit weg wohnen würde!«

»Hey!« Sie bleibt stehen und zwingt mich mit ihrer eindringlichen Stimme, sie anzusehen. »Du darfst dir nicht die Schuld geben. Tu das nicht.«

»Ich liebe meine Geschwister, und es ist schwer, sie nicht beschützen zu können.«

»Aber deine Aufgabe ist es doch nicht, sie alle zu beschützen. Sei ein guter Bruder und für sie da.«

»Ich versuche es«, flüstere ich und kann den Blick nicht von ihrem schönen Gesicht abwenden, auf das dicke Schneeflocken fallen und schmelzen.

»Und du machst das toll. Da bin ich mir sicher.« Ihre Worte gehen runter wie Öl, denn bis jetzt war ich immer derjenige, der meine Familie aufbaut und ihnen Mut gemacht hat – und nun, zum ersten Mal in meinem Leben, ist eine Frau an meiner Seite, die mir Kraft gibt. Anders als Elizabeth hat sie sich für mich entschieden, nicht für einen Prinzen oder Lord. Kurz sehe ich in die Ferne und werde mir der Tatsache bewusst, dass ich nicht allein bin. Nicht nur, dass eine wunderschöne Frau die Meine ist, sondern wir werden auch bald zu dritt sein.

Ich hebe die Hand und lege sie auf ihren Bauch. »Wie geht's meinem Sohn oder meiner Tochter? Die Worte fühlen sich nicht mehr wie Asche in meinem Mund an, wie damals, als ich es erfahren habe.

»Ganz gut. Gestern Nacht hat sie getreten wie eine Wilde, was vielleicht an unserem Streit gelegen hat. Und …«

»Sie?«, frage ich, und mein Herz bleibt stehen.

Ihr Gesicht hellt sich auf, und ihr strahlendes Lächeln blendet mich fast. »Wir bekommen eine Tochter.«

»Eine Tochter?«, hauche ich und fühle mich mit einem Mal schwach, völlig hilflos, und dann schwenkt das Gefühl in vollkommenes Glück. Ich packe Kylie an der Hüfte, hebe sie hoch und drehe uns im Kreis. Ich lache glücklich, kichere und schreie ihr meine Freude entgegen. Eine kleine Kämpferin wächst heran. Glucksend lasse ich sie runter, meine Hände ruhen noch immer auf ihrer Hüfte. Sie blickt mir tief in die Augen und nickt kichernd. *Wir werden Eltern*, sagt ihr Blick. *Ich liebe euch beide*, sagt der meine. Es ist einer dieser Momente im Leben, die einem für immer im Gedächtnis bleiben.

»Ist dir kalt?«, frage ich, als ich ein Zittern ihrerseits spüre.

»Etwas.«

»Komm.« Ich lege den Arm um ihre Schultern und hebe die Hand, um ein Taxi auf uns aufmerksam zu machen.

Ich öffne ihr die Tür und helfe ihr beim Einsteigen. Mit dem Schwangerschaftsbauch scheint sie Mühe beim Ein- und Aussteigen zu haben. Ich nenne dem Fahrer meine Adresse und höre keine Einwände ihrerseits, obwohl wir nicht besprochen haben, wohin wir fahren. Während der Fahrt schmiegt sie ihre Wange an meine Schulter und kuschelt sich eng an mich. Ich greife nach ihren zarten, aber kalten Händen und wärme sie mit meinen.

»Es tut mir leid, dass ich das Schlimmste von dir gedacht habe«, flüstert sie in die Stille hinein. Sie hebt den Kopf, und die Straßenlaternen erhellen alle paar Augenblicke ihr Gesicht. Sie ist so schön, dass es mir den Atem raubt. Vollkommen, innen wie außen.

»Ist schon okay.«

»Nein, ist es nicht. Du hast mir nie einen Grund gegeben, an dir zu zweifeln, aber ich habe dir nicht vertraut.«

»Hast du denn jemals einem Mann vertraut?«, frage ich nun, da es mich wirklich interessiert. Als ich sie damals kennengelernt habe, war es mir nicht schwergefallen, sie zu durchschauen. Zumindest ihre Haltung Männern gegenüber. Sie wollte nur Sex, körperliche Nähe, dabei waren Gefühle tabu. Wie in unserer ersten Nacht. Kylie hat wohl nicht mit meiner Hartnäckigkeit gerechnet.

»Nein«, sagt sie mit fester Stimme und bestätigt meine Vermutung. »Nicht vor dir. Weißt du, es ist mir selbst bei meinen Schwestern schwergefallen, Vertrauen aufzubauen. Meine Mutter hat seit meiner Kindheit die kühle Haltung bewahrt, und ich denke mal, dass ich das ziemlich gut übernommen habe.« Sie schnaubt lächelnd, doch ich umfasse mit einer Hand ihr Kinn und ziehe ihre Aufmerksamkeit wieder auf mich.

»Du bist nicht wie deine Mutter. Das darfst du nicht mal denken. Du bist wunderbar.«

»Ja. Ja.« Sie will sich schon ungläubig von mir abwenden, doch ich lasse sie nicht los, sondern sehe sie eindringlich an, damit sie das Gewicht meiner Worte auch wirklich versteht.

»Ein kalter Mensch wäre nicht über tausend Meilen geflogen, um seiner besten Freundin in Galen beizustehen. Hätte nicht die schönste Junggesellinnenfeier organisiert, die Tränen in Jennas Augen gezaubert hat oder würde sich so ausführlich auf die Geburt ihrer Tochter vorbereiten. Du bist nicht deine Mom, Kylie.«

Tränen sammeln sich in ihren Augen, und beinahe glaube ich schon, etwas Falsches gesagt zu haben, aber dann dreht sie sich zu mir um, schlingt ihre Arme um mich und küsst mich. Ihre weichen Lippen pressen sich an meine, küssen mich wild und ungestüm. Ich greife in ihren Nacken und ziehe sie auf meinen Schoß, um sie spüren zu können. Ihre Wärme, ihre Kurven. Als sie sich an meiner Erektion reibt, entlockt es ihr ein Stöhnen, und ich sehe es als Einladung, meine Zunge mit ihrer zu verschmelzen. Wir sind so in unseren Kuss vertieft, dass wir nur dumpf das Räuspern des Taxifahrers vernehmen. Atemlos steigt sie von mir herab und richtet sich ihre Haare, die ich gehörig durcheinandergebracht habe. Ich bezahle den Fahrer, steige aus und umrunde den Wagen, um Kylie die Tür aufzumachen und ihr meine Hand zu reichen.

In meiner Wohnung eilt sie zuerst ins Badezimmer, während ich uns einen Tee aufsetze. In einer Woche ist Weihnachten, und ich habe nicht mal einen Weihnachtsbaum oder weihnachtlich dekoriert, aber ich habe noch ein paar Kekse, die mir meine Mutter geschickt hat. Während ich in der Küche hantiere, höre ich würgende Geräusche aus dem Badezimmer, lasse alles stehen und liegen und eile zu Kylie. Dort kniet sie über der Schüssel und erbricht. Sofort bin ich an ihrer Seite, streiche ihr das Haar aus dem Gesicht und wickle es um meine Hand.

Es vergehen einige für mich qualvolle Minuten, in denen ich Kylie nicht helfen kann, außer ihr über den Rücken zu streichen und ihr gut zuzureden.

»Atmen, Kylie«, weise ich sie an, als sie schließlich nur noch Wasser bricht und kaum Luft bekommt. »Tief ein- und ausatmen.« Nur mit Mühe kann sie dem nachkommen. Als sich ihr Magen beruhigt und ich sicher bin, dass es vorbei ist, hole ich ein Handtuch und reiche es ihr. Sie wischt sich den Schweiß vom Gesicht und betätigt die Spülung. »Kannst du aufstehen?«, frage ich unsicher, reiche ihr aber trotzdem die Hand. Sie nickt und schafft es selbst sich zu erheben. »Ich warte im Wohnzimmer auf dich«, sage ich und gehe, damit sie sich frisch machen kann. Den Tee und die Kekse lasse ich in der Küche, damit Kylie beim Anblick davon nicht schlecht wird. Ich habe im Internet gelesen, dass die Übelkeit eins der schlimmeren Dinge während einer Schwangerschaft ist. Ich lasse mich auf meiner Stoffcouch nieder, greife nach der Fernbedienung und starte Netflix.

Die Badezimmertür geht sanft zu, und Kylie kommt mit einem strahlenden Lächeln auf mich zu. Verdutzt runzle ich die Stirn.

»Du scheinst ja gut gelaunt zu sein für jemanden, der sich gerade übergeben hat.«

Kylie verdreht die Augen, grinst aber noch immer glücklich. »In letzter Zeit war mir permanent schlecht, ohne Besserung. Aber jetzt, jetzt habe ich das Gefühl, dass ich endlich wieder frei atmen kann.«

»Schön zu hören«, erwidere ich und erhebe mich langsam. Mit gemächlichen Schritten gehe ich auf sie zu und greife sacht nach ihrer Hand. Kylie schluckt, als ich diese an meinen Mund hebe und ihre Handfläche küsse. »Mir ist bewusst, durch welche körperlichen Veränderungen du gehst, Kylie.« Meine Stimme ist sanft. Wie meine Lippen, die über ihren Handrücken streichen. »Sag Bescheid, wenn ich etwas tun kann, um dir die Schwangerschaft leichter zu machen.«

Ich kenne ihren Stolz und ihre Stärke, weiß, dass sie vielleicht nie auf dieses Angebot eingeht, weil sie sehr gut auf sich selbst aufpassen kann, doch sie überrascht mich als sie sagt: »Meine Füße bringen mich um, und langsam bin ich so weit, dass ich für eine gute Fußmassage töten würde.«

Ich schmunzle über ihre Aussage und ziehe sie zu meiner Couch. Kylie legt sich der Länge nach darauf. Ich setze mich ebenfalls und lege ihre Füße auf meinen Schoß.

»Hast du Lust auf einen Film?«, frage ich und reiche ihr die Fernbedienung.

»Ich soll aussuchen?«, meint sie erstaunt, doch ich umfasse ihren Fußballen massiere ihn mit sanften Druck, was Kylie ein Stöhnen entlockt. Sie krallt ihre Hände in den Stoff, auf dem sie liegt. Dieser sinnliche Laut schießt in Lichtgeschwindigkeit zu meinem Schwanz, der vor Verlangen zu zucken beginnt. »Mach das noch mal«, keucht diese unwiderstehliche Frau mit halb geschlossenen Lidern. Ich tue wie verlangt, und wieder seufzt sie wohlig auf.

»Also, wenn ich damals gewusst hätte, dass ich dich mit einer Fußmassage so glücklich machen kann, hätte ich schon bei Joe's nach deinen Heels gegriffen.«

»Früher hättest du dich schon mehr anstrengen müssen, aber jetzt. Jetzt ist es, als würden die einfachsten Dinge wie ein heißes Bad oder eine Massage mich in den Himmel katapultieren.« Ich lache und massiere ihre geschwollenen Füße, spüre fast am eigenen Leib, wie sich ihre Muskeln entspannen.

Nachdem Kylie genug vom Genießen meiner Hände auf ihrer Haut hat, konzentriert sie sich auf den Fernseher; für welchen Film sie sich entscheidet, bekomme ich kaum mit. Zu sehr nimmt mich ihr konzertiertes Gesicht gefangen. Werde ich wohl jemals genug von ihrem Anblick bekommen?

Schon damals in Galen, als sie im Königshaus tabu für mich war, wo ich sie nur heimlich beobachten durfte, habe ich mir jede Regung, jeden Ausdruck ihres Gesichts eingeprägt. Selbst wenn sie ihre Maske getragen hat, einen Schutzschild, damit man nicht sehen konnte, wie es in ihrem Inneren aussieht, habe ich tief in mir gespürt, ob es ihr gut ging oder nicht. Ich denke, dass ich mich schon damals in sie verliebt habe, selbst als ich dachte, dass das zwischen uns etwas rein Körperliches ist.

»Was ist?«, fragt Kylie, ein scheues Lächeln auf den Lippen.

»Jedes Mal, wenn ich dich sehe, möchte ich dich küssen und nie wieder gehen lassen.«

»Wirklich?«, flüstert sie rau, setzt sich langsam auf, den Blick tief in meinem verfangen.

»Es ist, als könnte ich nicht atmen, wenn du in meiner Nähe bist. Als wärst du meine Luft.« Es sind poetische Worte, doch mir fällt keine andere Beschreibung ein, um ihr zu erklären, was in mir vorgeht.

»Ja?«, fragt sie, krabbelt zu mir und setzt sich auf meinen Schoß, wie vorhin im Taxi.

Ich nicke, wage nicht, zu atmen. Es ist lange her, dass ich mich jemandem komplett geöffnet habe. Damals hat Lizzy mich nicht gewollt, und obwohl es nicht ihre Absicht war, hat mich ihre Zurückweisung gebrochen. Mich in tausend Einzelteile zerlegt, bis Kylie kam und mich mit jedem Lächeln, jedem Kuss oder Wimpernaufschlag wieder zusammengefügt hat.

»Es fällt mir schwer, über meine Gefühle zu sprechen. Ich wünschte, ich könnte mein Herz so auf der Zunge tragen wie du, aber eines sei dir gewiss, Niall McKenna. Ich liebe dich. Wir lieben dich.« Ich folge ihrem Blick zu der Wölbung unter ihrem Pullover. Erst jetzt sieht man wirklich, dass Kylie schwanger ist und nicht nur zugenommen hat. Unter dieser kleinen Kugel wächst meine Tochter zu einer Kämpferin heran.

»Ich werde alles tun, um euch zu beschützen und glücklich zu machen.«

»Ich weiß«, haucht sie, küsst meinen Mundwinkel, lehnt sich dann wieder zurück, um mir tief in die Augen zu sehen. Ihre bernsteinfarbenen Augen glühen regelrecht vor Glück und Liebe. »Ich weiß«, wiederholt sie und legt sanft ihre Lippen auf meine. Es ist wie eine federleichte Berührung, kaum der Rede wert für jemand Außenstehenden, doch für mich ist es ein Fels in der Brandung. Ein Versprechen ihrerseits, dass auch sie an meiner Seite sein wird.

Kapitel 21

Kylie

Nie habe ich mich wohler gefühlt, nie habe ich am ganzen Leib gespürt, wie sehr ich geliebt werde. Ich küsse Niall mit einer Zärtlichkeit, die untypisch für mich ist. Ich war immer eine Frau, die auf schnellen, harten Sex gestanden hat. Auf feurige Küsse, fahrige Bewegungen, doch diese Frau ist in dem Moment gestorben, als ich den Schwangerschaftstest in den Händen gehalten habe. Nialls Hände liebkosen meinen Nacken, wandern gemächlich zu meinen Wangen, die er sanft streichelt. Ich öffne seufzend den Mund und umspiele seine Zunge mit meiner. Sanft, forschend, innig. Als müsste ich ihm mit diesem Kuss beweisen, wie ernst es mir ist.

Niall erwidert meine Berührungen und Küsse mit der gleichen Zärtlichkeit. Mein Herz klopft wie verrückt, als seine Hände sich in meinen Haaren vergraben, die ich heute offen trage, was früher eher selten der Fall war. Der Druck seiner Finger wird fester, und das Feuer in mir, das ich in den letzten Wochen zu vergessen versucht habe, brennt lichterloh. Als wäre ein Schleier der Zurückhaltung über uns zu Boden gefallen, kralle ich meine Nägel in seine Schultern und küsse ihn leidenschaftlicher. Niall brummt tief, verstärkt den Druck an meinen Hüften und presst mich an seine Härte.

»Oh Gott«, murmele ich gegen seinen Mund, doch er verschluckt den Laut und leckt mit seiner geschickten Zunge über meine Unterlippe. Ich hatte seit Monaten keinen Sex und habe das Gefühl, dass es nicht mehr viel braucht, um mich über den Rand der Ekstase zu schleudern. Kurz löst sich Niall von mir, damit wir Luft holen können. Nun sind seine Augen dunkel, als wäre das Braun gewichen und nur Dunkelheit zu sehen. Ich kenne diesen Blick von damals in Galen, als er in mich eingedrungen ist und mir ins Ohr geraunt hat, wie sehr er mich will. Ich erschaudere nur bei dem Gedanken daran.

»Du bist so unsagbar schön, Kylie«, raunt Niall heiser, streicht mit der Hand über mein Haar, verharrt an meinem Kinn, das er anhebt, als die Wucht dieser Worte mich beschämend den Blick sinken lässt. Ich bin es nicht gewohnt, dass mich jemand so ansieht, habe das Gefühl, es nicht zu verdienen. »Nicht. Senke niemals den Blick vor mir. Du bist Kylie Blair-Woodward, die Mutter meiner Tochter, die Liebe meines Lebens und die Frau, die ihr Herz aus Stahl für mich geöffnet hat. Nichts sollte dich daran zweifeln lassen, wie stark du bist.«

Eine Träne stiehlt sich aus meinem Augenwinkel, perlt von meiner Wange auf seine Finger, mit denen er noch immer mein Kinn umfasst.

»Ich verdiene dich gar nicht«, flüstere ich.

»Wir verdienen einander.« Die andere Hand legt er auf meinen Bauch. Als würde diese Bewegung einen Schalter umlegen, presse ich meinen Mund auf seinen und erobere ihn mit einer Inbrunst, wie ich sie noch nie erlebt habe. Er krallt seine Finger unter meine Schenkel und erhebt sich, die Lippen noch immer an meine gepresst. Er durchquert den Raum, öffnet mit dem Ellbogen die Tür zu seinem Schlafzimmer und schaltet das Licht ein, das nur gedimmt das Zimmer erhellt.

Wir beide würden sterben, wenn wir uns heute Nacht nicht ineinander verlieren könnten. Ich für meinen Teil sehne mich so sehr nach ihm, dass vor lauter Anspannung ein Schweißfilm meinen Rücken bedeckt. Sanft legt er mich auf die schwarzen

Laken, ein Knie zwischen meinen Beinen, sehr darauf bedacht, sich nicht auf meinen Bauch zu legen. Ungeduldig wandern meine Hände seinen Rücken entlang, über sein Hemd, zum Bund seiner Jeans. Ich will ihn, sofort. Doch Niall greift nach ihnen, verhakt sie mit seinen Fingern und presst meine Handrücken links und rechts von meinem Kopf aufs Bett.

»Geduld, Kylie.« Er verbirgt sein Schmunzeln an meinem Hals, den er mit kleinen Küssen bedeckt. »Wir haben die ganze Nacht Zeit.«

»So lange will ich nicht warten.«

»Musst du aber.« Mit einem Grinsen hebt der den Kopf und sieht mich an. Ich frage mich, was er in mir sieht, wieso er mich liebt, obwohl ich ihn von Anfang an von mir gestoßen habe. Aber ich versuche ihm zu glauben, auch wenn es mir schwerfällt. »Du bist wie ein Glas Wein. Ein edler Tropfen, den noch nie jemand kosten durfte. Ich will dich genießen. Es wird nicht so sein wie damals in Galen. Ich will jeden Winkel deines Körpers küssen.«

Ein warmer Schauer krabbelt langsam über mein Rückgrat, lässt mich vor Wonne die Lider schließen. Also lasse ich ihn genau das tun. Seine Lippen gleiten über jeden Streifen Haut, der nicht durch Kleidung bedeckt ist, und das Ziehen in meinem Unterleib nimmt zu, treibt meine Lust ins Unermessliche. Großer Gott! Dabei sind wir noch komplett bekleidet. Als würde er meine Gedanken lesen, greift er nach dem Saum meines Pullovers. Ich setze mich auf, er sitzt nun kniend neben mir, zieht ihn mir über den Kopf. Seine Augen leuchten wie die eines Kleinkindes, das an Heiligabend sein Geschenk auspackt. Die Pupillen weiten sich, als er meine Brüste erblickt, die durch die Schwangerschaft noch voller geworden sind.

Er schluckt, beugt sich dann vor, um über mein Dekolleté zu lecken. Ein Schnurren meinerseits lässt ihn schmunzeln, doch er verharrt nicht auf meiner Haut, sondern zieht quälend langsam meine Umstandsleggins herunter, bis ich nur in Unterwäsche neben ihm sitze. Niall fackelt nicht lange, öffnet meinen BH und wirft ihn sich über die Schulter, streichelt ehrfürchtig meinen Brustkorb und streift nur flüchtig meine unteren Busen. Meine Brüste werden schwer, und ich kralle mich ins Laken, um nicht über ihn herzufallen wie eine Hyäne. Niall will es langsam angehen lassen, und diesen Wunsch werde ich ihm erfüllen.

Er schluckt, sucht meinen Blick, der so dunkel vor Verlangen ist, dass ich selbst einen Kloß im Hals habe. Seine langen Finger haken sich in den Bund meines Slips und ziehen diesen ebenfalls herunter. Nun bin ich völlig nackt, fühle mich aber vollkommen geborgen, als würde seine Liebe mich einhüllen. Ich knie mich vor Niall, knöpfe ihm das Hemd auf, ohne den Blick von seinem zu nehmen. Streife es ihm von den muskulösen Schultern. Seine Tattoos, die von seinem rechten Arm bis zu seiner Brust reichen, glänzen wie flüssige schwarze Tinte. Da ich bei unserem letzten Mal nicht die Zeit hatte, sie zu berühren, fahre ich nun die Linien nach und hauche einen Kuss auf seine Schulter.

Meine Lippen können sich nicht von ihm lösen, also schubse ich ihn aufs Bett, setze mich auf ihn und lasse meinen Mund über seine Brust wandern – zu seinen trainierten Bauchmuskeln, dem Sixpack, das er täglich trainiert. Seine Muskeln spannen sich jedes Mal an, wenn ich ihn berühre. Als auch seine Hose und Boxershorts fallen, lege ich mich auf ihn, küsse ihn um den Verstand. Er überlässt mir nur kurz die Kontrolle, dreht sich mit mir im Arm um, sodass ich nun unter ihm liege. Ein Blick auf meinen Bauch reicht aus, und ich erkenne seine Beweggründe.

Nun thront er kniend über mir, ehe er mich träge anlächelt, von mir wegrutscht, sich zwischen meinen Beinen niederlässt.

Ohne das Vorspiel noch mehr in die Länge zu ziehen, küsst er meine Mitte. Diese Berührung ist so intensiv, dass ich zusammenzucke und stöhne. Niall küsst, neckt, saugt und leckt mich, bis ich zweimal seinen Namen schreie und mit einer Heftigkeit komme wie noch nie zuvor.

»Wahnsinn«, keuche ich, als er seine Ellbogen neben meinem Kopf bettet und mich mit einem wissenden Grinsen ansieht.

»Für mich auch«, flüstert er und küsst mich sanft. Ich spüre ihn an meiner empfindlichsten Stelle und stöhne tief und lang, als ich ihn endlich da spüre, wo ich ihn seit Wochen haben wollte.

Noch während er mich zärtlich küsst, dringt er quälend langsam in mich ein. Verharrt dann, ebenso wie seine Lippen es tun, als müsse auch er sich beherrschen, nicht über mich herzufallen und seinen Plan zu verwerfen. Er hebt den Kopf, um mich anzusehen. Dann gleitet er aus mir, nur um erneut in mich einzudringen, diesmal einen Hauch schneller. Dieser Stoß trifft mich tief ins Herz, und seine Augen weiten sich, als würde auch er es spüren. Schweiß glänzt auf unseren Körpern, als er sich in mir bewegt, Liebe mit mir macht, wie es niemals jemand vor ihm getan hat. Weil ich niemanden so nah an mich rangelassen habe.

Unser Atem geht keuchend, als er das Tempo erhört und in mich stößt. Ich schnurre, kralle meine Fingernägel in seinen Rücken, kratze ihm der Länge nach über die Haut, sodass er noch tagelang die Spuren spüren und sehen kann. Sein Blick verlässt den meinen nicht eine Sekunde lang, selbst dann nicht, als ich erneut komme und erzittere. Er löst eine Hand von dem Laken und streichelt meine Mitte, was meinen Orgasmus in die Länge zieht und mich vor Ektase erneut aufschreien lässt. Mein Anblick gepaart mit meinem Laut, lässt auch Niall über den

Rand springen, und er kommt mit einem Grollen. Noch ein paarmal bewegt er sich in mir, bevor er sich erschöpft neben mich legt. Er greift nach meiner Schulter und zieht mich an seine Brust – die nicht tätowiert ist.

Ich bette meine Wange an seine Haut, male Kreise darauf. Er streichelt zärtlich, mit fahrigen Bewegungen mein Rückgrat entlang, was mich erneut Lust verspüren lässt, doch die Müdigkeit ist stärker. »Wieso sind dein linker Arm und Brustkorb nicht tätowiert?«

Er hat mir erklärt, dass er auf der rechten Seite sein Leben, seine Eltern und Geschwister verewigt hat. »Weil ich mir diesen Streifen Haut für meine Frau und Kinder aufgehoben habe.« Mein Herz wird schwer, und eine Wärme breitet sich in meinem Brustkorb aus. »Für euch«, flüstert er und küsst mein Haar.

Wieder füllen sich meine Augen mit Tränen des Glücks, und ich verspüre nicht den Drang, sie zu verbergen. Als sie auf seine Haut perlen, zuckt er kurz zusammen, doch sagt nichts, sondern drückt mich noch enger an seinen Körper. Stumm weinend lausche ich seinem Herzschlag, bis ich erfüllt vor Liebe in einen tiefen Schlaf gleite.

Am nächsten Morgen ist mir heiß, was an Nialls starken Armen liegt, die mich fest an seine Brust pressen. Da ich noch nie eine Beziehung hatte, ist es auch für mich ungewohnt, mit jemandem zu kuscheln. Meine Augen ruhen auf seiner muskulösen Brust, fest und gebräunt. Ich lausche seinem Atem, sehe zu, wie sich sein Brustkorb hebt und senkt, und lächle leicht. Der Drang, ihn zu berühren, ist stark, doch ich will ihn nicht wecken, da wir beide in den vergangenen Tagen kaum geschlafen haben. Meine hungrigen Augen gleiten von seinem Oberkörper tiefer, bis zu seinen schmalen Hüften und den Einkerbungen an den Seiten. Dem V, wie es viele nennen. Die Bettdecke verwehrt mir den Blick auf das, was noch tiefer liegt. Mein Körper brennt, als ich an letzte Nacht denke, als er mich geliebt hat. Nicht gefickt, sondern geliebt, wie nur Niall es könnte. Wir sind miteinander verschmolzen, und hätte ich es nicht am eigenen Leib gespürt, hätte ich niemals glauben können, dass so etwas überhaupt möglich ist.

Noch immer schmunzelnd, blicke ich auf und treffe Nialls warmen Blick. Seine rechte Hand hält mich noch immer umschlungen, doch mit der linken streichelt er meine Wange. Seine blonden Haare sind zerzaust, wild, was wohl auf meine Kappe geht, da ich meine Finger hineingekrallt habe, als er mich mit seiner Zunge verwöhnt hat. »Guten Morgen«, murmelt er, noch immer tief in meinen Blick versunken.

»Morgen«, schnurre ich, als seine Finger auf Wanderschaft gehen, mein Kinn umschmeicheln und zu meinem Hals gleiten. Nialls Daumen ruht auf meinem rasenden Puls, der das Feuer in mir wieder schürt, selbst mit dieser kleinen Berührung. Sein Gesicht ist nachdenklich, als er meine Haut berührt.

»Weißt du …?«, setzt er an und schluckt schwer. »Du bist mein erster Gedanke, wenn ich aufwache – und das schon lange, bevor wir damals in Galen miteinander geschlafen haben.«

»Ach ja?« Augenblicklich wird mir warm ums Herz.

»Ja. Und dich jetzt an meiner Seite zu haben macht mir sehr glücklich.«

»Ich bin die Prise Wahnsinn, die in deinem Leben gefehlt hat«, scherze ich, um nicht in Tränen auszubrechen. Von denen habe ich auf alle Fälle schon genug vergossen. Niall legt den Kopf in den Nacken und lacht sein tiefes Lachen, das mich ebenfalls zum Schmunzeln bringt.

»Du bist wahrhaftig der Wahnsinn«, murmelt er gegen meinen Mund und küsst mich leidenschaftlich.

Dieses Mal lassen wir es nicht langsam angehen, sondern lösen unsere Fesseln und verschlingen einander. Niall vögelt mich genauso, wie ich es liebe, hart und wild. Erst als uns beiden der Schweiß über den Körper perlt, finden wir Erlösung.

Schwer keuchend liege ich in seinen Armen und fühle mich kraftlos, aber glücklich. »Hunger?«, fragt Niall, nachdem sich unser Atem beruhigt und wir uns still aneinanderkuscheln.

»Und wie!«

Niall löst sich von mir und steht auf. Ich stütze mein Kinn auf meiner Handfläche ab und genieße den Anblick seines Muskelspiels, als er sich bückt und seine Boxershorts anzieht. Er fährt sich durchs Haar, ehe er sich umdreht und mein Starren bemerkt. Ich kaue auf meiner Unterlippe, als er mit einem lasziven Grinsen wieder auf mich zukommt.

»Sieh mich nicht so an. Sonst kommen wir niemals wieder aus diesem Bett raus.«

Ich hebe eine Braue in die Höhe und halte seinen intensiven Blick. »Und was ist, wenn ich genau das will?«, frage ich schnurrend.

»Keine Chance, Süße. Meine Tochter hat sicher einen Bärenhunger. Immerhin haben sich Mom und Dad verausgabt.«

»Vielleicht hast du recht«, sage ich und erhebe mich, schlucke den Kloß herunter, der sich durch seine liebevollen Worte gebildet hat. Meine Unterwäsche zu finden stellt sich als schwierig heraus, da unsere Kleider überall zerstreut sind. Als ich sie endlich entdecke und sie aufheben will, schlingen sich Nialls starke Arme um meine Taille und ziehen mich an seine Brust. Er küsst meinen Hinterkopf, ehe seine Lippen zu meinem Ohr wandern.

»Du bist unwiderstehlich, Kylie. Geh in Ruhe duschen. Ich will mir nur einen Kuss abholen, ehe ich uns Frühstück mache.«

Er dreht mich um und küsst mich kurz, aber so feurig, dass sich mein ganzer Unterleib zusammenzieht. Ehe ich meine Finger in seinen Haaren vergraben kann, löst er sich von mir und eilt aus dem Zimmer. Ein frustriertes Knurren entweicht meiner Kehle, da Niall es wieder geschafft hat, mich heißzumachen. Lächelnd schüttle ich den Kopf und gehe ins angrenzende Bad, um kalt zu duschen.

Mein Magen knurrt, als ich nur in Unterwäsche und einem von seinen T-Shirts die Wohnküche betrete. Wie auch im Schlafzimmer ist hier alles in Schwarz, Weiß und Grau gehalten. Was düster wirken könnte, aber die weitläufigen Glasfronten in den jeweiligen Zimmern wieder wettmachen. Die Küche ist ein Hingucker, schwarze Lackfronten, keine Griffe und eine Arbeitsplatte aus weißem Marmor. Die Geräte sind modern, und als ich Niall beobachte, der nur mit Boxershorts das Frühstück macht, wird mir auch klar, warum. Er hantiert in der Küche herum wie ein Profi, macht Pancakes, nebenbei brät er Eier und Speck an und hat sogar Baked Beans gezaubert.

»Also ich weiß nicht, was leckerer aussieht, du oder das herrliche Essen.«

Niall blickt über die Schulter und grinst mich an. »Nach letzter Nacht, stört es mich nicht, wenn du das Frühstück mir vorziehst.«

Ich setze mich an die Frühstückstheke und schenke uns beiden Orangensaft ein, der in einer Karaffe bereitsteht. Niall hat den Tisch gedeckt, und somit bleibt mir nichts anderes übrig, als seinen geschickten Bewegungen zu folgen und nicht seinen festen Muskeln. Niall ist gerade fertig mit den Vorbereitungen, als mein Handy zu piepen beginnt. Da meine Tasche in der Nähe ist, sehe ich kurz nach und hebe die Brauen, als ich eine Nachricht von meiner Mutter entdecke. Sie hat mir noch niemals eine SMS geschrieben, immer angerufen.

Mum: Ruf mich an. Wir müssen reden.

Ich denke gar nicht dran, ihr zu antworten, sondern pfeffere das Smartphone in meine Handtasche und setze mich wieder.

»Was ist los?«, fragt Niall sanft, rückt mir nicht zu nahe, weiß, dass ich Luft brauche für meine Wut. Niall setzt sich auf den Hocker neben mir, nimmt einen Bissen von seinem Pancake und lässt mir Zeit für die Antwort.

»Meine Mutter möchte mit mir reden«, schnaube ich und sehe auf das herrliche Frühstück vor mir. »Es ist das erste Mal, dass sie mir eine Nachricht schreibt, sonst ruft sie immer an, um mir ihren Willen aufzuzwingen.«

»Vielleicht will sie es diesmal besser machen«, sagt Niall nachdenklich.

»Unwahrscheinlich.«

»Ich will mich nicht einmischen, aber ich habe ihren Blick gesehen, als du ihr gesagt hast, dass du schwanger bist. Während meiner schockiert war, war ihrer verletzt. Vielleicht, weil du es ihr nicht früher gesagt hast.«

»Du kennst meine Mutter noch nicht, Niall. Sie ist wie eine Schlange, die dich langsam in den Würgegriff nimmt und dir jeden Knochen extra bricht.«

»Autsch«, flüstert er, und ich lache freudlos.

»Na gut, vielleicht ist das etwas hart, aber ich habe ihre Spielchen einfach satt. Weißt du, wie das ist, wenn der Mensch, der dich lieben sollte, wie du bist, dich ändern will?«

»Nein.«

»Meine Kindheit war nicht einfach. Mum hat mich von klein auf zu einer Prinzessin trimmen wollen. Mit Musikunterricht, Tanz, sogar den Adel Englands musste ich auswendig lernen. Wer welchen Rang hat und so weiter. Wenn ich in Ruhe spielen wollte, hat meine Mutter mich zum Reiten geschickt, weil meine Haltung wieder mal nicht in Ordnung war. Dabei hasse ich Pferde.«

Niall trinkt einen Schluck von seinem Saft, ehe er wieder spricht. »Und trotz dieser Erziehung, hast du dein Ding durchgezogen. Weil du stark bist wie deine Mutter, aber auf eine andere Weise. Du hast einen Meilenstein gesetzt, indem du dein Studium beendet und einen Job gefunden hast. Für Faye und Charly, die dich lieben, wie du bist.«

»Ich weiß, dass ich viel geleistet habe – nach dem Drill zu Hause. Aber ich bin so müde, Niall. Müde, weil sie es nicht einsehen will, dass ich niemals in diese Schublade passen werde, in die sie mich mit aller Kraft hineinpressen will.«

Niall legt eine Hand auf meinen Rücken und streicht auf und ab, um mir Kraft zu geben. Über meine Mutter zu reden zerrt immer an meinen Nerven und meiner Energie. »Du gehst deinen Weg, und ich fühle mich geehrt, an deiner Seite stehen zu dürfen.«

Trotz meiner sinkenden Laune heben sich meine Mundwinkel. »Lenk mich bitte ab.« Er lehnt sich rüber und haucht einen Kuss auf meine Lippen. »Ich habe eher gemeint, dass du mir etwas über dich erzählen sollst, aber Küsse nehme ich auch gerne.«

»Das glaube ich dir sofort«, schmunzelt dieser Gott von einem Mann, doch zu meiner Enttäuschung lehnt er sich wieder zurück und nimmt noch einen Bissen. Ich tue es ihm gleich und verschlinge mein Frühstück. »Meine Kindheit war anfangs toll; bis auf die Trennung meiner Eltern, die mich sehr runtergezogen hat, hatte ich nie das Gefühl, dass mir etwas fehlt. Meine Mutter ist die beste Köchin in ganz Galen. Eine Göttin am Herd.«

»Ah, deshalb dein Geschick mit Pfannen und Töpfen.«

»Stimmt. Sie hat mich schon früh gezwungen, ihr in der Küche zu helfen, und auch wenn es vielleicht nicht cool für einen Teenie war, hat es mir riesigen Spaß gemacht. Ich habe mir einiges von Mom abgeschaut und kann mit Stolz sagen, dass meine Lasagne besser schmeckt als ihre.«

»Das will ich probieren.«

Er deutet mit der Gabel auf mich und grinst. »Deal!« Sein Enthusiasmus ist einfach ansteckend. Er sieht so losgelöst und glücklich aus, und mein Herz klopft wie wild, wenn ich daran denke, dass ich der Grund dafür bin.

»Noch verborgene Talente, von denen ich nichts weiß?«, frage ich, nachdem ich mir noch einen Nachschlag geholt habe.

»Nun, außer dem Offensichtlichen …« Mit einem lasziven Grinsen deutet er auf seine Beule in der Hose.

«Da ist wohl einer größenwahnsinnig.« Ich zeige ihm die Zunge, doch das bringt ihn noch mehr zum Lachen.

»Wohl eher realistisch.«

Ich grinse nur, sage aber nichts dazu, denn sein Talent im Bett kann ich nur bestätigen. Während er seinen Teller leer isst, kann ich nicht aufhören ihn anzusehen und zu lächeln, denn Niall hat es tatsächlich geschafft, mich von meiner Mutter und dem Ärger, den sie in mir hervorgerufen hat, abzulenken.

Kapitel 22

Niall

»Hast du es bequem?«, frage ich, als ich Kylie zwischen meine Beine ziehe und ihren Kopf an meine Brust bette.

Wir liegen beide gemütlich auf der Couch und sehen uns eine Serie an. Die schöne Frau in meinen Armen schnurrt nur zustimmend und kuschelt sich an mich, ich greife nach ihren Händen und verhake unsere Finger miteinander. Es ist der Moment, den ich herbeigesehnt habe, der für mich jedoch nie greifbar erschien, und nun ist sie hier – bei mir.

»Ich kann noch immer nicht glauben, dass du hier bist«, murmele ich in ihr Haar und atme den herrlichen Duft ihres Kiwi-Shampoos ein.

»Ach nein?«

»Noch vor ein paar Tagen habe ich gedacht, ich hätte dich für immer verloren.«

»Ich weiß, wie du dich gefühlt hast, und es tut mir leid.«

Ich küsse ihr Haar, sage aber nichts mehr dazu. Dieser Samstagmorgen ist der schönste seit Langem, weil wir keine Spielchen mehr spielen und uns endlich zusammengerissen haben. Für unsere Tochter. Wenn ich über die Beziehungsgeschichten meiner Freunde nachdenke, wird mir klar, dass Kylie und ich keinen typischen Start hatten. Während die meisten sich kennenlernen, ein Date haben, einen Kuss stehlen, eine Partnerschaft eingehen, heiraten und dann irgendwann Kinder bekommen, haben Kylie und ich alles verkehrt herum gemacht.

Sie hat eine Fantasyserie gestartet, als ich das Wort ergreife. »Ich möchte ein Date«, sage ich und ernte einen verwirrten Blick von Kylie.

»Mit mir?«, fragt sie erstaunt, was mich zum Grinsen bringt. Sie sieht so süß aus ohne ihre stetige Maske.

»Mit wem denn sonst?«, erwidere ich amüsiert und stupse mit dem Finger auf ihre Nase.

»Okay?« Es ist mehr eine Frage als eine Antwort.

»Ich finde das mit uns ist alles so schnell gegangen.«

»Schnell?«, fragt sie ungläubig. »Das mit uns war alles andere als schnell.«

Ich streiche ihr übers Haar und lächle sie an. »Da hast du recht, aber worauf ich hinauswollte, ist, dass wir kein richtiges Date hatten. Ich will dich abholen, dich ausführen und dir eine unvergessliche Nacht schenken.«

»Eine noch bessere als gestern Nacht?«

»Ja.« Ich küsse sie kurz, ehe ich sie wieder ansehe. »Was sagst du dazu?«

»Klar habe ich Lust, mit dir auszugehen. Woran hast du denn gedacht? Essen und Kino?«

»Das verrate ich noch nicht. Es soll eine Überraschung sein. Und was ich gehört habe, fährst du ja total darauf ab.«

»Da hast du richtig gehört. Ich liebe Überraschungen, wenn sie gut durchdacht sind.« Sie spielt auf dieses dumme Missverständnis an, und ich ringe mich zu einem Lächeln durch.

»Ich verspreche, diese wird besser.«

»Na gut. Dann habe ich etwas, worauf ich mich freuen kann.«

Den Rest des Tages verbringen wir auf der Couch und sehen fern, schlafen miteinander und lernen einander Stück für Stück besser kennen. Kylie ist anders, als ich sie anfangs eingeschätzt habe, intelligent – ja, aber auch sehr einfühlsam und witzig. Es ist diese eine Seite von ihr, die sie bis jetzt nur ihrer besten Freundin gezeigt hat, und je mehr ich von dieser neuen Kylie erlebe, desto mehr verliebe ich mich in sie. Nach dem Mittagessen, das wir vom Chinesen um die Ecke bestellen, kommt auch Nikki nach Hause, und wir starten einen Harry-Potter-Marathon. Kylie hält es bis zum *Gefangenen von Askaban* aus, ehe sie in meinen Armen einschläft.

Der Sonntag verläuft ebenso gemütlich, wobei wir am Nachmittag einen Winterspaziergang unternehmen.

»Nächste Woche ist Heiligabend. Mit wem verbringst du ihn?«, fragt mich Kylie, drückt meine Hand in ihrer etwas fester.

»Ich wollte zu meiner Mutter fliegen, da Jenna und Philip die Feiertage auch in Galen verbringen.« Die Kälte New Yorks lässt uns frösteln, auch wenn wir uns warm angezogen haben.

»Und du? Fährst du zu deinen Eltern?«, frage ich nun und wünschte mir, sie würde vielleicht mit mir mitfliegen wollen.

»Ehrlich gesagt, hatte ich es nicht vor. Faye und Charlotte bleiben auch über die Feiertage in New York. Sie sind wohl genauso sauer auf Mum.«

»Hast du dann Lust, mit mir nach Galen zu kommen? Meine Mutter würde sich sehr freuen, dich wiederzusehen.«

Kylie bleibt stehen und sieht mir lange in die Augen, und beinahe glaube ich, dass sie ablehnt, doch dann sagt sie: »Ich würde gerne deine Mutter besser kennenlernen.«

»Sie mag dich jetzt schon, weil sie selbst gesehen hat, dass ich ganz verrückt nach dir bin.« Kylie lächelt mich warm an, kuschelt sich an meine Schulter. Ich lege den Arm um ihre Taille. Den restlichen Weg spaziere ich mit der Mutter meines Kindes durch das verschneite und saukalte New York und liebe jede Sekunde davon.

Einen Tag vor Heiligabend kommen wir im Schloss an. Es fühlt sich wie immer gut an, nach Hause zu kommen, vor allem, weil ich dieses Jahr nicht mit einer Fremden in meinem Bett verbringe, die ich meist in Joes Bar aufreiße, sondern mit der Frau, die ich liebe. Als wir aus dem Bentley aussteigen, begrüßt uns die gesamte Königsfamilie samt meiner Mom im Freien. Sie scheinen schon auf uns gewartet zu haben. Ebenso wie Philip und Jenna werden auch Kylie und ich fest gedrückt und freudig empfangen. Das Königspaar hat mich nie anders behandelt als ihre Söhne – und das, obwohl ich nur der Spross einer Bediensteten bin. Meine Mutter läuft auf mich zu und umarmt mich stürmisch.

»Gut siehst du aus, mein Junge«, meint sie mit einem stolzen Glitzern in den Augen.

»Das muss wohl an dieser Frau liegen, Mom.« Ich deute zu Kylie, die etwas verlegen neben uns steht. Sie will meiner Mutter gerade die Hand schütteln, als sie sie fest an ihre Brust drückt. Kylie sieht erst etwas überrumpelt aus, doch dann schließt sie seufzend die Augen, und es scheint, als würde sie die Geste erwidern. Unwillkürlich frage ich mich, wie oft sie ihre Mutter früher umarmt hat.

»Los, kommt rein. Es ist kalt«, ruft uns der König zu, und wir begeben uns in das warme Schloss. Nach einem deftigen Abendessen sind wir alle satt, aber auch müde.

»Wie geht's euch, Kinder?«, fragt mich Charles, legt sanft die Hand über die der Königin und blickt zwischen Philip und mir hin und her. Die Mutter meines besten Freundes hat sich nach der Hochzeit von Phil und Jenna von einer völlig neuen Seite gezeigt, sie ist nun freundlicher und offener. Kylie greift ebenfalls nach meiner Hand, was natürlich von allen beobachtet wird. Sie haben schon früh gesehen, dass da etwas zwischen uns beiden ist. Mehr, als wir je geahnt hätten. An ihrem Blick erkenne ich, dass sie es allen sagen möchte. Da sie auch heute ein weites Shirt trägt, ist der Bauch gut verdeckt. Ich räuspere mich, ehe ich spreche.

»Uns geht es hervorragend«, fange ich an und habe augenblicklich die Aufmerksamkeit aller im Esszimmer. »Kylie und ich sind zusammen.« Dann bricht Jubel am Tisch aus, was Kylie erröten lässt. Selbst die Königin applaudiert in unsere Richtung. Die Augen meiner Mutter glitzern verdächtig, und auch sie freut sich sichtlich.

»Endlich«, rufen einige aus, und ich kann ihnen nur zustimmen.

»Das ist noch nicht alles«, setze ich an, und alle verstummen, können ja nicht ahnen, was ich zu verkünden habe. Außer Jenna und Phil natürlich. »Kylie ist schwanger, und im April kommt unsere Tochter auf die Welt.« Dann herrscht Schweigen, und das für lange Zeit. Die Überraschung steht allen ins Gesicht geschrieben, außer natürlich denen, die es schon längst wissen. Meine Mutter ist die Erste, die aufsteht und vor Freude aufschreit. Sie kommt auf Kylie zu, bittet sie sich zu erheben, was sie auch tut, und nun kann man es von der Seite auch gut erkennen, das Bäuchlein.

»Herzlichen Glückwunsch«, rufen fast alle gleichzeitig aus und umarmen uns oder reichen uns die Hand. Auch wenn die Schwangerschaft für mich und Kylie plötzlich gekommen ist, fühlt es sich jetzt, nachdem es nun alle wissen, die uns wichtig sind, einfach unglaublich an. Als wäre es genau das, was ich mein Leben lang wollte. Wir reden bis tief in die Nacht, jeder erzählt, was es so Neues gibt, und selbst Kylie kann ihre Müdigkeit im Zaum halten. Mit schweren Schritten begeben wir uns um drei Uhr früh in mein Zimmer. Als wir es betreten und ich das Licht einschalte, bleibt Kylies Blick lange auf dem Bett heften. Ich kann mir schon denken, woran sie denkt. An unser erstes Mal.

»Es kommt mir wie eine Ewigkeit vor, dass ich das letzte Mal hier war.«

»Es fühlt sich für mich auch so an. Irgendwie sind wir nicht mehr dieselben Menschen, die wir noch vor Monaten waren. Ich denke, unsere Kämpferin hat das Beste aus uns herausgeholt.«

Kylie setzt sich auf das Bett, und wie automatisch wandert ihre Hand zu ihrem Bauch. Eine so einfache und doch liebevolle Geste.

»Warum nennst du sie immer Kämpferin?«, fragt sie lächelnd. Sie fragt nicht mit einem ärgerlichen Unterton, sondern einfach neugierig.

»Weil ich sie so erziehen möchte, dass sie eine starke Persönlichkeit wird, wie ihre Mom. Sie soll sich das erkämpfen, was sie sich erträumt.«

»Du sagst immer so süße Sachen, Niall. Ich habe das Gefühl, als würde ich mich jedes Mal mehr in dich verlieben.«

»Das ist doch gut«, sage ich schmunzelnd, gehe vor ihr auf die Knie und greife nach ihren Stiefeln. Den ganzen Tag trägt sie sie schon, und ihre Füße müssen schmerzen wie die Hölle selbst. Dankbar blickt sie auf mich herab, als ich ihr aus den Schuhen helfe. Hauche dabei immer einen Kuss auf ihre Oberschenkel, was sie sanft aufstöhnen lässt. Sie sieht so schön aus, dass ich beschließe, öfter vor ihr auf die Knie zu gehen. Dann greife ich unter ihr Shirt, das ihr über den Po geht, und ziehe die Umstandsleggins herunter. Ihre Augen lodern vor Lust, und auch ich kann es kaum erwarten, mich in ihr zu verlieren. In dieser Nacht lieben wir uns schnell und heiß, ehe wir erschöpft einschlafen.

Die Feiertage verbringen wir im Kreise meiner Liebsten, und obwohl ich Kylie immer nach ihren Eltern frage, ob sie nicht doch nach Kent fliegen will, meint sie nur, dass sie genau da ist, wo sie sein will. Auch wenn ich mich freue, dass sie gerne bei meiner Familie ist, möchte ich nicht, dass sie ihre vernachlässigt. Während ich im Schloss bin, verbringe ich viel Zeit in der Überwachungszentrale, plane die Schichten und gehe die Berichte durch. Während Kylie einen Spaziergang macht oder ein Nickerchen hält, erledige ich, so viel ich kann.

»Ich merke, was du tust, du Workaholic«, murmelt sie, als ich mich vor die Couch knie, auf der sie geschlafen hat, und sie küssen will.

»Ach was, nur ein wenig Papierkram. Nicht der Rede wert. Ich habe mich nicht mal eingestempelt.«

»Ja, ja«, gähnt sie und reibt sich die Augenlider. »Wie spät ist es?«

»Ein Uhr mittags. Du hast nicht lange geschlafen, ich lass dich dann …«

»Nein!«, zischt sie, greift nach meiner Hand und zieht mich auf die Couch. »Schön hiergeblieben, Mister.«

»Yes, Ma'am«, knurre ich, küsse ihre Wange und lege mich neben sie. »Heute Abend ist es so weit«, sage ich in die angenehme Stille hinein.

»Was denn?«

»Unser Date. Ich möchte dich heute Abend ausführen, wie du es verdienst.«

Ihr Blick wird skeptisch, weil sie nicht weiß, was ich vorhabe, aber ich verspreche, dass sie diese Nacht nie wieder vergessen wird.

»Wann soll ich fertig sein?«

»Ich hole dich um neunzehn Uhr von meinem Zimmer ab«, raune ich ihr ins Ohr und küsse die Stelle darunter, was ihr ein Stöhnen entlockt. Gott sei Dank sind wir in einem Salon, der nie betreten wird, außer von Gästen. Ich kuschle mich zu ihr, bis sie wieder einschläft, und dann mache ich mich auf, den besten Abend der Welt zu planen.

»Du und Kylie habt heute ein Date?«, fragt mich Phil später, als wir uns im Fitnessraum begegnen.

»Ja, woher …? Ah, Jenna.«

»Na klar. Dir muss klar sein, dass jetzt alle unsere privaten Momente diskutiert und besprochen werden.«

»Oh Mann«, stöhne ich und wische mir den Schweiß von der Stirn. Ich bin gerade vom Laufband gestiegen und fühle mich ausgelaugt, aber zufrieden. Ich brauche den Sport, um nicht jede Minute über Kylie herzufallen. Diese sexuelle Spannung zwischen uns, diese Ekstase ist einfach überwältigend, sowohl für sie als auch für mich. »Wie war euer erstes Date?«, frage ich schließlich, denn wir haben nie darüber gesprochen, wie alles abgelaufen ist.

»Wir hatten uns ja noch nie gesehen, nur über die Agentur Nummern getauscht. Wir haben uns in einem feinen Restaurant getroffen und uns langsam angenähert, da aber meine Tante aufgekreuzt ist und mein Plan drohte in die Hose zu gehen, habe ich Jenna später geküsst, damit mich meine Familie nicht erkennen kann.«

»Du gehst aber ran, Alter.«

»Ja, sie war auch überrascht, aber wie du weißt, hatte alles seinen Grund. Führst du Kylie ins Five Seasons?«, fragt mein bester Freund, was ich aber verneine.

Ich werde Kylie sicher nicht ins teuerste Lokal von Galen einladen.

»Sondern?«

»Lass dich einfach überraschen. So wie ich die Mädels kenne, wirst du es morgen früh alles haargenau erfahren.«

Um Punkt sieben Uhr abends klopfe ich an meine Zimmertür und werde etwas nervös. Ich habe Kylie keinen Dresscode verraten, bin etwas unsicher, ob sie nicht vielleicht zu overdressed ist, doch als sie die Tür öffnet, atme ich erleichtert aus. Sie trägt eine Leggins in Lederoptik, darüber ein türkisfarbenes Oberteil, das ihren Bauch nicht kaschiert, sondern durch den engen Schnitt sogar in den Vordergrund rückt. Ihr blondes Haar fällt ihr offen bis zu den Schultern, und wie sonst auch, trägt sie kaum Make-up, genau wie ich es mag.

»Zu leger?«, fragt sie etwas unsicher und sieht an sich hinab.

»Perfekt«, sage ich und reiche ihr meine Hand, die sie übers ganze Gesicht strahlend ergreift. Unser erster Stopp ist Joes Bar, wo er uns herzlich begrüßt und Kylie den besten Eintopf ihres Lebens verspricht. Kylie und ich unterhalten uns über das Baby, unsere Jobs und unsere Familien, und je länger wir über unsere Zukunft reden, habe ich das Gefühl, als würde sie mich verstehen, wie es sonst keiner könnte.

Nachdem wir satt sind, gehen wir in einen Jazzklub in der Innenstadt, der aber eher als Geheimtipp gilt. Ich habe ihn ausgesucht, weil ich keine Menschenmengen und zu laute Musik aufgrund ihres Bauchumfangs möchte. Kylie liebt den Klub, wippt zur Musik und genießt jede Note, die gespielt wird. Wir reden nicht viel, brauchen wir auch nicht, denn jetzt und hier ist es die Musik, die uns verbindet. Es braucht eine Weile, bis sie zu unserem dritten und letzten Stopp möchte.

Ich parke eine Straße vor unserem Ziel und steige aus. »Lass uns zu Fuß gehen.«

Kylie nickt und hakt sich bei mir unter. So gehen wir durch das kalte Galen, wo zwar noch kein Schnee liegt, es aber so weihnachtlich aussieht, dass er kaum fehlt. Vor dem Planetarium bleiben wir stehen, und Kylies Lächeln, das sie schon den ganzen Abend über auf den Lippen trägt, wird breiter. Wir betreten das Gebäude, und Kylie ist überrascht, dass sich außer uns keiner im Gebäude befindet.

»Ein guter Freund war mir noch einen Gefallen schuldig«, sage ich, als sie mich fragend ansieht.

Im Sternenraum, wie wir ihn nennen, entdeckt sie auch die Decke, Polster und den Korb. »Ein Picknick unter dem Nachthimmel?«, keucht Kylie begeistert, kreischt es fast heraus.

»Dich in ein teures Restaurant entführen kann doch jeder.«

»Da hast du recht.« Und ihr Blick verrät mir noch viel mehr. Ich weiß, dass sie zwar im Luxus aufgewachsen ist, aber das einfache Leben vorzieht. Genau deswegen habe ich dieses Date sorgfältig geplant.

Wir setzen uns auf die Decke, und ich hole zwei Gläser und eine Tupperdose aus dem Korb. Als ich den Deckel anhebe, schnuppert Kylie neugierig.

»Lecker«, raunt sie und leckt sich über die Lippen.

»Du wolltest doch meine Lasagne kosten. Also bitte, greif zu.« Ich reiche ihr eine Gabel und brauche nicht lange zu warten, denn Kylie langt ordentlich zu. Die Schwangerschaft scheint ihren Appetit anzufachen, was mich zum Schmunzeln bringt.

»Das ist so unglaublich lecker«, murmelt sie mit vollem Mund und sieht dabei unglaublich süß aus.

»Danke schön.«

»Nein, ernsthaft. Das ist eine Offenbarung.«

»Das freut mich.« Ich beobachte sie beim Essen und greife selbst zu. Dazu genießen wir einen alkoholfreien Sekt. Dann liegen wir nebeneinander auf der Decke und beobachten die Sterne.

»Dieses Date ist perfekt«, flüstert Kylie nach einiger Zeit. Ihr Kopf ruht auf meiner Brust.

»Ja?«

»Ja. Bis jetzt wollten mir alle bei einem Treffen beweisen, dass sie das Geld und den Status haben, um mich zu erobern, doch keiner hat sich die Mühe gemacht, mich wirklich kennenzulernen. Denn das hier«, sie macht eine ausladende Geste, »ist das, was ich unter einem vollkommenen Abend verstehe.« Voller Freude, dass ich sie mit so wenig Aufwand derart begeistern konnte, küsse ich sie. Wir verlieren uns ineinander, bis wir Arm in Arm glücklich einschlafen.

Kapitel 23

Kylie

Die Wochen vergehen, und zwischen Niall und mir herrscht ein Mix aus vertrautem Alltag und aufregenden Wochenenden. Während ich bei der Arbeit weiterhin mein Bestes gebe und Jennas Termine und Ausstellungen mitplane, verbringen Niall und ich die Wochenenden in Spas, auf Motocross-Rennen, in Jazzklubs oder einfach im Bett. Genießen gemeinsam die Tritte unserer Tochter und bauen das Kinderzimmer in meiner Wohnung auf. Ein weiteres Talent meines Freundes ist handwerkliches Geschick. In null Komma nichts baut er einen Kinderschrank auf, schleift das Gitterbettchen, ein antikes Stück, das ich auf eBay ersteigert habe, ab und lackiert es weiß.

Mittlerweile bin ich im siebten Monat, und mein Bauch scheint mit jeder Woche größer zu werden, was mich aber nicht mehr so stört wie anfangs. Ganz im Gegenteil. Ich stehe öfter nackt vor dem Badezimmerspiegel und betrachte meinen Körper, fühle mich stolz und schön. Mit meiner Mutter habe ich bis jetzt nur einmal kurz telefoniert, doch das hat uns auch nicht nähergebracht, da sie einfach nicht akzeptieren will, dass ich mit Niall zusammen bin. Dad versucht die Wogen zu glätten, doch eine Schwangerschaft von einem Bodyguard ist etwas, was meine Mutter nicht so schnell verdauen kann.

Faye ist kühl und draufgängerisch wie immer, lässt aber ab und an einen Kommentar da, dass sie der Kleinen schon beibringen wird, wie man die Männer um den Finger wickelt. Was in ihrer Sprache bedeuten soll, dass sie sich um die Kleine kümmern wird und ihr beibringt, wie man eine starke Persönlichkeit wird. Charly ist schweigsam, lässt mich aber spüren, dass sie immer da ist, wenn ich sie brauche. Wie so oft verbringen sie die meiste Zeit in meiner Wohnung statt in ihrer eigenen, verschwinden aber schnell, wenn Niall nach Hause kommt. Mein Apartment ist größer und hat zwei Kinderzimmer. Wir sind noch nicht offiziell zusammengezogen, aber es fehlt nicht mehr viel, da sich Nialls Hab und Gut schon in meiner Wohnung befindet.

Die vergangenen Wochen waren einfach traumhaft, in jeglicher Hinsicht. Niall hat mich bei den Kotrollen bei der Ärztin begleitet und war mir eine Stütze, als sich wieder die Morgenübelkeit angekündigt hat. Man kann sagen, wir sind zusammengewachsen in unserer Beziehung. Viele Dinge an ihm sind neu. Zum Beispiel muss er immer auf der Bettseite liegen, wo sich die Tür befindet, was auf seine Ausbildung zurückzuführen ist. Er hat einen Flugschein, hat aber nach einem Beinahe-Absturz, Angst, das Cockpit zu betreten.

Wie er es schon angedeutet hat, kocht er für sein Leben gerne. Viele leckere Gerichte aus den verschiedensten Ländern, die er bereist hat und die ganz schlecht für meine Figur sind. Aber ich genieße es, bekocht zu werden, mit ihm auf der Couch einen Film anzusehen oder in einem Modemagazin zu blättern, während er ein Buch liest oder trainiert. Letzteres heizt mich dermaßen an, dass ich ihn oft auf der Matte vernasche. Ich liebe jeden einzigen Augenblick mit ihm.

Das Einzige, was mich stört, ist sein Job als Bodyguard. Immer wieder wird er nach Galen beordert oder in die Botschaft gerufen, sodass wir nur in kurzen Abständen zusammen sein können. Anfangs waren es nicht viele Einsätze, aber in letzter Zeit häufen sie sich. Ich versuche, nicht die Zicke in mir, das eifersüchtige Monster, heraufzubeschwören, denn ich weiß, dass er seinen Job liebt, aber trotzdem fällt es mir schwer, ihn gehen zu lassen. Vor allem seitdem die Geburt näher rückt und mir Angst macht.

Heute ist ein schöner Abend, an dem Niall und ich in der Badewanne liegen und gemütlich den Tag ausklingen lassen. Der süße Duft von Vanille steigt uns in die Nase, während der Schaum unsere Haut umschmeichelt.

»Hast du dir schon einen Namen für die Kleine überlegt?«, frage ich in die angenehme Stille hinein, als er Kreise auf meinem umfangreichen Bauch zeichnet.

»Hmm«, murmelt er und liebkost meine Haut weiter. Er bleibt eine Weile still, und nur die Geräusche des Wassers sind zu hören. »Ich fände Evelyn schön.«

»Nein.«

»Warum nicht?«, fragt er neugierig, fühlt sich nicht eingeschnappt über meine kalte Antwort.

»So hieß meine ehemalige beste Freundin, die sich meinen Schwarm gekrallt hat.«

»Oh«, meint er zwar betroffen, doch am Vibrieren seiner Brust merke ich, dass er sich ein Lächeln verkneift.

»Wie dem auch sei«, fahre ich fort, will mich nicht an die böse Schlange aus der Schulzeit erinnern – und schon gar nicht an den Jungen mit den blauen Augen, der mir das Herz gebrochen hat. »Mir würde Viviane, Hannah oder Serena gefallen.«

»Hannah ist ein schöner Name«, meint er nachdenklich, und seine Finger verharren auf meiner Taille. »Er ist kurz und zeitlos.« Ich habe lange in Namensbüchern gelesen, doch diese drei Namen fand ich am besten. Niall küsst meinen Scheitel und legt die Arme um meinen Körper, um mich noch enger an seine Brust zu ziehen. »Der Name ist perfekt.«

»Finde ich auch.«

Mein Herz geht auf, wenn ich daran denke, dass nun das Kinderzimmer fertig ist, der Kinderwagen bald geliefert wird und das meiste an Kleidung schon bestellt wurde. Alles fügt sich zusammen. Ich bin nicht allein, habe meinen Partner gefunden, der mich liebt, wie ich bin, mich unterstützt und sich um mich kümmert. Damals in Galen habe ich ihn für einen Flirt, jemanden für schnellen Sex gehalten, aber dieser Mann ist so viel mehr. Er ist meine Rettung, mein Fels in der Brandung geworden, der mich und meine Familie respektiert.

»Hannah«, wispere ich, drehe mich zu ihm um, um ihn zu küssen. Zart und leicht, lege all meine Liebe in diesen Kuss, damit er schmecken kann, wie glücklich er mich macht. Nur langsam lösen wir die Lippen voneinander und sehen uns tief in die Augen. Seine sonst so hellen Augen sind eine Spur dunkler geworden, und die Härte an meinem Rücken verrät mir, dass er mich will.

»Hannah«, flüstert er, bevor er mir aus der Badewanne hilft, mich abtrocknet und mich ins Bett trägt, um mir zu zeigen, wie perfekt wir füreinander geschaffen sind.

»Ich möchte nicht arbeiten gehen«, murmele ich an seiner Brust, als Nialls Wecker wie immer um fünf Uhr morgens klingelt. Ich habe diese Nacht kaum ein Auge zugetan, denn mein Bauchumfang schränkt meine Bewegungsfreiheit ein, und Hannah ist auch ziemlich aktiv, wenn ich liege.

»Dann lass dich krankschreiben. Du stehst kurz vor der Geburt und solltest es sowieso langsam angehen.«

»Ich kann nicht. Jenna und ich sehen uns, seit sie verheiratet ist, sowieso viel zu selten. Die Arbeit ist ziemlich stressig, ja. Aber meist pendelt sich das wieder ein. Ich würde einfach gerne mit dir den Tag im Bett verbringen. Die Zeit genießen, bevor Hannah uns den Schlaf raubt.«

Niall richtet sich auf, küsst meinen Bauch, ehe er mir einen Kuss auf den Mund drückt. »Glaub mir, Süße, ich würde nichts lieber tun als das, aber ich muss in die Botschaft.«

Kaum hat er über die Arbeit gesprochen, läutet sein Handy auf dem Nachtkästchen. Wie der Blitz steht Niall auf und nimmt den Anruf entgegen.

»McKenna.« Niall steht da wie eine muskulöse nackte Statue, während er seinem Gegenüber lauscht. »Das klingt nicht gut«, murmelt er und verfällt wieder in Schweigen. »Verstehe.« Sein Körper spannt sich an, und plötzlich sieht er zu mir, mit einem entschuldigenden Blick lächelt er mich knapp an, aber ich weiß, das, was er mir zu sagen hat, wird mich eher zum Weinen bringen. »Kann das nicht jemand anderes übernehmen?« Diese Worte habe ich noch nie aus seinem Mund gehört. Er ist stets Feuer und Flamme für seinen Job, führt ihn mit einer Leidenschaft aus, die ich noch nie gesehen habe, und doch will er den Auftrag abgeben. Für mich. »Ist gut«, sagt er und atmet schwer aus. Nein, das wird gar nicht gut. »Ich bin – so schnell ich kann – in Galen.«

Da sind sie die acht Worte, die meine Laune auf den Nullpunkt sinken lassen. Er legt auf, ohne sich zu verabschieden, und legt das Handy wieder an seinen üblichen Platz.

»Ich muss leider gehen«, flüstert er, setzt sich auf die Bettkante und streichelt über meinen Fußknöchel, der sich in seiner Reichweite befindet.

»Für wie lange?«, frage ich neutral, will ihm nicht zeigen, wie sehr ich ihn vermissen werde. Meine Maske der Gleichgültigkeit aufzusetzen ist mir noch nie schwerergefallen.

»Ich weiß es nicht. Es hat einige Morddrohungen gegen Lex gegeben, und da müssen wir handeln.«

»Oh Gott.« Ich lege die Hand auf den Mund und kann nicht fassen, wie krank manche Menschen sein können.

»Es tut mir leid, Kylie, das hier könnte länger dauern, mich länger von dir fernhalten«, sagt er mit einem Kloß im Hals, als würde ihn die Trennung auch fertigmachen.

»Ich verstehe, dass du gehen musst. Es ist deine Pflicht«, erwidere ich und lächle, aber ich weiß, dass es meine Augen nicht erreicht. »Aber ich wünschte, du müsstest es nicht.«

»Ich auch, Süße. Ich auch.« Weil wir beide kein Typ von langen Abschieden sind, küsst Niall mich stürmisch, löst sich schnell von mir, bevor er sich anzieht. Ich jedoch drehe mich zur Wand und versuche mit aller Macht, die Tränen, die sich ihren Weg an die Oberfläche bahnen, wegzublinzeln.

Ich bin keine Klette, keine Frau, die sich über einen Mann definiert, aber Niall und ich haben lange gebraucht, um zueinanderzufinden, und deshalb genieße ich jeden Moment, wie kurz er auch sein mag. Als die Tür leise ins Schloss fällt, schließe ich die Augen und versuche nicht zu weinen. Doch selbst mit geschlossenen Augen schafft es eine Träne, sich aus meinem Augenwinkel zu stehlen.

Bei der Arbeit ist es erträglicher, da ich viel um die Ohren habe und kaum an Niall denken kann. Als Hannah wild zu treten beginnt, lege ich eine Pause ein und setze mich eine Weile, um meine Füße aus den flachen Stiefeln zu schälen. Ich seufze wohlig auf und lege den Kopf in den Nacken, atme ein paarmal tief durch, um mich für die letzten drei Stunden dieses Arbeitstages zu wappnen. Ein Klopfen an meiner Bürotür reißt mich aus meinen Gedanken, und ich hätte als Antwort fast denjenigen angefaucht, der es wagt, meine Ruhe zu stören.

»Hey meine Liebe«, höre ich Jenna, aber meine Augen sind noch immer geschlossen, genießen die Ruhe.

»Sieh mal, was für dich gekommen ist.«

Wie ein Hund, der eine Stück Fleisch gewittert hat, sehe ich auf und bemerke Jenna kaum, weil sie einen Strauß schöner Wildblumen vor sich hält, der so groß ist, dass er ihren gesamten Oberkörper verdeckt.

»Was ist das denn?«, frage ich amüsiert, weil wirklich nur Jennas Kopf zu sehen ist. Ich erhebe mich nur in Strumpfhosen und helfe ihr, die Vase auf meinen Bürotisch zu stellen.

»Da muss ich mal ein ernstes Wörtchen mit Philip reden, ich bekomme nie so einen großen Strauß von ihm«, meint meine beste Freundin scherzhaft und streicht sich die roten Locken aus dem Gesicht.

»Wer sagt denn, dass sie von Niall sind? Vielleicht ist es ein heimlicher Verehrer?«

»Das werden wir wissen, sobald du das Päckchen hier aufmachst, es war nämlich keine Karte dabei.« Sie reicht mir ein längliches Päckchen, das in grünem Geschenkpapier verpackt ist. Ich reiße das Papier auf und hebe den Deckel an und weiß nicht, ob ich lachen oder weinen soll. Ich lege die Box auf dem Tisch ab und nehme den Babybody heraus, der wie ein Wonder-Woman-Kostüm genäht wurde. »Wie süß ist das denn?«, schmachtet Jenna hinter mir, doch ich höre sie kaum. Meine Brust wird eng, weil ich Niall vermisse, ihm nah sein möchte. Doch bevor mich die Tränen übermannen können, hole ich die Karte aus der Schachtel.

Als ich dieses Kostüm im Internet gesehen habe, musste ich es für unsere Kämpferin, unsere Hannah, kaufen. Ich kann es kaum erwarten, sie in den Armen zu wiegen und ihr zu sagen, wie sehr ich sie vergöttere.

Ich vermisse dich derart, dass es wehtut. Leider werde ich mindestens zwei Wochen hierbleiben müssen, deshalb hoffe ich, dich mit den Blumen etwas aufheitern zu können. Ich liebe dich, Kylie!

Ich lege die Karte an meine Brust und atme tief durch, ehe ich mich zu meiner Freundin umdrehe. Mein Herz klopft unaufhörlich in meiner Brust, jeder Schlag schlimmer als der andere. »Alles gut?«

Ich schüttle kurz den Kopf, bevor ich wieder Tränen vergießen muss. »Nein, aber das wird schon.«

»Er kommt bald wieder.«

»Ich weiß das. Aber ich kann nicht aufhören, an die Zukunft zu denken.«

»Inwiefern?«, fragt meine Freundin mit gerunzelter Stirn.

»Wird es immer so sein? Wird Hannah ihren Dad nur alle paar Wochen zu Gesicht bekommen?«

»Das weiß ich nicht. Anders als Niall ist Philip die meiste Zeit in New York. Aber da Niall der Leiter der Sicherheitsabteilung ist, sind diese Reisen notwendig.«

»Aber ich bin mir nicht sicher, ob ich das so aushalte. Ihn zu vermissen fühlt sich schlimmer an als alles, was ich bis jetzt gefühlt habe.«

Jenna nimmt mich fest in den Arm, drückt mich, bis ich sie bestimmt von mir drücke. Ich kann dieses Geheule nicht mehr ertragen.

»Komm. Lass uns weiterarbeiten«, meine ich fröhlicher, als ich mich fühle, aber Jammern bringt keinem was.

»Genau. Gegen Herzschmerz hilft nur ein voller Terminkalender.«

So vergehen die Wochen, und selbst nach einem Monat ist Niall nicht zurückgekehrt. Er arbeitet eng mit seinem Vater beim Geheimdienst zusammen, und sie haben diejenigen, die nach dem Leben des Königs trachten, noch nicht gefunden. Anfangs haben wir noch öfter telefoniert, doch jetzt beschränkt sich unser Kontakt auf Chatnachrichten und Voicemails. Die Zeitverschiebung macht es auch nicht leichter. Es ist viel zu wenig, doch ich lasse ihn nicht spüren, dass mich diese Trennung extrem belastet.

Jenna und Philip versuchen mich aufzumuntern, so gut sie können. Laden mich jeden Abend zu sich ein, doch ich lehne stets ab. Selbst als ich in den Mutterschutz gehe, verbringe ich die meiste Zeit im Park oder in meinem Lieblingscafé. Ich vermeide meine Wohnung, so gut ich kann, denn ich weiß, dass dort meine Schwestern lauern, um mich zu bespaßen, auch wenn mir nicht nach Lachen zumute ist. Erst als es schon längst dunkel ist, gehe ich nach Hause, quäle mich die Stufen zu meinem Apartment hoch. Ich bin völlig außer Atem, als ich meine Etage erreiche. Meine Gedanken kreisen gerade um die Geburt und was mich noch alles erwartet, sodass ich nicht mal meine Mutter entdecke, die vor meiner Haustür steht.

»Hallo Kylie«, begrüßt sie mich, ohne mir in die Augen zu sehen, denn ihr Blick heftet sich auf meinen Schwangerschaftsbauch.

»Hey«, murmele ich und bleibe in einiger Entfernung stehen. Mums Haltung ist steif und verkrampft, zeigt mir, dass sie sich nicht wohlfühlt und sie diese Situation überfordert. »Was …?«, setze ich an, doch meine Mutter hebt die Hand und bringt mich zum Verstummen.

«Bitte lass mich zuerst reden, in Ordnung?«

Ich nicke nur, lege meine Handflächen auf meinen Bauch und mache mich auf alles gefasst.

»Ich möchte dich nicht verlieren, Kylie. Mir ist bewusst, dass ich nicht einfach bin und dich zu vielen Dingen drängen wollte, aber ich sehe es jetzt ein, dass ich falsch gehandelt habe. Dein Vater redet nicht mehr mit mir, weil du dich von uns abgewendet hast, und auch ich fühle mich schrecklich. Ich möchte nicht, dass mein Enkel ohne mich aufwächst«, flüstert sie schließlich, und ihre Stimme droht zu brechen.

Das ist die erste Entschuldigung und der erste ehrliche Gefühlsausbruch, den sie jemals in meiner Gegenwart geäußert hat.

»Komm erst mal rein«, sage ich und öffne uns die Tür. Die Frau, die mir beigebracht hat, keine Gefühle öffentlich zur Schau zu stellen, folgt mir und sieht in ihrem teuren hochgeschlossenen Kleid und dem Nerzmantel komisch in meiner Wohnung voller antiker Möbel aus. Wie ein Fremdkörper. »Möchtest du etwas trinken?«, frage ich und versuche mich mit etwas Small Talk. Das können wir. Uns über Essen, das Wetter oder den Klatsch und Tratsch von Englands Adel unterhalten, über Gefühle, das können wir nur schwer.

»Nein danke. Bitte. Setz dich.« War ja klar, dass sie wieder mal die Herrin rauslässt, aber da mich meine Füße vom langen Spaziergang durch das verschneite New York umbringen, tue ich, was sie sagt, und setze mich. »Es tut mir leid, dass ich dich und Niall so vorgeführt habe. Ich kenne diesen Mann nicht, aber wenn er dich glücklich macht und dich wirklich will, dann habt ihr meinen Segen. Ich halte mich raus.«

»Woher der Sinneswandel?« Ich glaube ihre Entschuldigung noch nicht, denn es könnte eine neue Masche sein, damit sie mich manipulieren kann.

Sie hat mit dieser Frage gerechnet. »Ich habe selbst einen Bodyguard geliebt, musst du wissen.« Wie in einem Comic, in dem die Augen fast aus den Höhlen quellen und der Mund weit offen steht, muss ich gerade aussehen, denn das ist etwas, wovon ich noch nie gehört habe.

»Nicht wahr!«

»Ach, meine Kylie. Ich wünschte, es wäre nie geschehen, aber es stimmt. Ich war jung, nicht mal achtzehn Jahre alt, als Duncan als der Leibwächter deines Großvaters angefangen hat. Er war fünf Jahr älter, sah gut aus und strahlte eine gewisse Dunkelheit aus, die mich fasziniert hat.«

Meine Mutter stand auf Bad Boys? Das muss ich erst mal verdauen.

»Ich war ihm verfallen, habe ihn mit einer Leidenschaft geliebt, die mir die Luft zum Atmen raubte. Aber es war alles eine Lüge. Er wollte mich nur wegen meines Namens, hat mich nie geliebt. Für ihn war alles ein Spiel, und das hat mich zerstört. Dein Großvater hat ihn gefeuert, aber das konnte den Schmerz auch nicht lindern.«

»Das tut mir leid, Mum.«

Sie lächelt nur traurig, erzählt aber weiter. »Es dauerte zwei Jahre, bis ich deinen Vater kennengelernt habe. Er war der Cousin eines Schulfreundes von mir. Seine Liebe hat mich wieder zusammengefügt, als ich fast zerbrochen wäre, und dafür werde ich ihm immer dankbar sein. Kenneth hat mich gerettet und mir euch geschenkt.«

Die Tränen, die in ihren Augen schimmern, zeigen mir meine Mutter von einer völlig neuen Seite. Trotz der Differenzen, trotz des Streits, rutsche ich zu ihr und umarme sie etwas umständlich. Wider Erwarten stößt sie mich nicht weg, sondern ihre sonst so steife Haltung wird lockerer, aber sie erwidert die Umarmung nicht sofort. Erst als ich die Nässe an meiner Schulter spüre. Ich glaube, ich habe meine Mum noch nie weinen gesehen, nicht mal als meine Großeltern gestorben sind.

»Es tut mir leid, Kylie«, schluchzt sie an meiner Schulter, und zum ersten Mal in meinem Leben fühle ich mich mit meiner Mutter auf eine Art verbunden. Wir teilen beide den Schmerz eines gebrochenen Herzens, während ihrer jedoch in der Vergangenheit ruht, ist meiner real und nimmt meine Gegenwart ein.

Kapitel 24

Niall

»Ich fasse es einfach nicht!«, brülle ich durch den Überwachungsraum des Schlosses. Meine Männer, alle Mitarbeiter der Leibgarde stehen vor mir und sehen mir live bei meinem Wutausbruch zu. Ich bin nicht stolz darauf, aber in den vergangenen Wochen reicht nicht viel, um mich zum Explodieren zu bringen. Wieder ist die Spur zu dem Verdächtigen im Sand verlaufen, sein wasserfestes Alibi hat meine ganzen Hoffnungen zunichtegemacht, zu meiner Familie zu kommen.

»Wir kriegen die Mistkerle schon.« Es ist J. C., der seine Hand auf meine Schulter legt, die ich aber abschüttle. Will einfach meinem Ärger Luft machen, doch sein Griff verstärkt sich nur leicht, lässt mich den Blick heben. Seine blauen Augen, so weit wie das Meer, strahlen Ruhe aus, die langsam auf mich übergeht. Ich bin etwas gefasster, als ich schließlich das Wort erhebe.

»Wir sind alle am Ende unserer Kräfte. Ihr genauso wie ich. Wir sind seit Wochen rund um die Uhr im Einsatz und versuchen diese Typen zu schnappen, die unseren König Alexander umbringen wollen. Aber während ihr jeden Abend bei euren Familien verbringen könnt, wartet meine schwangere Freundin in New York auf mich.«

Die Jungs lächeln mich verständnisvoll an. Die meisten von ihnen sind Singles, doch einige haben Frau und Kinder, außer J. C., der mit seinen zweiundzwanzig Jahren der Jüngste der

Truppe ist, aber auch mein loyalster Mitarbeiter. Er war derjenige, der meine Schichten übernommen hätte, damit ich nach Hause fliegen kann, bis diese Drohungen das ganze Schloss in Panik versetzt haben. Wir leben in einem Zeitalter, in dem die Menschen immer kaltblütiger werden und eine einfache Drohung einen ganzen Tsunami auslösen kann. Ich habe einen Eid geschworen, dieses Land und ihre Regenten zu beschützen, doch seit Tagen fühle ich mich kraftlos und leer.

Die Worte von Kylies Vater kommen mir wieder in den Sinn, als er mich gefragt hat, ob ich diesen Job für immer machen will, und damals war die Antwort so klar, dass ich – ohne mit der Wimper zu zucken – mit Ja geantwortet habe. Doch jetzt? Jetzt fühle ich mich, als wäre ich nur zur Hälfte da, und frage mich, ob ich das noch lange so machen kann. Immerhin kommt Hannah bald zur Welt, und ich möchte nicht verpassen, wie sie aufwächst.

»Mach mal eine Pause. Du bist die ganze Nacht die Befragungen durchgegangen. Ich übernehme ab jetzt, ruh dich aus.« J. C. klopft mir freundschaftlich auf die Schulter, und ich nicke ihm dankbar zu, spüre ich doch selbst, wie ausgemerzt ich bin. Ich will gerade den Raum verlassen, als die Tür geöffnet wird und meine Schwester Nicole den Raum betritt.

»Hey Kleines«, begrüße ich sie und bleibe stehen. Sie läuft auf mich zu und umarmt mich stürmisch und fest. Ihr langes brünettes Haar wirbelt dabei umher. Da ich sie seit Wochen nicht mehr gesehen habe, drücke ich sie fest an mich und atme ihren vertrauten Vanilleduft ein. Es beruhigt mein erhitztes Gemüt, das ich nicht abschütteln konnte. Mein Sonnenschein schafft es immer wieder, mich aufzumuntern. Heute trägt sie eine orangefarbene Bluse und dunkle Jeans zu weißen Turnschuhen. Das Haar trägt sie offen, sodass es ihr bis zu den Hüften fällt.

»Wie geht's dir?«, fragt sie, und sobald sie mich genauer betrachtet, kennt sie die Antwort und verstummt wieder. Ich kratze mich am Hinterkopf, will ihr keine Sorgen bereiten und drehe ihr kurz den Rücken zu. Erst dann bemerke ich die Blicke meiner Männer. Die, die Singles sind, können die Augen nicht von ihr lassen, und selbst die verheirateten blicken länger als nötig. Es ist nicht das erste Mal, dass mich Nikki hier besucht, doch dass meine Schwester hier mit den Augen ausgezogen wird, stört mich verdammt noch mal. Aber meine Schwester merkt es nicht, sondern sieht hinter mich und begrüßt J. C. mit einem leichten Nicken und einem scheuen Lächeln. Er war derjenige, der sie vor Monaten von dieser fürchterlichen Party abgeholt hat, als ein Arsch Nikki missbrauchen wollte, also denke ich mir nichts weiter dabei.

»Du bleibst länger, oder?«, frage ich etwas gereizter als vorhin.

»Ja, ich hatte es vor. Ich habe letztens mit Kylie telefoniert, und sie sagte, ihr arbeitet euch noch zu Tode, also bin ich hergefahren.«

»Gut, ich brauche mal eine Dusche. Wir sehen uns später.«

»Ist gut, ich möchte sowieso noch die Königsfamilie begrüßen.«

Kaum hat sie den Raum verlassen, drehe ich mich zu den Jungs um und blicke sie finster an. »Leute. Ich dachte zwar, dass es selbstverständlich wäre, aber ich denke, wir müssen doch dieses Gespräch führen. Ich hoffe, euch ist bewusst, dass meine Schwester tabu ist, klar?« Das Nicken aus der Runde lässt mich erleichtert ausatmen. Nicht, dass ich meine Männer für nicht gut genug für meine Schwester halte, aber sie sind ausgebildete Kampfmaschinen und wie ich ständig im Einsatz. Für Nikki wünsche ich mir einen ruhigen Typen und keinen Muskelprotz, wie ich einer bin. Ein zustimmendes Brummen geht durch die Runde, genauso wie gesenkte Häupter, was mich zufrieden den Raum verlassen lässt.

Nach einer Dusche rufe ich Kylie an. Es ist zwar durch die Zeitverschiebung erst sechs Uhr morgens in New York, aber ich muss ihre Stimme hören, sonst würde ich den Tag nicht überstehen.

»Hey«, begrüßt mich mein verschlafenes Mädchen, klingt dabei so süß, dass sich etwas in mir vor Sehnsucht verkrampft.

»Morgen, Darling. Wie geht's meinen Mädels heute?«

Ich bekomme ein Stöhnen als Antwort, das alles andere als sexy klingt. »Ach, Hannah übt schon für die Olympiade im Turnen. Ich schwöre dir, sie wird mit jedem Tag aktiver.«

»Sie ist eben eine temperamentvolle Maus und auf Zack wie ihre Mama.«

»Wohl eher eine Kampfmaschine wie ihr Daddy«, kichert Kylie heiser und rau, eine sinnliche Mischung. Ich lege mich aufs Bett, lege den Arm unter den Kopf und starre an die Decke, sehe ihr Lächeln vor mir und schließe die Augen, wünsche mir, sie wäre hier bei mir. »Wann kommst du wieder?«, fragt Kylie wie jedes Mal, wenn wir telefonieren.

Es folgt Stille, weil ich einfach nicht weiß, was ich ihr sagen soll. Ich will sie nicht hinhalten oder ihr etwas vormachen. »Ich weiß es nicht, Darling. Die Suche erweist sich schwieriger, als wir dachten. Wir haben die Mistkerle noch nicht gefasst.«

»Verstehe«, flüstert sie, und es bringt mich fast um, sie nicht halten zu können und der Grund zu sein, aus dem sie weint.

»Ich vermisse dich, Kylie. Jede Sekunde denke ich an dich, vermisse dein Lachen, deinen Duft und deine Augen. Ich weiß, es ist hart, aber sobald wir die Sache beendet haben, komme ich zu dir. Versprochen.«

»Ich weiß«, schnieft sie, und selbst mir rinnt eine Träne von meinem Augenwinkel in mein Ohr, doch ich wische sie nicht weg. Fühle mich selbst verloren und nur zur Hälfte da.

»Ich liebe dich, Kylie. Du und Hannah seid das Wichtigste in meinem Leben.«

»Wir lieben dich auch«, antwortet sie und scheint dabei zu lächeln. Unsere Gespräche, so lustig sie auch sind, tragen stets den Schatten der Trennung über sich. Mittlerweise sind es fast zwei Monate, in denen ich weg bin, und ich schwöre, dass sich Kylie mit jedem Telefonat mehr von mir distanziert. Ich kann es fühlen und doch nichts dagegen tun, außer ihr immer wieder zu sagen, wie sehr ich sie liebe. Wie sehr ich sie brauche. Aber auch das scheint sie nach all den Wochen zu bezweifeln.

»Meinst du, dass wir diesmal den Richtigen haben?«, frage ich meinen Vater, als wir durch die dunklen Gänge zum Verhörraum des Geheimdienstes eilen. Unsere schweren Stiefel hören sich durch den Hall wie Donnergrollen an, ein anbahnendes Gewitter. Wochenlang haben wir nach dem Mann gesucht, der meinen König, Philips Bruder, bedroht hat. Zweimal hatten wir den Falschen, doch dieses Mal, dieses Mal bin ich mir fast sicher, dass wir den Mistkerl geschnappt haben.

Kurz sehe ich auf mein Smartphone, erlaube mir einen Augenblick, um aufs Display zu blicken, doch auch heute keine Antwort auf meine Nachrichten oder Anrufe von meiner Freundin. Seit zwei Tagen herrscht zwischen Kylie und mir Funkstille, was mich völlig wahnsinnig macht.

Niall: Bitte melde dich. Ich mache mir Sorgen um euch.

Ich tippe schnell und schicke die Nachricht augenblicklich los, ehe ich das Handy wieder in meiner Hosentasche verstaue.

»Nichts Neues von Kylie?«, fragt mein Vater angespannt, woraufhin ich den Kopf schüttle. Ich muss mich sammeln, mich für dieses Verhör vorbereiten, auch wenn ich sofort nach New York fliegen möchte, um meine Mädchen in den Armen zu halten. Kurz bevor mein Vater die Tür öffnet, sehen wir uns in die Augen, eine stumme Frage, ob unsere Strategie sitzt, ich nicke nur und bin bereit meine ganze schlechte Laune an dem Verdächtigen auszulassen.

Nach der Befragung bin ich heiser und ausgelaugt, doch es hat sich gelohnt, denn wir haben den Drecksack endlich gefunden und sein Nest ebenfalls. Es sieht danach aus, als wäre Lex nur einer von vielen Blaublütigen, die sie entweder entführen oder angreifen wollten. Nicht auszudenken, wenn diese Schweine ihre Drohung wahr gemacht hätten. Ich liebe Lex ebenso wie einen Bruder und würde alles tun, um ihn zu beschützen.

Im Schloss angekommen gehe ich schnurstracks in die Sicherheitszentrale und gehe noch mal alles durch, um wieder nach Hause fliegen zu können. Nach Hause. Früher habe ich immer gedacht, dass diese Bezeichnung eigentlich nur auf Galen zutrifft, doch nun hat sich alles geändert, denn jetzt sind Kylie und Hannah mein Heim. Mein Herz. Ein leises Klopfen lässt mich den Kopf heben. Meine Mutter betritt mit einer Tupperdose in der Hand das Zimmer.

»Hallo, mein Schatz«, begrüßt sie mich wie früher und stellt die Box vor mir ab, dazu legt sie einen Löffel. »Ich habe dir deine Lieblingspilzsuppe gemacht. Du isst kaum etwas.«

»Danke, Mom.« Ich versuche zu lächeln, aber ein Blinken meines Smartphones lässt mich sofort nach meinem Handy greifen. Doch anstatt einer Antwort meiner Freundin habe ich nur eine neue E-Mail erhalten.

»Noch immer nichts?«, fragt meine Mutter sanft. Ich schüttle den Kopf und lege das Gerät wieder ab. Verzweifelt fahre ich mir mit den Händen durchs Haar und sehe an meiner Mutter vorbei.

Was passiert hier bloß? Wieso meldet sie sich nicht? Das ungute Gefühl in meiner Brust, eine Vorahnung, wächst mehr und mehr in mir heran. Ich befürchte, dass ich drauf und dran bin, Kylie zu verlieren.

»Diese Situation ist schlimm. Für euch beide, aber für Kylie, die kurz vor der Entbindung steht, ist es schlimmer. Sie ist allein mit ihrer Angst und den Sorgen, und selbst wenn du jede Minute mit ihr telefonieren würdest, würde das nichts helfen.«

»Was willst du damit sagen?«

»Nur, dass du gut darüber nachdenken sollst, was du wirklich willst.« Mit diesen Worten und einem milden Lächeln verlässt sie den Raum und lässt mich noch ahnungsloser zurück, als ich vorhin noch war. Als ich die Tür abschließe und mich schon auf dem Heimweg sehe, höre ich plötzlich Schritte.

»McKenna!«, brüllt J. C. von Weitem und rennt auf mich zu. »Komm schnell mit. Es scheint, als hätte sich einer der Anhänger von dem Verdächtigen zu rächen versucht, die Reifen der Queen wurden bei einem Staatsbesuch zerstochen.«

Fluchend folge ich ihm, und der Gedanke an zu Hause scheint sich immer mehr von mir zu entfernen.

Es ist weit nach Mitternacht, als ich erschöpft ins Bett falle, doch an Schlaf ist nicht zu denken. Zu sehr hat mich die Sorge um Kylie gepackt. Nachdem sie wieder nicht auf meinen Anruf reagiert, rufe ich Jenna an.

»Ihr geht es gut«, sagt Jenna anstatt einer Begrüßung, ihr Ton ist kühl und distanziert.

»Wo ist sie? Wieso meldet sie sich nicht?«, frage ich alarmiert. Was geht hier verdammt noch mal vor? Weshalb meldet sich meine Freundin nicht bei mir? »Ich … warte.« Ich höre Jenna etwas murmeln, doch dann wird die Verbindung plötzlich abgebrochen. Ich bin gerade dabei, sie zurückzurufen, als Kylies Nummer auf dem Display erscheint.

»Gott sei Dank«, flüstere ich erleichtert, versteife mich aber, als ich Kylies Schluchzen vernehme. »Darling, was ist denn los? Bitte rede mit mir. Ich dreh hier noch völlig durch!«, sage ich mit einer Verzweiflung in der Stimme, die selbst mich erschreckt. Nach den Wochen voller Arbeit und Sehnsucht bin ich an der Grenze meiner Kräfte.

»Ich kann das nicht mehr, Niall.« Mein Puls rast, als die Worte in ihrer Gesamtheit zu mir durchdringen. *Sie will sich von mir trennen!*

»Was? Wieso?«

»Die Trennung von dir bringt mich noch um. Dich zu vermissen tut schrecklich weh, und ich habe keine Kraft mehr. Es tut mir leid.« Mein Herz, das vorhin noch unaufhörlich gegen meinen Brustkorb gehämmert hat, macht eine Vollbremsung und bleibt stehen. Meine Finger krallen sich um das Handy, und ich versteife mich. War ich vorhin noch erschöpft, fühle ich mich jetzt am Ende zerstört.

»Bitte«, flüstere ich, spüre die Tränen, die über mein Gesicht laufen, kaum. »Bitte tu das nicht. Ich komme bald zu dir. Zu euch.«

»Auch wenn du bald kommst, wirst du doch immer wieder gehen müssen, und das ist kein Leben, das ich mir für mich und Hannah wünsche. Sosehr ich dich auch liebe, kann ich uns das nicht antun.«

»Kylie«, flüstere ich verzweifelt, doch dann ist die Leitung tot und mein Herz ebenfalls.

Kapitel 25

Kylie

Obwohl ich das Gefühl habe zu zerbrechen, als würde mein ganzes Leben in Scherben liegen, weine ich doch stumm, spüre die Tränen, die über mein Gesicht rinnen. Noch in Nialls Shirt, das schon lange nicht mehr nach ihm riecht, sitze ich auf meinem Bett, ziehe die Knie an und umklammere sie mit meinen Armen, um nicht vor Verzweiflung um mich zu schlagen.

»Ach Kylie«, seufzt Jenna und setzt sich neben mich, versucht mich in den Arm zu nehmen, doch ich weiche ihr aus. Denn ich weiß, wenn sie mich jetzt umarmen würde, könnte ich nicht aufhören, vor Schmerzen zu schreien.

»Nicht«, flüstere ich traurig, starre auf die Schlafzimmerwand mir gegenüber.

Jenna erstarrt in ihrer Bewegung, sie senkt ihre Arme langsam auf ihren Schoß, was ich aus den Augenwinkeln mitbekomme. Danach ist es still im Zimmer. Nur mein Schniefen erklingt und das Ticken der Uhr. Ich brauche das, diese Ruhe, diese Stille, das ist auch meiner besten Freundin bewusst, also sitzt sie stumm neben mir, ist einfach für mich da. Irgendwann unterbricht ihr Smartphone die Stille, doch sie lässt es läuten, geht nicht ran.

»Heb ruhig ab. Ich möchte nicht unhöflich sein, aber ich brauche etwas Ruhe, wenn du verstehst.« Ich will nicht, dass Jenna glaubt, ich würde ihre Nähe nicht zu schätzen wissen, aber ich kann einfach keine Nähe mehr ertragen, weder von ihr oder sonst jemandem.

»Wie du wünscht. Ich sage auch deinen Schwestern Bescheid, damit du nicht gestört wirst.«

»Danke«, flüstere ich die Wand an, kann sie einfach nicht ansehen. Erst als sie die Wohnung verlässt, stehe ich auf. Gehe ins Badezimmer und wasche mein Gesicht mit kaltem Wasser, damit das Brennen der Tränen erträglicher wird. Auch wenn ich in den vergangenen Tagen keinen Hunger hatte, habe ich mich um Hannahs willen zum Essen gezwungen. Damit es meiner Kleinen an nichts fehlt. Ich belege mir ein Brötchen und esse schweigend, blicke dabei auf die Straßen New Yorks. Die Sonne scheint bald aufzugehen, und obwohl es mitten in der Nacht ist, ist an Schlaf nicht zu denken.

Ich habe Niall verlassen, habe mich von ihm getrennt, weil ich meine Zukunft nicht mit ständiger Sehnsucht nach meinem Freund verbringen will. Diese Wochen ohne ihn haben mir vor Augen geführt, wie sehr ich das will. Eine Familie, gemütliche Abende zu Hause, aufregende Tage mit Hannah. Sie ist der Mittelpunkt meiner Welt, und ich habe gehofft, dass sie und ich auch Nialls Leben bereichern, dem ist aber nicht so. Da ich ihn nicht vor die Wahl zwischen uns und seinem Job stellen will, habe ich die Reißleine gezogen und mich getrennt. Er hat schon früher im Schloss von Galen davon geschwärmt, wie sehr er seine Anstellung als Leibwächter liebt.

Selbst als mein Dad ihn gefragt hat, ob Niall diesen gefährlichen Job sein Leben lang weiterführen will, hat er mit Ja geantwortet. Und ich bin kein Mensch, der die Person, die er liebt, vor ein Ultimatum stellt. Irgendwann versiegen die Tränen, und nur Leere bleibt in mir zurück. Selbst Hannah tritt nicht, scheint zu schlafen, während Mommy um Daddy weint. Irgendwann lege ich mich wieder ins Bett, ziehe mir die Decke über den Kopf, um den strahlenden Sonnenschein auszusperren, denn zu meiner Laune würde ein Gewitter passen. Tief versunken in meine Traurigkeit, schlafe ich schließlich ein und hoffe, dass wenn ich aufwache, das Loch in meiner Brust nicht mehr so sehr wehtun wird.

Hannahs Tritte wecken mich, doch ich stöhne nur, kneife die Augen fester zusammen und hoffe wieder einzuschlafen, was sich aber nicht einstellen will. Der Schmerz in meiner Brust ist sofort wieder da, trifft mich unvermittelt, sodass ich einen tiefen Atemzug nehmen muss. Nialls Duft erfüllt mich und verwirrt mich sogleich. Ich greife nach dem Shirt, noch immer die Augen geschlossen, und rieche an seinem T-Shirt, das sich immer so schön um seine Muskeln gespannt hat, doch ich rieche nur mein Waschmittel. Verwirrt blinzelnd öffne ich die schweren Lider und glaube Niall neben mir liegen zu sehen.

Meine Sehnsucht scheint mir Streiche zu spielen, doch ich genieße seinen Anblick, auch wenn es nur meiner Fantasie entspringt.

»Hey«, flüstert Niall plötzlich, und meine Augen werden groß, als mir klar wird, dass Niall tatsächlich in meinem Bett liegt.

»Niall?«, frage ich dumm, auch wenn ich weiß, dass er es ist, kann ich es nicht glauben.

»Ja, ich bin es«, meint er schmunzelnd, will mir übers Haar streichen, hält aber kurz vor meinem Gesicht inne.

»Was machst du hier?« Es braucht einige Augenblicke, bis ich diese Frage stellen kann. Ich habe Angst vor der Antwort, denn sie hat die Macht, uns beide zu zerstören.

»Ich bin genau dort, wo ich sein sollte, schon vor langer Zeit hätte sein sollen.« Wir liegen nebeneinander, sehen uns tief in die Augen, und ich weiche nicht zurück, als er näher rutscht und meine Hand nimmt. »Als du mich verlassen hast, hat das meine Sicht auf viele Dinge verändert. Ich habe versucht, mir eine Welt ohne dich als meine Freundin vorzustellen, doch ich konnte es nicht, denn das ist unmöglich. Du und unsere Tochter seid alles, was ich im Leben brauche.«

»Nein«, hauche ich, da ich ahne, was er getan hat. »Bitte sag nicht, dass du deinen Job aufgegeben hast.« Wieder stiehlt sich eine Träne aus meinem Augenwinkel. Niall wischt sie weg, ohne die Augen von mir zu lösen. Nimmt mich mit seinen karamellfarbenen Augen gefangen, lässt mein Herz vor Sehnsucht ächzen.

»Doch. Ich habe meine Stellung in Galen aufgegeben, ich konnte nicht länger von dir getrennt sein. Mich hat es genauso umgebracht wie dich, Darling.«

Ich schließe kurz die Augen wegen dieses Kosenamens, es fühlt sich alles so intensiv an. Seine Nähe, seine Berührung, ist zu viel für mich. Noch vor ein paar Stunden habe ich mich von ihm getrennt, und mein Herz ist noch immer zerbrechlich.

»Das habe ich nie gewollt, dass du zwischen uns und deinem Job wählen musst.«

»Dich trifft hier keine Schuld. Ich habe schon länger darüber nachgedacht, etwas zu verändern.« Ich glaube ihm, dass die Trennung uns beide an unsere Grenzen getrieben hat, aber ich möchte nicht, dass er mir Jahre später bei einem Streit vorhält, wegen uns gekündigt zu haben. Er ist da. Niall ist hier bei mir, und auch wenn mich die Traurigkeit noch immer im Griff hält, freue ich mich ihn wiederzusehen. Zu wissen, dass es ihm gut geht, lässt mich erleichtert ausatmen. Auch Niall bemerkt das leichte Lächeln in meinem Gesicht. »Mir geht es gut mit dieser Entscheidung. Ich bereue nichts, wenn ich so bei dir sein kann. Weil ich dich liebe, Kylie.«

Plötzlich legt sich seine Hand auf meine Wange und streichelt sanft über meine Haut.

»Ich liebe die Frau, die anfangs so kalt, so distanziert war, ebenso wie ich dich jetzt liebe, das offene und fröhliche Wesen, das du geworden bist, dass du mich hinter die Maske der Lordtochter hast blicken lassen. Ich möchte nie wieder von dir getrennt werden, und ich verspreche, dass ich nicht mehr der Grund dafür sein werde, dass du Tränen vergießen musst.«

»Niall …«, flüstere ich, doch weiter komme ich nicht, denn seine Lippen legen sich sanft auf meine und erlösen mich von dem Schmerz, der gestern noch mein Leben in Trümmer legen wollte. Mit einem Seufzen lasse ich los, schmiege mich in Nialls starke Arme und küsse ihn wild und leidenschaftlich. Da ich nur Unterwäsche und sein T-Shirt trage, ist es ein Leichtes für Niall, meinen Slip zur Seite zu schieben und in mich einzudringen. Wir lieben uns schnell, hart, und trotz meines Bauchumfangs fällt es mir leicht, mich zu bewegen, den Sex zu genießen. Vielmehr bin ich noch feinfühliger, was Nialls Berührungen anbelangt. Als wir beide schwer keuchend nebeneinanderliegen und uns im Arm halten, schließe ich glücklich die Augen und schlafe umhüllt von Nialls Duft ein.

Als ich das nächste Mal aufwache, ist es schon dunkel. Ich will mich gerade auf die Seite drehen und an Niall kuscheln, doch die rechte Seite meines Bettes ist leer. Verwirrt richte ich mich auf, wobei die Bettdecke von mir abfällt und meinen nackten Oberkörper entblößt. Ich krabble aus dem Bett und ziehe mir Nialls Shirt über, ehe ich in die Wohnküche gehe. Dort finde ich Niall. Er hat Abendessen gekocht, oder ist es ein Mitternachtssnack? Ich weiß nicht mal, wie spät es ist. Erst beim Näherkommen merke ich, dass er nebenbei telefoniert. Da ich ihn nicht stören will, halte ich mich noch im Hintergrund.

»Ich kann das nicht mehr, Lex. Du hast doch selbst gesehen, wie ich die letzten Wochen drauf war.« Niall lauscht der Antwort, schneidet nebenbei Paprika klein. Dieser Mann ist ein Multitasking-Genie. »Es geht mir nicht um den Verdienst …« Plötzlich hält er inne. »Das ist mehr als das Doppelte von meinem jetzigen Gehalt«, meint er ungläubig. Bei seinen Worten wird mir ganz anders. *Will er vielleicht doch wieder nach Galen gehen? War alles gelogen?* »Danke dir. Ehrlich, Mann. Aber du bist auch Vater und wirst mich sicher verstehen, wenn ich bei meiner Freundin und meiner Tochter bleiben möchte, oder?«

Das anfängliche Misstrauen, löst sich auf, und ein leichtes Lächeln erhellt mein Gesicht. Niall scheint wirklich die Wahrheit gesagt zu haben.

»Ich danke dir für das Angebot, werde morgen gleich mit Phil darüber sprechen.« Niall dreht sich um und erblickt mich neben der Couch. Seine Miene erhellt sich bei meinem Anblick, was mich ebenfalls zum Strahlen bringt. »Liebe Grüße an alle. Bye.« Niall legt das Handy auf die Arbeitsfläche und kommt auf mich zu. Seine Hände legen sich sanft um meine Hüften, als er mich küsst. Wie selbstverständlich lege ich meine Arme um seinen Nacken, will ihn berühren, da wir zu lange voneinander getrennt waren.

»Es tut mir leid, dass ich gelauscht habe«, flüstere ich, als wir gemeinsam zum gedeckten Tisch gehen.

»Ich habe keine Geheimnisse vor dir, Darling, also kannst du nicht gelauscht haben.« Etwas umständlich setze ich mich, wobei mein Magen bei dem herrlichen Duft sofort zu knurren beginnt. Beschämt sehe ich auf meinen Schoß. Wie peinlich. »Ich höre, meine Süßen haben Hunger. In zehn Minuten ist es so weit. Ich mache nur schnell den Salat.«

»Bitte für mich diesmal keine Gurken«, sage ich schnell, als er wieder in die Küche geht.

»Wieso denn?«

»Seit Wochen bekomme ich davon Sodbrennen. Es ist schrecklich.« Niall nickt nur verständnisvoll und räumt die Gurke wieder in den Kühlschrank. Ich schenke mir ein Glas Wasser ein und beobachte meinen Freund dabei, wie er mich bekocht. Er trägt eine Jogginghose und ein ausgewaschenes Shirt, nicht den Anzug von gestern, und sein Haar ist auch noch feucht. »Wann bist du denn aufgewacht? Ich habe so gut geschlafen, dass mich nicht mal ein Erdbeben hätte aufwecken können.«

»Ich habe nicht geschlafen. Der Jetlag hat mich in seinem Griff, also war ich trainieren, habe geduscht und in meiner Wohnung nach dem Rechten gesehen. Apropos.« Er stellt den Herd ab und serviert das Essen auf den Teller. »Ich wollte noch etwas mir dir besprechen.« Er stellt die Schüssel mit dem Salat ab, ehe er die Teller auf dem Tisch abstellt. Er hat Gnocchi mit Spinat und Schafkäse gemacht. Ich unterdrücke ein wohliges Seufzen. Das perfekte Gericht für abends. »Ich habe vorhin in meinen Mietvertrag gesehen, und ich könnte jetzt schon die Wohnung kündigen.«

»Ach, du willst ausziehen?«, frage ich, als ich die Serviette um das Besteck löse und auf meinen übergroßen Bauch lege.

»Ja, ich dachte mir, wenn erst mal Hannah auf der Welt ist, wirst du Hilfe brauchen, und außerdem werde ich ständig bei dir sein, wie schon vor ein paar Wochen. Also wollte ich dich fragen, was du dazu sagen würdest, wenn ich hier einziehe.« Die Gabel mit dem herrlich duftenden Essen verharrt vor meinem Mund. Niall und ich zusammenziehen? Um ehrlich zu sein, habe ich mir das gewünscht, dachte, dass er es vielleicht für zu früh erachten würde.

»Ich finde, das ist eine gute Idee. Der Gedanke, dass du immer hier bist, gefällt mir. Vor allem nach der langen Zeit, die wir getrennt waren.«

»Ich werde mich bei der Miete beteiligen oder uns diese Wohnung kaufen, wenn du das möchtest.« Sein Engagement finde ich sehr süß, und dass er sich immer so viele Gedanken um unsere Zukunft macht, schmeichelt mir. Dabei dachte ich immer, dass ich diejenige bin, die alles akribisch plant.

»Diese Wohnung ist eine Eigentumswohnung. Ich habe sie mir vor einem Jahr gekauft, wegen der vier Zimmer und des herrlichen Ausblicks.«

»Meine Bude ist das perfekte Junggesellendomizil. Gleich über einer Bar, noch dazu in der Upper West Side, ich hätte sowieso bald die Wohnung aufgegeben. Sie passt nicht mehr zu mir.«

»Dafür passt du perfekt zu dieser Wohnung hier.« Ich nehme einen Bissen, ehe ich hinzufüge. »Und zu mir.«

Nach dem Abendessen gehe ich meine Mails durch und arbeite noch ein wenig auf dem Laptop, sehe mir eine Liveübertragung einer Kunstausstellung in Paris an, während Niall ein paar Liegestütze macht und mich immer mehr von der Arbeit ablenkt. »Musst du morgen arbeiten?«, fragt mich mein schweißnasser Freund, nachdem er sein Training beendet hat und unwiderstehlich aussieht. Ich genieße derart den Ausblick auf seinen nackten Oberkörper, dass ich glatt vergesse, was er mich gefragt hat.

»Hä?«, antworte ich dümmlich und schüttle den Kopf. Erde an Kylie! Geht's noch peinlicher?

»Ob du morgen in der Galerie bist?«

»Ach so, nein. Ich bin schon im Mutterschutz. Ab morgen in der sechsunddreißigsten Woche.«

»Wow, langsam wird es ernst«, murmelt er und setzt sich neben mich auf die Couch.

Ich lege den Laptop ab und wende mich ihm zu, dem Mann, der meine ganze Welt auf den Kopf gestellt hat.

»Ja. Wir werden bald Eltern.«

Niall legt fast ehrfürchtig seine Hand auf meinen Bauch und streichelt langsam darüber. Eine Wärme breitet sich in meiner Brust aus, weil ich realisiere, wie viel Glück ich habe, Niall an meiner Seite zu haben.

»Ich danke dir, dass du da bist.«

»Wie meinst du das?«, will er wissen, scheint mir nicht folgen zu können.

»Diese Sache mit uns hätte ganz anders ausgehen können. Du hättest mich abweisen können, weil du nicht bereit für ein Kind bist. Ich weiß, dass ich es auch allein schaffen könnte, aber mit dir ist die Angst vor der Zukunft nicht mehr so groß.«

Niall lehnt sich zu mir rüber und küsst mich sanft, umfasst mein Gesicht mit seinen Händen. »Es gibt nichts, was du und ich nicht schaffen können«, sagt er, und ich glaube ihm, denn er und ich, das ist Schicksal.

Kapitel 26

Niall

Trotz Kylies Bauchumfang schlafen wir jeden Tag miteinander, sogar öfter, wenn sie nicht allzu müde ist. Es ist, als würde sie in der Schwangerschaft Sex anders erleben. Intensiver und offener als zuvor, und mich stört ihr Bauch auch nicht wirklich. Ich beschwere mich sicher nicht, sondern genieße alles, was sie mir gibt. Mittlerweile ist sie im neunten Monat, und die Geburt nähert sich mit schnellen Schritten. Ich habe zwar das Gefühl, ich bin überhaupt nicht vorbereitet, doch Kylie hat alles im Griff. Sie hat schon eine Liste von Hebammen, die auch zu Hause betreuen, und die Tasche für vier Tage Krankenhausaufenthalt gepackt. Eine Brustpumpe hat sie ebenfalls bereits gekauft sowie die ganze Babykleidung gewaschen und im Schrank aufgehängt, dazu alle Schnuller und Fläschchen desinfiziert und abgekocht.

Man könnte sagen, wir sind startklar für unsere kleine Kämpferin. Mit einem Lächeln auf den Lippen betrete ich die Botschaft und zeige meinen Ausweis vor. Da mich aber alle kennen, lassen sie mich passieren. Es fühlt sich merkwürdig an, privat hier zu sein und nicht den Weg in die Sicherheitszentrale zu nehmen, sondern direkt zum Büro meines besten Freundes zu gehen. Philip möchte wegen der Kündigung noch mal mit mir sprechen, aber ich werde ihm das Gleiche sagen wie seinem Bruder, dem König. Ich werde Kylie nicht mehr an zweite Stelle stellen. Meine Mädels sind alles für mich, das müssen sie einfach verstehen.

Als ich das Büro betrete, steht Philip gerade vor dem Fenster und sieht hinaus, doch er hört mich und dreht sich um. »Da bist du ja. Ich schwöre dir, dass es hier ohne dich nicht dasselbe ist.«

Ein träges Lächeln stiehlt sich auf meine Lippen, denn ich verstehe ihn vollkommen. Wir haben die vergangenen Jahre zusammen verbracht, und es ist merkwürdig ohne ihn in meiner Nähe.

»Es fühlt sich für mich auch komisch an, in Zivil hier zu sein.«

»Ich möchte mit dir über deine Kündigung sprechen.« Philip setzt sich auf seinen Bürostuhl und bittet mich ebenfalls Platz zu nehmen. Heute trage ich nicht wie üblich einen Anzug, sondern eine ausgewaschene Jeans und ein schwarzes Hemd.

»Bevor du mit allen möglichen Gehaltsangeboten kommst, möchte ich dir sagen, dass Lex schon mit mir darüber gesprochen hat, aber ich habe abgelehnt.«

»Ich weiß, ich habe gestern noch mit ihm gesprochen. Keiner versteht deine Beweggründe, die Leitung der Sicherheitsabteilung aufzugeben, mehr als ich. Kylie und Hannah bedeuten dir alles. So wie Jenna meine ganze Welt ist.«

Mir war immer bewusst, dass, egal welchen beruflichen Weg ich einschlagen würde, Philip auf meiner Seite wäre. »Das freut mich zu hören.«

»Aber ich will dich nicht gehen lassen. Möchte, dass du weiterhin für das Königshaus arbeitest. Du wärst nicht mehr für den Personenschutz zuständig, sondern wärst dann hier angestellt.«

»In der Botschaft?«, frage ich erstaunt, denn diese Idee wäre mir nicht gekommen. Da ich immer für den Schutz der königlichen Familie zuständig war, fällt es mir schwer, mich als etwas anderes zu sehen.

»Ja. Du wirst nur in New York eingesetzt, sodass du immer bei deinen Mädels sein kannst.«

»Ernsthaft?« Ich kann es kaum glauben, dass es tatsächlich einen Weg gibt, für Philips Familie zu arbeiten und doch in Manhattan zu bleiben.

Doch Philips Lächeln bestätigt meine Frage sofort. »Ja, dein Gehalt bleibt dasselbe, da du hier auch für die Leitung zuständig sein wirst.«

»Was ist mit Paul?«

»Er will wieder nach Galen, weil bei seiner Frau ein gutartiger Tumor diagnostiziert wurde.«

»Das tut mir leid.«

»Mir auch. Aber sie ist stark, sie wird das schaffen.« Ich blicke aus dem Fenster und wünsche ihnen gedanklich alles Gute, als Philip wieder das Wort an mich richtet. »Und? Was sagst du dazu?«

Ich wende den Blick vom ergrauten Himmel und sehe meinem besten Freund ins Gesicht. Er bietet mir eine Chance, eine Möglichkeit, weiterhin bei ihm zu arbeiten und trotzdem für meine kleine Familie da zu sein.

»Danke für das Angebot. Ich nehme es sehr gerne an.«

Seine vorhin noch so ernste Miene hellt bei meiner Zusage auf. Ich weiß, dass ihm das genauso viel bedeutet wie mir.

»Da ich schon damit gerechnet habe, habe ich deine Dienstbeschreibung ändern lassen. Du fängst am Montag an.«

»Muss ich nicht nach der Kündigung einen neuen Vertrag unterschreiben?«, frage ich erstaunt, denn ich habe fristlos gekündigt, als ich Galen verlassen habe.

Phil macht eine wegwerfende Handbewegung, den Blick fest auf mich gerichtet. »Nach all den Jahren werde ich dich nicht um deine Abfindung prellen, weshalb du noch immer bei uns angestellt bist. Offiziell aber beurlaubt. Sonst hättest du viel Geld verloren.«

Ich lächle ihm dankbar zu und kann einfach nicht anders, als aufzustehen und ihn in eine freundschaftliche Umarmung zu ziehen. »Danke, Phil«, flüstere ich gedämpft an seiner Schulter und könnte schwören, dass er mich als Antwort etwas fester drückt.

Mit einem Hochgefühl verlasse ich die Botschaft und verabschiede mich mit einem Nicken von einem Kollegen, als ich die U-Bahn ansteuere. Ich habe nie ein eigenes Auto besessen, da mir in meinem Job immer eine Limousine oder ein anderes Fahrzeug zur Verfügung gestanden hatte. Es tut gut, sich die Beine zu vertreten, das lässt meinen Kopf klarer werden. Der Weg von Kylies Wohnung zur Botschaft ist nicht lang, nur fünf Blocks trennen mich von meinem neuen Zuhause. Ich werde meine Wohnung kündigen, einige meiner Möbel verkaufen und nur das Nötigste mitnehmen. Ich bin kein Mensch, der Wert auf materielle Dinge legt, weshalb ich außer meinem Laptop und meinen Klamotten nicht viel brauche.

Als ich die Wohnung betrete, sitzt Kylie auf der Couch und telefoniert. Ich winke ihr kurz zu, um sie nicht zu stören, und hole mir eine Flasche Wasser aus dem Kühlschrank.

»Hast du dir den Kastanienbaum mal angesehen, der hat letztens kränklich auf mich gewirkt.« Ich brauche nicht lange zu überlegen, denn ich weiß sofort, mit wem sie gerade spricht. Mit ihrem Vater, mit dem sie sich in Kent immer liebevoll um den Park gekümmert hat. »Das ist schön zu hören. Ja, sie tritt wie verrückt, aber ich liebe es einfach.« Eine Weile lauscht sie, ehe sie weiterspricht. »Ich bin im neunten Monat, es kann also jederzeit so weit sein.« Ich lehne mich gegen die Küchentheke und lächle meine Freundin an, die wie von innen zu glühen scheint. Dann wandern ihre Augen zu mir, und ein warmes Lächeln stiehlt sich auf ihre Lippen. »Ja, Dad. Wir haben uns zusammengerauft, und ich kann dir versprechen, dass er mich gut behandelt und absolut glücklich macht.« Bei ihren Worten wird mir ganz warm ums Herz, sodass ich mich in Bewegung setze und mich ans Ende der Couch setze, wo ich ihre nackten Füße umklammere und beginne, sie sanft zu massieren. Kylie legt kurz das Smartphone weg und verkneift sich ein wohliges Seufzen, nicht dass ihr Vater sonst was von uns denkt. »Okay Daddy. Danke für deinen Anruf, ich melde mich, sobald es was Neues gibt.«

Als sie auflegt, kuschelt sie sich nach hinten ins Kissen und stöhnt wohlwollend auf.

»Oh Baby, genau da.«

Ich weiß, dass wir vor ein paar Stunden miteinander geschlafen, doch ihre Laute, lassen mich erneut hart werden, was ich ihr verdeutliche, indem ich ihren Fuß auf meine Erektion drücke.

Mit einem lasziven Grinsen öffnet sie die Augen, ihr Blick wird augenblicklich dunkel und bekommt einen hungrigen Ausdruck. Fast gleichzeitig kommen wir uns näher, und unsere Lippen treffen sich mit einer Intensität, die typisch für uns ist. Schon von Anfang an waren wir nicht das klassische Paar, das es langsam angehen lässt und Liebe miteinander macht. Wir sind wild, frei und total verrückt nacheinander. Mit jedem Kuss fällt ein Kleidungsstück, bis wir nackt sind und auf der Couch übereinander herfallen.

Schwer atmend ziehe ich sie an meine Brust und streichle mit der einen Hand ihren Rücken und mit der andern über ihren wunderschönen Babybauch. »Ich werde dieses Bäuchlein vermissen«, gestehe ich, ohne sie anzusehen.

»Ich bin so dick wie ein Walross, habe seit Wochen meine Füße nicht mehr zu Gesicht bekommen, und Hannahs Tritte werden immer heftiger, aber mir geht's da genauso wie dir, ich fühle mich pudelwohl. Aber ich denke, sobald unsere Tochter da ist, werden wir kaum zum Vermissen kommen.«

Mein Lächeln wird breiter, wenn ich daran denke, dass wir bald zu dritt sein werden, denn auch wenn ich etwas Angst vor diesem großen Schritt habe, kann ich es kaum erwarten.

»Wie war es bei Philip?«, fragt sie, als sie mit ihren Fingerspitzen meine Tattoos nachzeichnet.

»Wir haben uns unterhalten, und er hat mir die Leitung der Sicherheitszentrale in der Botschaft angeboten.«

»Was so viel bedeutet wie?«

»Dass ich nicht nur für den Personenschutz zuständig bin, sondern auch für die Sicherheit des Gebäudes. Bis jetzt habe ich nur nach dem Rechten gesehen, wenn ich in New York war – und mein Kollege hatte die Leitung, aber der wird nach Galen zurückkehren.«

»Das heißt, du bleibst im Dienst von Galen, nur dass du nicht umherreisen musst?«

»Genau das heißt es.«

»Das ist wunderbar.« Sie richtet sich auf, lehnt sich zu mir und haucht einen Kuss auf meine Lippen. »Ich freue mich für dich. Ich bin auch froh, dass unsere neue Praktikantin sich als ein Naturtalent erweist und mich während meiner Elternzeit vertreten wird.«

»Langsam fügt sich alles zusammen, oder?«, schmunzle ich und fühle mich so glücklich wie noch nie in meinem Leben. Kurz wandert Kylies Blick zu Lizzys Gesicht, das ich mir auf den Körper habe stechen lassen, und zum ersten Mal frage ich mich, ob es Kylie wohl stört, das Abbild meiner ersten Liebe immer ansehen zu müssen. Zaghaft streicht sie über das Tattoo, ohne eine Miene zu verziehen.

»Sie wäre stolz auf dich, Niall«, flüstert sie mit einem Kloß im Hals und hebt den Blick. In ihren Augen sehe ich Verständnis und eine gewisse Trauer, als würde sie Elizabeth ebenfalls beweinen.

»Dich würde sie lieben. Sie war auch aufbrausend und für jeden Spaß zu haben.«

»Ach, ich bin aufbrausend?«, ändert sie das Thema und sieht mich vorwurfsvoll an. Ich weiß, dass sie nicht eingeschnappt ist, aber es sieht süß aus, wenn sie so tut als ob.

»Au ja. Und wild.« Ich küsse ihre Wange. »Wunderschön.« Ein Kuss auf ihre Augen. »Stolz.« Ein Schmatzer auf ihr Kinn. »Mein.«

Diesmal sind es ihre Lippen, die sich um meine schmiegen, und anders als vorhin, lieben wir uns träge, ohne den Blick voneinander zu lösen.

»Hast du auch Hunger?«, frage ich, nachdem wir aus der Dusche steigen, wo wir brav die Finger voneinander gelassen haben.

»Ich komme fast um«, meint sie theatralisch und trocknet sich ab.

Ich schnaube lächelnd und küsse ihre Nase. »Was hältst du davon, wenn ich uns chinesisch bestelle und wir deine Schwestern einladen?«

»Das klingt himmlisch.«

Am nächsten Morgen schlafe ich mal bis sieben, was in meinem Fall schon fast an Rebellion grenzt, da ich seit meiner Kindheit immer um fünf Uhr früh aufgestanden bin. Sehr zum Leidwesen meiner Mutter. Ich lasse Kylie schlafen, ziehe mir meine Sportsachen an und gehe laufen. Der Frühling ist morgens immer noch frisch und kühl, doch ein Segen auf meiner erhitzten Haut. Wie aus Gewohnheit laufe ich zur Botschaft, einfach nur, um Philip zu begrüßen. Schwer keuchend stütze ich die Hände auf meinen Knien ab und versuche zu Atem zu kommen.

Als hätte er auf mich gewartet, erscheint Phil neben mir mit zwei Bechern Kaffee in den Händen. »Ich wusste ja, dass du nicht ohne mich kannst, Baby«, zieht er mich auf und reicht mit das heiße Getränk.

»Was gibt's Neues an der Front?«, frage ich, als ich wieder normal atmen kann.

»Nicht viel. Das Übliche, wobei sich dein Vater gemeldet hat, der Staatsanwalt hat Anklage gegen die Arschlöcher erhoben, und die Presse in Galen ist noch immer außer sich.«

»Das legt sich wieder.«

»Das hoffe ich. Die Nerven meiner Familie sind noch immer angespannt.«

Mein Telefon klingelt, was Philip zum Verstummen bringt. Ich greife in die Smartphone-Halterung, ziehe es heraus und lächle, als ich Kylies schlafendes Gesicht auf meinem Display sehe.

»Hey, Darling. Auch schon wach?«, begrüße ich sie schmunzelnd, erstarre jedoch, als ich ihren keuchenden Atem vernehme. Sofort schrillen alle Alarmglocken in mir. »Was ist los?«, frage ich alarmiert und richte mich auf.

»Hannah«, flüstert sie. »Sie kommt.«

Viel Zeit zum Telefonieren haben wir nicht, da sie mit dem Rettungswagen ins Krankenhaus fährt und wegen der Wehen und der damit verbundenen Schmerzen nicht reden kann. Ich verspreche, so schnell wie möglich ins Krankenhaus zu fahren, wobei sie sicher vor mir ankommen wird.

»Komm, ich fahre dich«, sagt Philip aufgeregt und legt seine Hand auf meine Schulter, doch ich bemerke es kaum. Meine Tochter kommt, und Kylie hat Schmerzen. Vor lauter Frust darüber, dass ich sie allein gelassen habe, möchte ich mir die Sportklamotten vom Leib reißen und verbrennen, doch ich konzentriere mich auf meine Atmung. Wenn ich jetzt ausflippe, hilft das keinem weiter. »Niall, Mann!« Philips Stimme bringt mich dazu, ihn anzusehen, anstatt ins Nichts zu starren. »Alles wird gut. Sie ist schon unterwegs ins Krankenhaus, und dort wird man sich gut um sie kümmern. Komm, lass mich dich zu Kylie bringen.«

Ich nicke und folge ihm zu seinem Auto, doch noch immer scheint mich der Schock zu lähmen. Die Fahrt zum Lenox Hill Hospital kommt mir wie eine Ewigkeit vor. Wenn ich mir nur vorstelle, dass Kylie schon im Kreißsaal ist, verängstigt und von

Schmerzen geplagt, wird mir ganz anders. Ich habe ihr versprochen, immer bei ihr zu sein, und wenn es dann so weit ist, bin ich Meilen entfernt und kann ihr nicht beistehen.

»Ich lasse dich am Eingang aussteigen und suche dann einen Parkplatz. Sie müsste mittlerweile da sein. Wie du gesehen hast, sind die Straßen frei.«

»Danke dir«, sage ich kurz und eile aus dem Auto ins Krankenhaus. Vor dem Informationsschalter nehme ich einen tiefen Atemzug, bis ich mich der jungen Frau hinter dem Schalter zuwende.

»Ich möchte zu Kylie Blair-Woodward, sie wird sicher schon im Kreißsaal sein. Sie hat Wehen.«

»Ich sehe mal nach«, sagt sie und sieht auf ihren Bildschirm. Sie sieht lange auf den Bildschirm, klickt umher und tippt erneut ein, doch es kommt keine Antwort.

»Ma'am?«, frage ich mit einer Panik in der Stimme. Was dauert denn so lange?

»Es tut mir leid, aber ich finde ihre Freundin nicht. Einen Moment.« Sie greift nach dem Telefon und drückt eine Schnellwahltaste.

»Hallo, Maureen hier. Sagt mal, habt ihr eine Kylie Blair-Woodward …?«

»Oh.« Kurz huscht ihr Blick zu mir, und sie müht sich zu einem Lächeln, und ich male mir alles Mögliche aus.

»Gut. Dann leite ich das so weiter. Danke.«

Die braunen Augen der brünetten Frau blicken mich freundlich an, doch meine Muskeln und jeder Nerv in meinem Inneren sind zum Zerreißen gespannt.

»Der Krankenwagen, in dem sich ihre Freundin befunden hat, hatte einen kleinen Verkehrsunfall, aber keine Sorge …« Sie redet einfach weiter, lächelt mich verständnisvoll an, doch nur das Wort »Unfall« hat gereicht, um mich in die Knie zu zwingen.

Kapitel 27

Kylie

Ich habe mich während der ganzen Schwangerschaft gefragt, wie sich die Wehen anfühlen werden. Die Erfahrungsberichte im Internet haben auch nicht viel geholfen, denn keine hätte mich darauf vorbereiten können. Es ist, als hätte ich permanent Menstruationsschmerzen, die meine Eingeweide zum Kochen bringen. Dabei hat der Morgen so gut angefangen. Ich bin herrlich wund und glücklich aufgewacht, habe eine süße Nachricht von Niall bekommen, in der er mir mitteilte, dass er laufen gegangen sei, da er sonst über mich hergefallen wäre. Allein die Vorstellung hatte mir gefallen, doch dann habe ich das Ziehen gespürt, ich bin aufgestanden, weil ich nicht genau gewusst habe, was das sein könnte.

Dann hörte und spürte ich ein Knacken in mir und wusste instinktiv, dass meine Fruchtblase geplatzt ist. Ohne in Panik zu verfallen, habe ich den Notruf gewählt und auf den Rettungswagen gewartet. Dann sind die Schmerzen gekommen, alle fünf Minuten, dann kürzer, und es waren heftige Schmerzen. Kurz habe ich mit Niall telefoniert, ihm gesagt, dass Hannah kommt und er sich keine Sorgen machen muss. Doch an seiner Stimme habe ich erkannt, dass auch er durch den Wind ist, ebenso wie ich.

Plötzlich werde ich auf der Trage und der Sanitäter neben mir durch einen Aufprall nach vorn geschoben. Ich unterdrücke einen Aufschrei und sehe mich panisch um, auch der Mann bei mir runzelt die Stirn und fragt den Fahrer, was passiert ist.

»Ein Auffahrunfall. Der Ersatzwagen ist schon unterwegs.«

Zuerst verstehe ich es nicht, doch dann setzt sich Mike, was ich an seinem aufgestickten Namen auf der Jacke erkenne, neben mich und erklärt mir ruhig, dass es zu einem kleinen Unfall gekommen ist, nichts Schlimmes, aber sie dürfen nicht mehr weiterfahren, und ein anderer Wagen sei unterwegs.

Durch diese Ablenkung wird auch der Schmerz in den Hintergrund gerückt. Mike hält meine Hand, redet beruhigend auf mich ein und fragt mich über mein Leben aus, misst meinen Blutdruck und erzählt von sich selbst, sodass die Zeit ziemlich schnell vergeht. Behutsam werde ich in den Ersatzwagen befördert, wo ich aber darauf bestehe, dass Mike mich wieder begleitet, weil meine Schmerzen schlimmer werden und ich etwas Angst verspüre. Mit einem milden Lächeln nickt mein neu gewonnener Freund und begleitet mich.

Die Schmerzen hören nicht mehr auf. Sind sie vorhin noch alle fünf Minuten gekommen, habe ich das Gefühl, als würde ich jede Sekunde von der Pein geplagt. Dass wir im Krankenhaus sind, merke ich erst, als eine Hebamme von mir verlangt, dass ich von der Trage steige, um mich umzuziehen. Wie ein Hund hechelnd tue ich, was sie verlangt, wobei mir geholfen wird. Der Kittel, den ich dann bekomme, zeigt mehr, als er verdeckt, doch das ist auch gut so, denn mir ist heiß. So heiß, dass ich mir am liebsten die eigene Haut vom Körper gekratzt hätte.

»Miss Woodward. Tief ein- und ausatmen. Sie machen das toll«, sagt eine ältere Schwester und sieht in ihrem rosa Kittel total albern aus. Ich bin voller Angst, Ärger und kann mich vor Schmerzen kaum bewegen. Es bedarf drei Frauen, mich auf ein Bett zu legen und an ein CTG anzuschließen, wo meine Wehen aufgezeichnet werden. Eine Ärztin kommt vorbei und teilt mir nach einer Untersuchung mit, dass der Muttermund erst einen Zentimeter geöffnet ist, was mich die Augen aufrei-

Hunderte Menschen um mich herumschwirren, Niall musste sich umziehen, und nun bin ich allein mit meiner Angst. Ich bete in Gedanken und hoffe, dass alles gut wird. Mir wird eine Haube über den Kopf gestülpt, und nach und nach begrüßen mich einige der OP-Schwestern und versuchen mir beruhigend zuzureden.

»Ich bin da«, flüstert Niall plötzlich und steht über mir, vor lauter Freude fange ich an zu weinen. Sofort ist er an meiner Seite und setzt sich auf einen Hocker, der ihm vom Personal hingestellt wird, so ist er mir ganz nah. »Sch, Darling. Unsere Kämpferin packt das und du auch. Die Narkose wird gleich wirken, und du wirst sehen, alles fügt sich zusammen. Du wirst es sehen.«

Ich nicke nur und greife nach seiner Hand. Mir wird gesagt, dass ein Chirurg und ein Kinderarzt, der sich um Hannah kümmern wird, anwesend sind. Sobald sie beginnen mich aufzuschneiden, spüre ich es nur dumpf, als würde jemand sacht mit dem Daumen über meinen Bauch fahren.

»Wie geht's dir?«, fragt Niall vorsichtig, doch meine Wut ist längst verraucht, doch die Angst ist noch immer stark.

»Besser, aber ich habe solche Panik davor, dass etwas schiefgehen könnte.«

»Keine Sorge. Wir sind hier in einem der besten Krankenhäuser in Manhattan, wenn jemand uns helfen kann, dann sie.«

»Ich weiß, aber …«

Plötzlich sagt jemand: »Geburt.«

Und ich erstarre. Einige Sekunden vergehen, doch ich höre nichts. »Niall! Sie schreit nicht.« Wieder nichts, und durch den blöden Sichtschutz über mir sehe ich auch nichts. »Wieso weint sie denn nicht?« Ein Schluchzen entringt sich meiner Kehle, doch mein Herz bricht noch lauter. Was ist bloß los? Dann. Plötzlich höre ich den schönsten Laut, den ich je vernommen habe. Das Weinen meiner Tochter.